Clara Jensen
Osterglockenträume

Autorin

Clara Jensen wuchs in Norddeutschland auf und war als Redakteurin viele Jahre lang in Hamburg für verschiedene Printmedien tätig. Mittlerweile ist sie eine erfolgreiche freie Autorin und tummelt sich in ihren Büchern gern an den Küsten ihrer Heimat. Ihre liebste Jahreszeit ist der Frühling, und jedes Jahr zu Ostern lässt sie sich an der Nordsee den Kopf freipusten.

Besuchen Sie uns auch auf www.facebook.com/blanvalet
und www.twitter.com/BlanvaletVerlag

Clara Jensen

Osterglocken-TRÄUME

Roman

blanvalet

MIX
Papier aus verantwortungsvollen Quellen
FSC® C014496

Verlagsgruppe Random House FSC® N001967

Redaktion: Angela Kuepper
Umschlaggestaltung: © www.buerosued.de
Umschlagmotiv: © mauritius images/Masterfile RM/F. Lukasseck;
www.buerosued.de
JaB · Herstellung: kw/wag
Satz: Uhl + Massopust, Aalen
Druck und Bindung: GGP Media GmbH, Pößneck
Printed in Germany
ISBN 978-3-7341-0867-9

www.blanvalet.de

1

Überraschung!

Bis fünfzehn Uhr dreiundzwanzig am Nachmittag verlief Nellas Sonntag höchst angenehm. Die Zeit merkte sie sich deshalb so genau, weil der Anruf, der sie zu dieser Zeit erreichte, ihr Leben verändern sollte. Was sie in dem Augenblick natürlich noch nicht wusste. Sie wühlte bloß unwillig zwischen Chipstüten und Kekspackungen auf dem Sofatisch herum, bis sie ihr klingelndes Handy fand. Dabei gähnte sie ausgiebig. Sie war wohl auf dem Sofa eingeschlafen, denn sie hatte noch deutlich ihren Traum vor Augen: Gemeinsam mit ihrer älteren Schwester Karen war sie auf der Außenalster gerudert. Sie beide ganz allein. In einem Boot, das eigentlich vier Ruderer brauchte. Sie hatten Spaß gehabt, sich mächtig angestrengt und waren schließlich wieder heil und ziemlich stolz ans Ufer zurückgekehrt.

Während Nella sich über die Augen rieb, wurde ihr klar, dass dieser Traum eine echte Erinnerung war. Damals waren sie zwölf und achtzehn Jahre alt gewesen und hatten sich trotz einiger Reibereien und des Altersunterschieds gut verstanden und einander vertraut.

Das Handy klingelte und klingelte. Es war Karen.

Kurz erwog Nella die Möglichkeit, nicht ranzugehen. Hatte bloß keinen Zweck, wie sie aus Erfahrung wusste. Wenn ihre große Schwester sie sprechen wollte, gab sie nicht auf, egal, wie viele Versuche sie brauchte. Letzten Herbst hatte Nella es ausprobiert. Dreizehn Mal war sie nicht rangegangen, dann hatte sie sogar das Handy ausgeschaltet. Mit dem Ergebnis, dass Karen eine knappe Stunde später an ihrer Wohnungstür Sturm geklingelt hatte. Florian, der damals noch ihr Freund gewesen war, hatte sich ziemlich beeilen müssen, in seine Hosen zu schlüpfen. Unter Karens Blick aus eisblauen Augen war er dann schnell wie der Blitz aus Nellas Wohnung verschwunden. Nur wenige Wochen später sollte er fast ebenso schnell aus ihrem Leben verschwinden, aber das war eine andere Geschichte.

Gedankenverloren blickte Nella durchs Fenster nach draußen. Der Tag war grau und regnerisch, keine Spur von sonnigem Frühling, in dem es neue Hoffnung und neue Liebe geben konnte. Mit einem Mal war sie niedergeschlagen und meldete sich mit dumpfer, beinahe tonloser Stimme.

»Nella«, sagte Karen. »Warum dauert das immer so lange, bis du mal rangehst?«

»Äh …« Nella nahm an, dass dies eine rhetorische Frage war. Genauso gut hätte ihre Schwester sich erkundigen können, warum sie in kaum einer Anstellung länger als ein paar Monate geblieben war. Sie schwieg also lieber. Wie immer waren ihre Gefühle äußerst gegensätzlich. Sie liebte und bewunderte Karen, fühlte sich im Vergleich zu ihr jedoch weniger wert.

»Na, ist ja auch egal«, fuhr ihre Schwester fort. »Opa Otto hat mich angerufen.«

Sofort entstand vor Nellas geistigem Auge das Bild einer grünen, weiten und flachen Landschaft, wo man schon am Montag entdeckte, wer am Sonntag zu Besuch kam. Sie sah die Nordseeküste vor sich, mit Dünen und Deichen, mit Strandhafer, weißem Sand und unendlich weitem Meer. Möwen kreischten, Seehunde heulten, Wellen rauschten, und das Salzwasser trocknete auf der braun gebrannten Haut.

»Wieso hat er dich angerufen und nicht mich?«, wollte sie wissen.

»Weil du kein Telefon hast.«

»Habe ich wohl.«

Karen seufzte geduldig. »Du weißt schon, was ich meine. Kein Festnetz. Mit Handys hat es unser Großvater nicht so.«

Nella lächelte. Das stimmte. Otto Thiessens Welt war irgendwo zwischen 1969 und 1975 stehen geblieben. Alles, was danach gekommen war, blieb für ihn unnützer moderner Kram. Seine große Zeit war die Hippiezeit gewesen – sie war es bis heute geblieben.

»Also gut«, gab sie nach. »Was wollte er denn?«

»Wir sollen Ostern zu einem Besuch antreten. Er ist wütend, weil niemand ihn zu Weihnachten eingeladen hat.«

Augenblicklich meldete sich Nellas schlechtes Gewissen. Opa Otto war stolze fünfundachtzig Jahre alt und verdiente es nicht, allein unterm Tannenbaum zu sitzen. Da er sich weigerte, nach Teneriffa zu fliegen, wo sein einziges Kind, sein Sohn Walter, lebte, blieben ihm nur seine beiden Enkeltöchter. Aber Nella hatte zu Weihnachten andere Probleme gehabt und war irgendwie davon ausgegangen, dass ihre Schwester sich schon um den alten Herrn kümmern würde. Hatte sie offenbar nicht.

»Ich habe mal Zeit für meine eigene Familie gebraucht«, verteidigte sich Karen prompt. Dabei hatte Nella gar nichts gesagt.

»Schon klar«, murmelte sie nur.

Ihre Schwester war vierzig Jahre alt, verheiratet und hatte zwei Kinder. Noch so etwas, das ihr vermutlich nie im Leben gelingen würde. Inzwischen war Nella nämlich vierunddreißig, und ein geeigneter Mann für die Gründung einer Familie war weit und breit nicht in Sicht.

»Nun«, fuhr Karen fort. »Wir sollen jedenfalls Ostern zu ihm kommen.«

»Aber das ist ja schon nächste Woche«, gab Nella zu bedenken.

»Gut beobachtet«, kam es mit einem leisen Lachen zurück.

Sieben verflixt kurze Tage, fand Nella. Nicht im Traum würde es ihr gelingen, sich selbst und ihr Leben in so kurzer Zeit derart aufzubügeln, dass sie beide, also ihr Leben und sie, vor Opa Ottos scharfem Blick bestehen würden. Dieser Blick schien erblich zu sein, allerdings hatte er eine Generation übersprungen und war bei ihrer Schwester gelandet.

»Am besten«, sagte Karen, »komme ich kurz bei dir vorbei, und wir besprechen alles in Ruhe.«

»Was?«, fragte Nella und schaffte es nicht, die Panik in ihrer Stimme zu unterdrücken. »Wozu soll das gut sein? Wir können doch jetzt reden.«

»Das passt schon. Ich kann mich gleich auf den Weg machen.«

Karen wohnte mit ihrer Familie im vornehmen Blankenese, Nella in Hamburg-Hamm, einem stolzen, aber nicht unbedingt schicken Arbeiterviertel östlich der Außenalster. Die Miete in dem dunkelroten Klinkerbau mit vier Etagen und sehr kleinen Wohnungen war niedrig; Karen hingegen residierte mit Gatte, Kindern und Haustieren in einer weißen Villa auf dem Süllberg. Einen größeren Kontrast zu Nellas zwei Zimmern konnte es in der Hansestadt kaum geben.

»Wir können uns auch irgendwo treffen«, schlug sie vor und sah sich mit wachsender Verzweiflung in ihrem Wohnzimmer um. Die Spuren einer wilden Party waren unübersehbar. Eigentlich hatte der gestrige Abend als Verkaufsveranstaltung begonnen, war dann jedoch irgendwann ausgeartet. Ein paar Freundinnen und Nachbarinnen waren ganz begeistert von Nellas neuesten Artikeln gewesen, und ihr stand womöglich eine große Karriere als Vertreterin bevor. Bloß hatte sie Angst, ihre Schwester könnte entdecken, was genau sie da verkaufte. Bisher hatte sie ihrer Familie gegenüber nur vage behauptet, sie sei jetzt in der Spielzeugbranche.

»Nein«, sagte Karen. »Lass gut sein, ich komme zu dir.«

Warum, war Nella ein Rätsel. Bei den paar Gelegenheiten, zu denen Karen sie besucht hatte, war ihre Nase die ganze Zeit lang gerümpft gewesen.

»Wieso verbringst du den Tag nicht mit deiner Familie?«, erkundigte sie sich vorsichtig.

»Torben ist beim Golf, Maximilian probt mit seiner Band, Katharina ist auf einem Geburtstag.«

Sie fand, das klang ein bisschen einsam. Bevor sie sich nach Hund, Katze und Meerschweinchen erkundigen konnte, unterbrach Karen die Verbindung. Offensichtlich zog sie die Gesellschaft ihrer kleinen Schwester der ihrer Haustiere vor. Was womöglich schmeichelhaft für sie war.

In den nächsten Minuten verwandelte Nella sich in einen Wirbelwind. Zwischen Karens Zuhause und ihrem eigenen lagen rund zwanzig Kilometer. An einem verkehrsarmen Sonntagnachmittag würde sie in einer guten halben Stunde klingeln.

Achtundzwanzig Minuten später überlegte Nella noch, ob sie schnell unter die Dusche springen konnte, da hörte sie auch schon Karens energische Schritte im Hausflur. Der Linoleumboden ächzte geradezu unter ihren Absätzen.

Nella riss die Tür auf. »Hast du neuerdings einen Privathubschrauber?«

»Sei nicht albern«, gab Karen trocken zurück, schob sie einfach zur Seite, trat ein und rümpfte die Nase.

Prima, dachte Nella. Der Sonntag war definitiv im Eimer.

Schon unter günstigen Bedingungen fühlte sie sich neben Karen minderwertig – also selbst dann, wenn sie top gestylt war. Aber heute, im alten Jogginganzug und mit ungewaschenen Haaren, hätte sie kein Mensch für Schwestern gehalten. Karen war blond, blauäugig, groß, gertenschlank, immer gut geschminkt und elegant gekleidet.

Nella war zwar auch blond, allerdings ging ihre Farbe eher ins Aschige. Und im Gegensatz zu Karens Haaren standen ihre wild vom Kopf ab, wenn sie nicht mindestens eine halbe Stunde mit dem Glätteisen bearbeitet wurden. Ihre großen braunen Augen waren vielleicht das Schönste an ihr. Ansonsten war sie klein und schlank. Also, manchmal schlank und manchmal nicht. Derzeit eher nicht. Sie neigte dazu, Kummer mit Essen zu kompensieren, was wenig originell war. Zwar gab sie sich keinen Fressattacken hin. Aber sie naschte gern, und wenn sie keiner liebte, dann eben auch ein bisschen öfter.

Karen riss den rechten Arm hoch. Erst jetzt entdeckte Nella den Blumenstrauß in ihrer Hand. »Hier. Für dich. Aus meinem Garten.«

Als sie den Strauß entgegennahm, das Papier abwickelte und ein halbes Dutzend herrlicher sattgelber Osterglocken erblickte, war sie gerührt. Ihre Schwester hatte sich daran erinnert, dass dies ihre Lieblingsblumen waren.

»Stehen als Einzige jetzt in Blüte.«

Oder auch nicht.

»Die Krokusse sind schon verwelkt, außerdem passen die nicht so gut in eine Vase. Die Tulpen brauchen noch eine Woche. Du hast doch hoffentlich eine?«

»Äh, ja, natürlich.« Nella überlegte fieberhaft, während sie an den satt duftenden Blumen schnupperte. Zum

Glück fiel ihr ein, dass Karen höchstselbst ihr einmal eine Vase geschenkt hatte. Ein recht hässliches Teil, das sie tief im Kleiderschrank versenkt hatte.

Schnell lief sie in ihr winziges Schlafzimmer, kramte eine Weile im Schrank herum und kehrte mit der Vase in der einen und dem Strauß in der anderen Hand zurück.

Karen stand immer noch da. Sie hatte sich keinen Millimeter gerührt. Auf einmal rollte eine Welle der Zärtlichkeit über Nella hinweg. Karen mochte manchmal schroff sein, aber sie war nun mal ihre Schwester.

»Vielen Dank«, sagte sie inbrünstig. »Das ist wirklich sehr, sehr nett von dir.«

»Denk dran, sie nicht mit anderen Blumen zusammen ins Wasser zu stellen. Die werden nämlich vom Saft der Osterglocken vergiftet.«

Nella nickte nur.

»Wo ist denn dein halb verhungerter Freund?«, fragte Karen dann mit einem halben Grinsen.

»Wer?«

»Na, dieser Spargeltarzan, der mir bei meinem letzten Besuch seine Hühnerbrust gezeigt hat.«

Ach ja. Florian. In die Hose hatte er es damals geschafft. Ins Hemd nicht.

»Der ist Vergangenheit.«

Ihre Schwester hob eine perfekt gezupfte Augenbraue. »Tatsächlich? Das hast du ja gar nicht erzählt.«

»Wozu auch.« Nella kicherte ein bisschen, und ihre Schwester tat es ihr gleich.

Aufmerksam ließ Karen den Blick durchs Zimmer wandern. Entweder fragte sie sich, ob gleich ein anderer

Liebhaber unter dem Sofa hervorkriechen würde, oder sie suchte nach einer Sitzgelegenheit, die ihren weißen Leinenrock nicht ruinieren würde.

»Wann hat er dich denn verlassen?«, hakte sie nach. Karen ging grundsätzlich davon aus, dass die Männer Nella sitzenließen.

»Kurz vor Weihnachten. Aber *ich* war es, die sich von *ihm* getrennt hat.« Nachdem er sie zweimal betrogen hatte, doch das musste sie hier und jetzt nicht unbedingt ausplaudern.

Nun lächelte Karen. »Du hast bestimmt deine Gründe gehabt.«

»Ja.« Sie hatte Florian ziemlich eindeutig die Tür vor der Nase zugeknallt. Gern hätte sie ihm vorher noch einen Handkantenschlag verpasst, nur leider beherrschte sie kein Karate.

Kurz überlegte sie, Karen von ihrer Enttäuschung zu erzählen, entschied sich jedoch dagegen. Die Vergangenheit war vergangen. Es hatte keinen Sinn, sie erneut ans Tageslicht zu zerren.

Also fragte sie nur: »Möchtest du einen Tee?«

»Gern.« Ihre Schwester folgte ihr in die winzige Küche. Dort sah es weniger ordentlich aus als im Wohnzimmer, und Karen lehnte sich vorsichtig gegen den Türrahmen, während Nella zunächst die Osterglocken versorgte, dann Wasser zum Kochen brachte und schließlich Teebeutel in zwei Becher hängte.

»Was macht denn der tolle Torben?«, fragte sie über die Schulter.

»Du sollst ihn doch nicht so nennen.«

Nella grinste in sich hinein. Es machte ihr Spaß, ihre Schwester mit ihrem perfekten Ehemann aufzuziehen – ein großer, sportlicher Traumtyp mit fein gemeißelten Gesichtszügen und vollem Haupthaar, das auch mit Anfang vierzig noch keine grauen Strähnen aufwies. Außerdem ein hochintelligenter Mann und von bester Abstammung.

Nella hegte den Verdacht, dass Karen ihn nur wegen seines Namens geheiratet hatte. Torben von Tannenberg. Klang adlig, war er aber nicht. Doch immerhin entstammte er einer alteingesessenen Familie, und irgendein Vorfahr hatte die weiße Villa auf den Süllberg gesetzt, als dort noch Schafe und Kühe geweidet hatten.

Karen und Torben hatten sich im Medizinstudium kennengelernt. Inzwischen führten sie gemeinsam eine Praxis für Kinderheilkunde am Mittelweg im vornehmen Stadtteil Harvestehude.

Nella seufzte lautlos und gestand sich ein, dass sie ein bisschen neidisch war. Sie goss kochendes Wasser in die Becher, ließ den Tee zwei Minuten lang ziehen und tat dann je zwei Stück Kandiszucker hinzu. Als sie sich umdrehte und Karen einen Becher reichte, war sie überrascht.

Ihre Schwester stellte nicht mehr diesen zufriedenen Gesichtsausdruck zur Schau, den Nella jedes Mal entdeckte, wenn es um Torben ging. Vielmehr glaubte sie, in ihren Augen einen Hauch von Unsicherheit, ja, beinahe von Traurigkeit zu entdecken.

»Alles in Ordnung?«, erkundigte sie sich vorsichtig. In diesem Moment vergaß sie die Spannungen, die zwischen ihnen beiden herrschten, seit sie in die Pubertät gekommen war. Ihr Herz flog Karen zu, und am liebsten hätte sie diese in die Arme genommen.

Ihre Schwester schlug den Blick nieder und starrte angestrengt auf den Boden. Unwillkürlich überlegte Nella, wann sie das letzte Mal die Küche gewischt hatte. Musste schon eine Weile her sein, da sie sich nicht daran erinnern konnte.

»Karen«, sagte Nella sanft und hoffte, sie würde wieder hochsehen. Tat sie nicht, stattdessen tropfte etwas in ihren Teebecher. Tränen etwa?

Nella war fassungslos. Ihre Schwester hatte noch nie geweint. Nicht mal, als ihr Vater die Familie verlassen hatte. Sie war nur furchtbar wütend gewesen und hatte Nella die Schuld an allem gegeben.

»Hat der tolle Torben eine andere?«, fragte sie, da sie mit dem Thema seit Florians Untaten nur zu gut vertraut war.

Urplötzlich straffte ihre Schwester die Schultern und hob den Kopf.

»Rede keinen Unsinn. Torben und ich sind glücklich. Sehr sogar. Maximilian und Katharina auch.«

Nella fand zwar, es klang merkwürdig, dass Karen das Glück ihres fünfzehnjährigen Sohnes und ihrer sechsjährigen Tochter betonte, hielt aber wohlweislich die Klappe und setzte sich auf einen der klapprigen Küchenstühle.

»Möchtest du Kuchen oder Kekse?«, fragte sie, hoffend, dass Karen wie gewohnt ablehnen würde. Sie war sich nämlich nicht sicher, ob sie noch irgendetwas Essbares im Haus hatte.

»Nein, ich muss gleich wieder gehen.« Offenbar hatte ihr Moment der Schwäche Karen durcheinandergebracht.

»Du wolltest mit mir über Opa Otto reden«, warf Nella schnell ein.

»Ach ja. Also, wir sollen allesamt Karfreitag in Friedrichskoog antanzen.«

»Mama und Papa auch?«, fragte sie verwundert.

»Natürlich nicht. Du weißt, dass Opa Otto sich mit seiner Ex-Schwiegertochter noch nie vertragen hat.«

Das stimmte. Ihre Mutter Thelma war ihm immer zu forsch gewesen, zu modern, zu karrierebewusst. Dass sie trotz zweier Töchter ihr Medizinstudium durchgezogen hatte und inzwischen Chirurgin an einer Berliner Klinik war, imponierte ihm nicht weiter. Opa Otto glaubte zwar an die freie Liebe, aber nicht unbedingt an das Recht auf Selbstverwirklichung der Frauen.

»Und Papa ist zu weit weg«, fuhr ihre Schwester fort, obwohl Nella das natürlich selbst wusste. »Der kommt bestimmt nicht von Teneriffa angeflogen.«

»Und du und der t…, also, du und Torben, ihr werdet hinfahren?«

»Ja«, erwiderte Karen. »Ich finde die Idee eigentlich ganz schön. Es wird uns guttun, als Familie mal den Alltag hinter uns zu lassen.«

Da war er wieder, dieser flüchtige traurige Ausdruck in ihren Augen. Nella beschloss, nicht darauf einzugehen. Karen hatte sich ihr schon seit vielen Jahren nicht mehr anvertraut und sah in ihr bloß die kleine Schwester, die zu doof war, ihr Leben zu meistern.

»Opa hat gesagt, du sollst unbedingt auch kommen.«

Das freute Nella mehr, als sie zugeben mochte. Ihren Opa Otto hatte sie immer geliebt, obwohl er ein bisschen seltsam war. Na, vielleicht gerade deshalb.

»Er hat nämlich etwas Wichtiges mit uns zu besprechen«, fuhr Karen fort. »Das hat er sogar zweimal wiederholt.«

»Ach ja? Und was?«

»Damit wollte er am Telefon nicht rausrücken. Er meinte nur, es gibt ein Geheimnis in unserer Familie, das gelüftet werden muss. Hast du eine Ahnung, wovon er redet?«

»Absolut nicht«, entgegnete Nella und spürte, wie ihr Gesicht ganz heiß wurde. Panisch fragte sie sich, wie ihr Opa Otto im gut hundert Kilometer entfernten Friedrichskoog das bloß herausgefunden haben konnte. Wie sollte sie ihm jemals wieder unter die Augen treten? Andererseits war ihr Großvater bekanntlich ein Freigeist.

»Ich glaube«, meinte Karen, »es geht um die Scheidung.«

Vor lauter Erleichterung hätte Nella fast losgelacht. Als ihr Vater die Familie verlassen hatte, war sie vierzehn gewesen. Demnach konnte das Geheimnis nichts mit ihrer heutigen Tätigkeit zu tun haben.

»Hat Opa etwas in der Richtung angedeutet?«

Ihre Schwester schüttelte den Kopf. »Nein, aber ich kann mir nichts anderes vorstellen. Du etwa?«

»Nein.« Nella wand sich unter dem Blick. Das Thema Scheidung war zwar weniger peinlich, aber letztlich auch nicht viel besser. Karen hatte ihr immer vorgeworfen, sie sei schuld daran gewesen, dass der Vater es bei ihnen nicht mehr ausgehalten hatte. Weil sie in der Pubertät unausstehlich gewesen sei. Inzwischen war sie seit einiger Zeit erwachsen und hatte so ihre Zweifel an dieser Theorie. Aber sie sagte nichts, wie gewöhnlich.

»Na, dann«, meinte Karen endlich. »Wir sehen uns in Friedrichskoog. Oder willst du bei uns mitfahren?«

Das war keine Einladung, also verneinte sie brav.

»Gut.«

»Danke für die Blumen«, sagte sie noch, als ihre Schwester schon zur Tür hinaus war. Kurz schien Karen nachzudenken. »Bis Ostern sind die Blumen natürlich verwelkt, aber wenn du jeden Tag das Wasser wechselst, halten sie vielleicht die ganze Woche. Schaffst du das?«

»Ich gebe mir Mühe.« Der ironische Ton in ihrer Stimme entging Karen völlig.

2

Papas Orakel

Kaum hatte ihre Schwester die Wohnung verlassen, rief Nella auch schon ihren Vater auf Teneriffa an. Dank WhatsApp ein kostenloses Unterfangen.

»Nella-Schatz!«, brüllte er. »Wie schön, dass du dich mal wieder meldest!«

Walter Thiessen traute der neuen Technik nicht besonders und sprach stets in einer Lautstärke, als wollte er die Entfernung mit bloßer Stimmgewalt überbrücken. Im Hintergrund hörte Nella leises Meeresrauschen, aber vielleicht waren das auch bloß atmosphärische Störungen. Dennoch verspürte sie eine plötzliche Sehnsucht nach Wellen, Sand und frischer Brise.

»Ich fahre über Ostern nach Friedrichskoog«, erzählte sie, nachdem sie einander versichert hatten, dass es ihnen gut gehe.

»Ach, und ich hatte gehofft, du würdest herkommen!« Er schien ehrlich enttäuscht darüber zu sein, dass sie die Halbinsel an der Nordsee seiner Wahlheimat im Atlantik vorzog.

»Papa«, sagte Nella sanft. »Du weißt, ich kann mir kein Flugticket leisten.« Und er konnte ihr keines bezahlen. Ihr

Vater lebte seit gut zehn Jahren mit seiner neuen Partnerin in Puerto de la Cruz. Vera betrieb einen kleinen Souvenirshop, Walter kam mit einer schmalen Rente gerade so über die Runden. Im Gegensatz zu seiner Ex-Frau war er nie besonders ehrgeizig gewesen, und als seine älteste Tochter zur Welt gekommen war, hatte er mit Freuden sein Jurastudium abgebrochen, war Gerichtsdiener geworden und hatte sich um die Familie gekümmert. Das mit dem fehlenden Ehrgeiz hatte Nella mit ihm gemeinsam.

»Schon gut, Schatz. Aber warte mal ab, ich habe eventuell was in Aussicht. Ein Kumpel will mir einen gut bezahlten Job vermitteln. Dann kannst du im Sommer hier Ferien machen.«

Das kannte sie schon. Ihr Vater fand stets irgendwelche Jobs, die aber entweder kein Geld einbrachten oder sich als reines Wunschdenken entpuppten.

Weil sie spüren konnte, wie enttäuscht er war, sagte sie schnell: »Ich habe auch einen neuen Job. Es läuft sogar ganz gut.« Was maßlos untertrieben war, wenn sie an den gestrigen Abend dachte. Sie musste unbedingt Inventur machen.

»So? Und was tust du?«

»Ich verkaufe – ähm – Spielzeug.«

Ihr Vater erwiderte nichts darauf. Wahrscheinlich dachte er, sie würde genau wie er selbst sowieso nie auf einen grünen Zweig kommen. Wie sollte seine nicht sonderlich geschäftstüchtige Zweitgeborene ausgerechnet mit Puppen, Bällen oder Zauberkästen Geld verdienen? Tja, wenn er wüsste!

»Also Friedrichskoog!«, brüllte er.

»Ja.«

»Dann kannst du den Halunken vergessen und wieder mit Hauke Johannsen anbändeln.«

Nella schnappte kurz nach Luft. Ihr Vater war der einzige Mensch, dem sie von Florians Betrug erzählt hatte. Bei ihren diversen Pleiten in Herzensangelegenheiten war er stets auf ihrer Seite gewesen.

»Hauke Johannsen?«, hakte sie nach und runzelte die Stirn. »Wer ist das denn?« Irgendwo in ihrem Hinterkopf meldete sich eine vage Erinnerung, aber sie bekam sie nicht zu fassen.

»Das weißt du nicht mehr?« Walter lachte dröhnend. »Ihr wart als Kinder unzertrennlich. Jedes Mal, wenn wir die Sommerferien im Dithmarscher Land verbracht haben, wolltest du nur mit ihm spielen.«

Dunkel entsann sie sich eines molligen Jungen mit Brillengläsern, dick wie Flaschenböden, der mit ihr im Watt nach Muscheln gesucht und auf den Salzwiesen die Schafe an den Ohren gezogen hatte.

»Aha. Der Hauke. Den habe ich seit Ewigkeiten nicht mehr gesehen.«

»Das ist unwichtig. Ich habe immer gedacht, dass ihr zwei perfekt füreinander geschaffen seid.«

»Papa, wir waren Kinder.«

»Na und? Du siehst ja, was passiert ist, nachdem du ihn nicht genommen hast.«

Als sie daraufhin schwer beleidigt verstummte, entschuldigte er sich sofort. »Die Männer, die du bisher kennengelernt hast, haben nichts getaugt, Nella-Schatz. Das ist aber bestimmt nicht deine Schuld.«

»Wenn du meinst.« Sie verzichtete darauf, ihn an ihren Freund Timo zu erinnern. Der war nämlich ein richtig netter Kerl gewesen – solide, herzensgut und bereit, mit ihr eine Zukunft aufzubauen. Nella hatte sich auch total viel Mühe gegeben. Sogar volle sechs Monate lang. Sie hatte mindestens so perfekt sein wollen wie ihre Schwester. Sogar einen Job in einer Tierarztpraxis hatte sie gefunden und sich dort so gut gemacht, dass man ihr einen Ausbildungsplatz angeboten hatte. Damals war alles wunderbar. Bloß, dass sie irgendwann in ihren Bemühungen nachließ. Sie kochte nicht mehr so oft für Timo, sie zog mal wieder mit Freundinnen um die Häuser, war nicht immer gut gelaunt, wenn er zu ihr kam. Und der Gedanke, mit ihm zusammenzuziehen, machte ihr Angst. Schließlich wurde sie von ihm sitzengelassen. Sie sei ihm zu ruhelos, sagte er, für ihr Alter viel zu unreif.

Dabei war sie zu dem Zeitpunkt erst achtundzwanzig gewesen! Ein bisschen hing ihr die Sache mit Timo immer noch nach. Seitdem hatte sie sich jedenfalls ausschließlich den einen oder anderen Mann angelacht, der noch weniger vertrauenswürdig war als sie selbst.

»Bist du noch dran?«, schrie Papa.

Vor Schreck machte sie einen kleinen Satz zur Seite und hielt dann das Handy weit weg vom Ohr. »Ja, bin ich.«

»Also, Hauke. Grüß den mal schön von mir.«

»Äh … okay.«

Sie sah immer noch den dicken strohblonden Jungen vor sich. Dunkel meinte sie sich zu erinnern, dass er einmal versucht hatte, sie zu küssen. Es hatte sich angefühlt, als würde ihr ein schleimiger Prielwurm über die Lippen schlüpfen. Igitt!

Nach der Trennung ihrer Eltern war sie nicht mehr so oft an die Küste gefahren, und Hauke hatte sie tatsächlich nie mehr wiedergesehen. Hatte ihr auch nicht gefehlt, und als Opa Otto erzählt hatte, er sei zum Studium nach Bremen gezogen, war ihr das absolut gleichgültig gewesen.

»Weiß mein verrückter Vater eigentlich schon von seinem Glück?«

»Was?«, fragte Nella, in Gedanken immer noch bei ihrem Freund aus Kindertagen.

»Na, von deinem Besuch.«

»Ach so, klar. Er hat uns ja eingeladen. Oder befohlen zu kommen, das passt besser.«

»Uns? Wer soll das sein?« Auf einmal schwang Panik in seiner Stimme mit.

»Karen mit ihrer Familie und ich.«

»Nanu?« Das kam jetzt leiser, und Nella konnte regelrecht hören, wie ihr Vater scharf nachdachte. Er gab dann immer so kleine Grunzlaute von sich.

»Hat er denn einen Grund genannt?«, fragte er nach einer ganzen Weile.

»Er ist sauer, weil ihn niemand zu Weihnachten eingeladen hat.«

»Ich schon«, warf ihr Vater ein. »Zweimal sogar. Aber Otto hat steif und fest behauptet, einen so langen Flug könne er nicht überstehen, wenn er zwischendurch keinen Joint rauchen darf.«

Nella lachte. Typisch Opa Otto.

»Außerdem war er nicht bereit, sein Ticket selbst zu zahlen. Und ins Hotel wollte er auch nicht. Aber bei Vera und mir ist nun mal wenig Platz.«

In Wahrheit, das ahnte sie, hatte die Lebensgefährtin ihres Vaters sich rundheraus geweigert, den »bekloppten Alten«, wie sie ihn zu nennen pflegte, bei sich zu beherbergen.

»Na ja«, sagte Nella langsam. »Unser Opa schwimmt auch nicht gerade im Geld.«

»Von wegen! Er besitzt ein altes Bauernhaus in Friedrichskoog-Spitze und dazu noch ein paar hübsche Wiesen.«

»Aber er würde niemals verkaufen, das weißt du doch.«

»Für wen auch immer er das Erbe bewahren will«, brummte Walter.

»Für dich, Papa, für wen denn sonst?«

Ihr Vater erwiderte darauf nichts und fragte nur noch mal nach: »Sonst gibt es keinen Grund für dieses Familientreffen?«

»Ich weiß nicht genau. Karen sagt, er wolle uns irgendwas Wichtiges mitteilen. Hast du eine Ahnung, worum es da gehen könnte?«

»Nicht die geringste.«

Seltsam, dachte Nella. Ihr Vater war einer der ehrlichsten Menschen, die sie kannte, aber in diesem Augenblick beschlich sie das eindeutige Gefühl, dass er sie anlog.

Er hatte es auch auf einmal ziemlich eilig, das Telefonat zu beenden.

»Wenn das man gut geht«, sagte er nur noch. Es klang wie ein äußerst düsteres Orakel.

Sie schaffte es gerade noch, ihm zu versprechen, dass sie ihn Ostern wieder anrufen würde. Vielleicht zusammen mit Opa Otto, Karen und ihrer Familie auf Skype.

»Schauen wir mal«, erwiderte Papa vage, was sie noch seltsamer fand. Normalerweise freute er sich, sie zu sehen, und betonte immer wieder, wie schön es doch sei, dass die Technik solche virtuellen Familientreffen möglich mache.

Er unterbrach das Gespräch, bevor sie noch etwas fragen konnte.

Frechheit! Zum zweiten Mal an diesem Sonntag wurde sie einfach weggedrückt. Nachdenklich rieb sie sich über die Stirn. Was war eben bloß mit ihrem Vater los gewesen? Fast hätte man meinen können, er hätte Angst vor dem, was Opa Otto ihnen mitteilen würde.

Aber das war natürlich Quatsch. Familie Thiessen hatte keine Leichen im Keller, bloß ein schwarzes Schaf, das sich ehrlich bemühte, so weiß wie die anderen zu werden. Sie selbst nämlich.

Zum Glück teilte sie sich diese Rolle mit ihrem Großvater. Kurz überlegte Nella, ihn anzurufen, ließ es aber bleiben. Otto telefonierte nicht gern, und ein drittes abrupt beendetes Gespräch hätte ihr ohnehin schwaches Selbstvertrauen dauerhaft geschädigt.

Als es an der Tür klingelte, staunte sie. Normalerweise bekam sie nicht viel Besuch. Der gestrige Abend war eine Ausnahme gewesen. Also entweder fand Karen auf einmal Spaß daran, zwischen dem Süllberg und Hamburg-Hamm hin- und herzufahren, oder eine Nachbarin brauchte etwas.

Auf die dritte Möglichkeit wäre sie im Leben nicht gekommen.

»Du?«, fragte sie und klang nicht besonders intelligent. Verzeihlich, fand sie.

Der Besucher schenkte ihr sein schönstes Lächeln. Damit hatte er sie einmal erobert, und auch jetzt wurden ihre Knie weich.

»Hallo, Süße. Du siehst toll aus!«

Komplimente konnte er auch gut verteilen, sogar, wenn sie glatt gelogen waren. Nella wusste genau, welches Bild sie abgab. Übernächtigt, ungekämmt, ungeschminkt und ein bisschen familiengeschädigt.

Der Besucher zwinkerte ihr zu, und sie krallte unauffällig die Fingernägel ihrer rechten Hand in den Türrahmen, damit sie dem Mann bloß nicht um den Hals fiel. Sie überlegte, wie lange sie keinen Sex mehr gehabt hatte. Zwei Monate, mindestens. Für eine Frau Anfang dreißig eine verdammt lange Zeit.

»Spargeltarzan«, flüsterte Karen in ihrem Kopf. Das half ein bisschen.

»Halunke«, setzte Papa aus weiter Ferne hinzu. Das half auch.

Hätte sie wenigstens nach Weihnachten noch Karate gelernt, wäre die Sache schnell erledigt gewesen. So jedoch konnte sie nur so unwirsch wie möglich fragen: »Was zum Teufel willst du hier?«

»Na, na«, erwiderte Florian sanft. »Am Tag des Herrn sollte man den Namen des Antichristen nicht in den Mund nehmen.«

»Hä?«

Florians Hang zur Ironie hatte ihr noch nie gefallen.

Immerhin. Sie hatte sich wieder unter Kontrolle und konnte den Türrahmen loslassen. Dann drehte sie sich um und marschierte zurück in ihr Wohnzimmer.

Die Hoffnung, er würde sich einfach entmaterialisieren, erfüllte sich nicht. Er folgte ihr und machte es sich auf dem Sofa gemütlich. Ganz so, als wäre er hier zu Hause. War er ja auch mal gewesen.

Schon kurz nach ihrem Kennenlernen auf einem Rockfestival letzten Sommer hatte er ihr gestanden, dass er derzeit etwas knapp bei Kasse sei. Leider habe er seinen Job als Barkeeper verloren und seine Wohnung gleich dazu. Tatsächlich müsse er im Auto schlafen, wenn er nicht bei Freunden unterkäme. Und er hatte ihr auch gestanden, dass er sich ein bisschen vor dem Herbst und den kälteren Temperaturen fürchtete.

Eigentlich hatte sie da schon genug von ihm gehabt. Ihrer Meinung nach sollte Magie entstehen, wenn zwei Menschen sich ineinander verliebten. Unbezahlte Rechnungen und prekäre Lebenssituationen waren verlässliche Killer dieser Magie. Aber Nella hatte es nicht übers Herz gebracht, ihn seinem grausamen Schicksal zu überlassen. Er war doch ihr Seelenverwandter, hatte sie gedacht. Bis sie gemerkt hatte, dass er nur ein Schmarotzer war. Im Grunde war ihr sein Fremdgehen kurz vor Weihnachten gerade recht gekommen. So hatte sie einen guten Grund gehabt, ihn rauszuwerfen.

»Was willst du?«

Er sah sie aus seinen teddybärbraunen Augen an. »Das frage ich *dich*, Süße.«

Hm, dachte sie, er ist offenbar nicht bei Sinnen.

»Wie meinst du das?«

»Kleine Erinnerungslücke?«, fragte er zurück.

»Nicht, dass ich wüsste.«

»Aber ich.«

»Jetzt rück endlich raus mit der Sprache!«

Florian lehnte sich entspannt zurück. »Du hast mich gestern Nacht angerufen, weißt du nicht mehr?«

Ihr Blick erklärte ihm wohl, dass es doch ein paar Erinnerungslücken gab.

»Bisschen gefeiert, was?«, fragte er augenzwinkernd. »Wo ich so drüber nachdenke, hast du tatsächlich angeheitert geklungen. Na, jedenfalls, sollte ich auf der Stelle herkommen und mit dir Sex haben. So lautete dein Befehl.«

»Nein, unmöglich.«

»Doch. Du hast gesagt, nichts sei so gut wie die Natur.«

»Nie im Leben!«

»Ich schwöre.« Florian hielt sein Handy hoch. »Gleich danach hast du mir auch noch eine Sprachnachricht geschickt. Willst du mal hören?«

Herr im Himmel!

»Nein, danke.«

Er lachte, und Nella hatte ein wenig mit ihrem festen Stand zu kämpfen.

»Nun, da bin ich, Süße. Ich wollte dich erst mal in aller Ruhe deinen Rausch ausschlafen lassen.«

Weil ihr keine Erwiderung einfiel, schwieg sie.

Florian machte sich derweil eifrig an seiner Jeans zu schaffen.

»Untersteh dich!«, brüllte sie so laut, dass er zusammenzuckte. Was ihr Vater konnte, das konnte sie schon lange.

»Schade«, meinte Florian und grinste schief.

Seltsamerweise sehnte Nella sich auf einmal nach Timo. Er war ein guter, verlässlicher Mann gewesen. Einer, an dessen Schulter sie sich geborgen gefühlt hatte, bis ihr langweilig geworden war. Was aus ihrem Kinderfreund Hauke wohl für eine Sorte Mann geworden war? Ein sexy Parasit wie Florian oder ein humorloser Fels in der Brandung? Und wieso musste sie jetzt überhaupt an ihn denken? Daran war allein ihr Vater schuld! Außerdem war sie von den Ereignissen dieses Sonntagnachmittags definitiv überfordert.

»Am besten, du verschwindest gleich wieder«, sagte sie entschlossen. Dazu setzte sie ein möglichst böses Gesicht auf.

»Okay«, erwiderte Florian gedehnt und stand auf. »Ich geb's auf. Aber ruf mich in Zukunft nicht mehr mitten in der Nacht an.«

»Niemals«, versprach sie und nahm sich vor, augenblicklich seine Nummer zu löschen. Warum hatte sie die überhaupt noch? Ach ja, Florian schuldete ihr ein paar hundert Euro.

»Gibt es irgendeine Chance, dass ich meine Kohle wiederkriege?«

Er zuckte die Schultern. »Sorry. Ich bin zurzeit etwas knapp bei Kasse.«

Zurzeit. Ja, klar.

Sie wies mit dem ausgestreckten Arm zur Tür. Er ging, ohne zu murren.

»Auf Nimmerwiedersehen«, sagte sie, als sie hinter ihm abschloss. Dabei wunderte sie sich über sich selbst. Ausgerechnet Florian hatte sie angerufen? Hätte es da keine bessere Wahl gegeben?

Leider nein, musste sie jetzt mit völlig nüchternem Kopf feststellen. Ihr Liebesleben lag absolut brach.

Vielleicht war ein kleiner Urlaub in Friedrichskoog keine schlechte Idee. Sie würde sich den frischen Wind um die Nase wehen lassen und den Kopf freibekommen. Ihr neues Geschäft musste halt so lange ruhen.

Oder … Nella grinste plötzlich. Warum nicht wenigstens den Präsentierkoffer mitnehmen? Auf dem platten Land gab es bestimmt genügend interessierte Kundinnen.

3

Dor bün ick to Hus

Am Ende fuhr Nella doch gemeinsam mit Karen und ihren Lieben nach Friedrichskoog. Torben habe darauf bestanden, verkündete ihre Schwester. Man wolle als Familie auftreten, wo es eventuell etwas Wichtiges zu besprechen gab, eine Erbschaft womöglich.

Nella leuchtete die Erklärung nicht ganz ein, aber sie war einverstanden. Wobei ihr seit Tagen das alte Heimatlied nicht mehr aus dem Kopf ging:

Wo de Nordseewellen trecken an den Strand,
wo de geelen Böme bleuhn int gröne Land,
wo de Möwen schrieen gell int Stormgebrus,
dor ist mine Heimat, dor bün ick to Hus.

Die Vorstellung von spülenden Nordseewellen, blühenden gelben Bäumen und im Sturmgebraus schrill schreienden Möwen wurde ihr langsam unheimlich. Sie empfand Friedrichskoog nämlich keineswegs als ihre Heimat und verstand nicht, warum der Ohrwurm sie so plagte. Also hoffte sie, zusammen mit Karen und ihrer Familie auf andere Gedanken zu kommen.

Sie saß an diesem Karfreitagmorgen auf der Rückbank von Torbens Nobelkutsche, leicht eingeklemmt zwischen Neffe und Nichte, weil sich Maximilian aus unerfindlichen Gründen ungebührlich breitmachte. Zuvor hatte sie sich eine Schimpftirade von Karen über ihr Gepäck anhören müssen. So eine große Reisetasche? Und dazu noch zwei prall gefüllte Kleidersäcke? Wie lange wolle sie den fortbleiben? Ein Jahr? Und dieser eckige pinkfarbene Koffer? Was sei denn da wohl drin? Ihr gesamtes Schminkzeug? Wollte sie etwa als Vogelscheuche an der Nordseeküste einfallen? Nella hatte eine Entschuldigung gemurmelt und sich nach hinten verkrümelt. Maximilian hatte nach einem knappen Gruß seine Kopfhörer wieder aufgesetzt, und sie fragte sich, wie er den Krach bloß aushielt. Bässe und Beats waren so laut, dass sie alles gut mithörte.

Na, dachte sie, wenigstens trecken die Nordseewellen jetzt nicht mehr so rhythmisch an den Strand. Sie mochte Maximilian gern, auch wenn er mitten in der Pubertät steckte und die ganze Welt uncool fand. Das war normal. Sie konnte sich noch gut daran erinnern, wie sie sich damals gefühlt hatte. Sein wahres Wesen war ausgesprochen liebenswert, und Nella wusste, es war nur eine Frage der Zeit, bis es wieder zum Vorschein kommen würde. Im Augenblick fühlte er sich eben selbstsicher, wenn er sich unnahbar gab.

Äußerlich kam Maximilian ganz nach seinem Vater. Sein Haar war dunkel und voll, wies neuerdings aber diesen modischen Schnitt auf, den Nella ziemlich hässlich fand. Oben eine Tolle und an den Seiten fast kahl rasiert. Er würde auch mindestens so groß wie sein Vater werden, und sein Gesicht zeigte bereits dessen markante Züge, wobei es von einigen Pickeln verunstaltet war. Schon bald, davon war Nella überzeugt, würde er so manches Mädchenherz brechen.

Ihre Nichte Katharina liebte Nella geradezu abgöttisch. Vom Aussehen her war sie ein kindliches Abbild von Karen, besaß ein großes Herz und liebte Tiere über alles. Genau wie Nella selbst als Kind. Und Karen auch. Außerdem war Katharina immer fröhlich. Fast immer. Während sie Hamburg in Richtung Nordwesten verließen, verzog die Kleine kummervoll die Mundwinkel nach unten.

»Es geht ihm gut«, sagte Nella zum ungefähr hundertfünfzigsten Mal und meinte damit das Meerschweinchen, das Katharina in einem Reisekäfig auf ihrem Schoß hielt.

»Aber es ist so eng da drin, und Herr Schmidt ist es gewohnt, frei in seinem Zimmer rumzulaufen«, erwiderte ihre Nichte weinerlich. Warum das dunkelbraune Meerschweinchen Herr Schmidt hieß, wusste Nella nicht, zumal es, wie Karen behauptete, ein Mädchen war.

»Weißt du«, erwiderte sie zögernd auf der Suche nach den richtigen Worten, »ich glaube, das macht ihm … ähm … ihr gar nichts aus. Siehst du? Er … sie ist ganz entspannt.«

Katharinas Augen wurden groß. »Warum redest du so komisch?«

»Na ja, ich bin mir nicht sicher, ob das Meerschweinchen ein Er oder eine Sie ist.«

»Du bist aber dumm, Tante Nella. Papa heißt Herr von Tannenberg, und er ist doch auch ein Er.« Katharina grinste sie an, und Nella grinste zurück.

Torben, der wohl nicht gern mit einem Meerschweinchen auf eine Stufe gestellt wurde, stieß hinter dem Steuer einen kleinen kehligen Laut aus und fing sich einen mahnenden Seitenblick von seiner Frau ein. Allerdings zuckten seine Schultern verdächtig, und Nella ahnte, er unterdrückte einen Lachanfall.

»Hoffentlich geht es Struppi und Missy gut«, sorgte sich Katharina weiter. Das waren wenigstens normale Namen für einen Hund und eine Katze.

Karen drehte sich halb nach hinten um. »Du weißt, dass Rosa sich gut um sie kümmern wird.«

Rosa war die polnische Haushälterin der von Tannenbergs. Nella hatte von ihrer Existenz noch nichts gewusst und war schwer beeindruckt gewesen, als sie die energische Frau mittleren Alters vor einer Stunde in der Villa kennengelernt hatte.

»Hast du auch eine Haushälterin?«, fragte Katharina nun und vergaß vorübergehend ihre Sorgen um die geliebten Vierbeiner.

»Nein«, gab Nella zurück. »Meine Wohnung ist nicht so groß wie euer Haus, weißt du.«

»Und du hast keine Kinder. Da brauchst du ja auch keine Hilfe.« Sie sagte es ohne jegliche Bosheit, dennoch versetzte es Nella einen Stich.

»Katharina«, mahnte Karen streng und wandte sich erneut zu ihnen um. »Sei nicht so vorlaut.«

Maximilian, der irgendwo an seinem Kopf offenbar

über ein drittes Ohr verfügte, beugte sich vor, musterte den Käfig, starrte seine kleine Schwester an und informierte sie: »In Peru sind Meerschweinchen eine Delikatesse. Sie werden wie Kaninchen gebraten.«

Katharina brach in lautes Geheul aus, Karens Blick wurde stahlhart, Torben fluchte ganz unadelig, und Nella kniff ihren Neffen fest in den Arm.

»Aua!«

»Hast du verdient.«

Seine Augen loderten wütend, aber sie bildete sich ein, auch einen Hauch Anerkennung darin zu lesen. Offenbar wagte es sonst niemand, ihn zu kneifen. Außerdem schien er sich zu schämen, weil er so grob zu seiner kleinen Schwester gewesen war. Es war eben verflixt schwierig, fünfzehn Jahre alt zu sein.

Nella versicherte Katharina, dass Herr Schmidt ganz bestimmt niemals gegrillt werde, und ein paar Minuten später herrschte angenehme Ruhe im Auto.

Sie hatten Hamburg im Nieselregen verlassen, aber als Torben nun bei Itzehoe von der Autobahn abfuhr und auf die B5 Richtung Westen abbog, riskierte die Sonne einen ersten Blick durch die Wolkendecke. Nella empfand es als gutes Omen. Vielleicht würde alles ganz prima werden. Vielleicht würden sie alle ein friedliches Osterfest bei Opa Otto verbringen.

Augenblicklich hob sich ihre Stimmung, und sie freute sich auf lange Spaziergänge im Watt, auf faule Tage im Strandkorb, auf gutes Essen und das Ausbleiben aller Sorgen.

Sie fuhren an Kohl- und Getreidefeldern vorbei, sahen

Schafe und die kräftigen Holsteiner Kühe, die Schwarzbunten, auf sattgrünen Wiesen weiden. In manchen Gärten zeigte sich noch die lilafarbene Farbenpracht der Krokusse. Hier draußen war das Klima rauer, und die Frühlingsboten waren noch nicht alle verblüht. Nella bestaunte die meist klein gebliebenen Bäume, die sich dem stetig wehenden Wind zwar beugten, aber niemals brachen. Stolz wies sie Katharina auf Birken, Zitterpappeln, Ebereschen und Kiefern hin und wunderte sich selbst, wie sich ihr Wissen, das sie in der Kindheit erworben hatte, bis heute gehalten hatte.

Das fruchtbare Dithmarscher Bauernland zog sie nun ganz in seinen Bann. Es war die reinste Erholung für ihre Augen, die normalerweise nur künstliche Natur im Fernseher oder die Häuser gegenüber sahen. Hier draußen an der Küste, das wusste sie auf einmal wieder, wurden der Blick weit und die Seele leicht.

Wenn sie durch Dörfer kamen, bewunderte Nella die zurückhaltenden Vorboten des Osterfestes. In vor dem Wind geschützten Gärten erfreuten sie Tulpen und Narzissen mit ihren leuchtenden Farben, an manchen Sträuchern hingen liebevoll angemalte Ostereier, der eine oder andere Plüschhase hoppelte über die Terrassen. An den Haustüren hingen Blumengebinde, alles wirkte frisch geputzt und frühlingshaft freundlich, aber nicht überladen.

In der Stadt war das anders, fand Nella. Da wurde man im Supermarkt ab Ende Januar schon von Hasen, Eiern, Küken und Nestern aus Schokolade, Fondant und Gelee regelrecht erschlagen. Neuerdings auch vegan, laktose-

oder glutenfrei. Nun gut, dachte sie, vielleicht sah es in den Geschäften hier ganz genauso aus, doch das Land versprach ein Fest, wie es sein sollte. Mit Familien, die einfach zusammen waren, mit der Freude der Kinder, wenn sie im Garten Ostereier suchen durften, mit leckerem Essen und einem prächtigen Osterfeuer am Samstagabend.

Am liebsten hätte sie ihre Freude laut herausgesungen, aber Maximilians Bässe und Beats eigneten sich nicht zum mitsummen, und die Nordseewellen sollten gefälligst hinter dem Deich bleiben und Ruhe geben.

Plötzlich rief Katharina: »Guckt mal! Da fährt ein Schiff über die Wiese!«

Alle lachten, aber als Nella sah, wie ihre Nichte vor Scham und Ärger dunkelrot wurde, sagte sie schnell: »Du hast recht, das sieht wirklich so aus. Schau nur da hinten bei dem Wäldchen. Da kommt noch eins.«

Katharina, die offensichtlich ihren Augen nicht mehr über den Weg traute, hielt den Blick gesenkt.

»Es ist so«, fuhr Nella gelassen fort. »In Wahrheit fahren die Schiffe durch den Nord-Ostsee-Kanal. Der wurde schon vor Ende des neunzehnten Jahrhunderts gebaut. Früher mussten alle Frachtsegler und Passagierdampfer einen riesigen Umweg fahren, wenn sie von der Nord- in die Ostsee oder umgekehrt gelangen wollten. Bis an die Nordspitze von Dänemark. Das hat eine Menge Zeit und Geld gekostet. Der Kanal hat die Reise viel einfacher gemacht, und er wird bis heute genutzt.«

»Ach so«, murmelte Katharina. Dem Schiff, das sie eben noch so bewundert hatte, gönnte sie trotzdem keinen Blick mehr. Sie war ein stolzes Kind, darin kam sie ganz nach ihrer Mutter.

Torben schien sich am Steuer zu langweilen, denn er begann, über die große, stolze Geschichte der Gegend zu dozieren. Nella vermutete, er wollte ihr in nichts nachstehen.

»Geschichte?«, fragte Maximilian gelangweilt. »Was soll hier schon groß an Geschichte passiert sein. Hier gab's doch bloß Bauern, Schäfer und Fischer. Haben die etwa eine Revolution angezettelt?«

Durch den Rückspiegel warf Torben einen geduldigen Blick auf seinen Sohn. Als Kinderarzt hatte er genug Erfahrung mit Jugendlichen, die plötzlich aufmüpfig wurden.

»Nun, das nicht gerade. Aber als die Friesen aus den heutigen Niederlanden in dieses Gebiet kamen, machten sie es zunächst durch den Deichbau nutzbar. Und auch die eingewanderten Sachsen trugen ihren Teil dazu bei, dass dies hier heute ein grünes Bauernland ist.«

»Spannend«, kommentierte Maximilian und meinte offensichtlich das Gegenteil.

Torben ließ sich nicht beirren. »Und in der alten Republik Dithmarschen gab es eine hochinteressante Lebensform.«

Maximilian verdrehte die Augen, aber Nella hörte genau zu. Irgendjemand hatte ihr schon einmal von dieser Besonderheit erzählt. Wahrscheinlich ihr Großvater. Doch sie erinnerte sich nicht mehr an die Einzelheiten.

»Historiker«, fuhr Torben fort, »sprechen vom Geschlechterwesen. Die Menschen der verstreuten Siedlungen schlossen sich in Familien- und Sippenverbänden, den Geschlechtern, zusammen. In denen bestanden altgermanische Traditionen weiter, unter anderem auch die Blutrache.«

»Blutrache?«, merkte Maximilian auf. »Etwa wie bei der Mafia?«

Torben übte sich weiter in Geduld. »Wenn du es so sehen willst, ja. Wichtiger jedoch war der Stolz auf die eigene Kraft. Über Jahrhunderte haben sich die Dithmarscher erfolgreich gegen mächtige Herren verteidigt, die sie unter ihre Hoheit zwingen wollten. Die Grafen von Stade, Heinrich der Löwe, die Schauenburger Grafen – sie alle scheiterten an den stolzen Bauern.«

Sein Sohn drehte die Musik wieder lauter, aber Nella sagte voll ehrlicher Bewunderung: »Was du alles weißt!«

»Geschichte ist mein Hobby«, erwiderte Torben bescheiden, doch mit einem gewissen Stolz in der Stimme. »Und diese Halbinsel finde ich faszinierend.«

Karen wandte sich schon wieder um. Wenn sie nicht aufpasste, dachte Nella, kam sie mit einem steifen Hals bei ihrem Großvater an.

Ihre Schwester strahlte nur so vor Zufriedenheit. Zwar sagte sie keinen Ton, aber Nella wusste genau, was sie dachte: Siehst du, was für einen wunderbaren Mann ich habe? Und du kannst nicht mal einen obdachlosen Spargeltarzan halten. Dir laufen die Kerle scharenweise davon, während ich eine glückliche Ehe führe, glückliche Kinder und glückliche Haustiere habe.

Okay, dachte Nella, vielleicht interpretiere ich da zu viel rein. Von Florians Obdachlosigkeit hatte sie Karen nie erzählt, und zumindest Herr Schmidt wirkte im Moment nicht besonders glücklich.

Sie lächelte Karen liebevoll an, was deren zufriedene Maske leicht verrutschen ließ. Zum Glück schaute ihre Schwester dann wieder nach vorn. Nella sah aber noch genau, wie sie Torben kurz die linke Hand auf den Oberschenkel legte.

Plötzlich spürte sie einen Stich in ihrem Innern. Die Geste, dieser Moment der Verbundenheit zwischen den Eheleuten, machte ihr bewusst, wie viel sie bisher im Leben verpasst hatte.

Ja doch, sie sehnte sich nach Liebe und nach Stabilität. Sie wäre gern viel weniger das schwarze Schaf der Familie gewesen. Lieber eine weitere Tochter, auf die Thelma und Walter stolz sein konnten. Lieber eine junge Frau, die wusste, was sie wollte, und das Glück mit beiden Händen ergreifen konnte, wenn es zufällig vorbeikam.

Uff! Das war ja furchtbar, was ihr da durch den Kopf ging! Dann doch lieber die Nordseewellen.

Als sie Friedrichskoog erreichten, kamen weitere Bauernhäuser aus Fachwerk und roten Ziegeln in Sicht, viele mit Reetdächern, dazwischen moderne Gebäude, Ferienpensionen und Hotels. Torben lenkte den Wagen über die Koogstraße nach Friedrichskoog-Spitze. Auch hier hatte sich der Ort im Laufe der Jahre dem Tourismus angepasst, jedoch seinen ursprünglichen Charme bewahren können.

Karen machte ihre Kinder auf die Windmühle »Vergissmeinnicht« aufmerksam. »Wenn ihr Glück habt, könnt ihr dort einmal heiraten.«

Es klang fast, als bedauerte sie es, nicht an diesem romantischen Ort den Bund fürs Leben geschlossen zu haben. Nella wunderte sich. Sie hatte immer geglaubt, die protzige Hochzeit in Hamburg sei genau das Richtige für ihre Schwester gewesen. Erst die kirchliche Zeremonie im Michel, der berühmten St.-Michaelis-Kirche, anschließend die Feier mit zweihundert Gästen in einem Fünf-Sterne-Hotel an der Außenalster. Selten hatte sie sich in ihrem Leben so fehl am Platz gefühlt.

Weder Maximilian noch seine kleine Schwester interessierten sich sonderlich für den alten zweistöckigen Galerie-Holländer. Stattdessen behauptete Katharina plötzlich, sie müsse mal ganz dringend.

»Kann das nicht warten?«, fragte Torben. »Wir sind in ein paar Minuten da.«

»Nein«, erklärte Katharina mit weinerlicher Stimme. »Ich muss wirklich.«

Also hielt ihr Vater vor einem Café, und Nella erklärte sich bereit, ihre Nichte zu begleiten. Tatsächlich hatte sie selbst schon seit Itzehoe ein dringendes Bedürfnis verspürt, sich aber nicht getraut, es laut zu sagen. Schließlich hatte Karen vor der Abfahrt alle noch mal streng darauf hingewiesen, dass keine Pausen geplant seien. Man wolle trotz des Osterverkehrs in spätestens zwei Stunden in Friedrichskoog sein. Warum das so wichtig war, hatte Nella nicht eingeleuchtet.

Im Café duftete es nach Hefezopf, Butterkuchen, Kaffeebrot und starkem Tee. Sofort knurrte ihr Magen, und sie wünschte, sie könnten etwas länger bleiben. Aber damit hätte sie den Zorn des tollen Torben auf sich gezogen. Also lief sie mit Katharina zu den Waschräumen und wies sie an, sich zu beeilen.

Als sie wenig später durch das Café wieder nach draußen strebten, bemerkte Nella eine wunderschöne Frau.

Normalerweise sah sie sich lieber Männer an, aber diese Frau war wirklich eine Erscheinung. Sie saß an einem Fenstertisch neben der Eingangstür, trug ein dunkelgrünes Kleid aus einem Stoff, der verdächtig nach Seide aussah. Die langen, schlanken Beine hatte sie übereinandergeschlagen, die Schuhe steckten in hohen Pumps, für die Fingernägel hätte sie einen Waffenschein gebraucht. Ihr Gesicht war fein gezeichnet, und bei den fülligen Lippen drängte sich automatisch die neidvolle Frage auf, ob die echt waren. Am auffälligsten jedoch waren ihre vollen Haare. Nicht blond, nicht rot, irgendwo dazwischen. Sie fielen ihr in langen, lockigen Kaskaden über den halben Rücken.

Nella beschloss augenblicklich, sich nach ihrer Rückkehr in Hamburg die Haare färben zu lassen. Und Extentions brauchte sie auch, beschloss sie. Ob diese Schönheit hier wohl etwas dagegen hätte, wenn sie sich eine klitzekleine Locke als Probemuster abschnitt?

Katharina zerrte an ihrer Hand. »Komm doch. Sonst wird Papa böse.«

Nella ließ sich weiterziehen, starrte aber immer noch die Schönheit an und kollidierte daraufhin mit einer strammen Männerbrust. Autsch!

»Sie sollten vielleicht lieber nach vorn schauen, wenn Sie irgendwohin gehen«, sagte der Mann mit angenehm tiefer Stimme und dem typischen nordfriesischen Einschlag. Er sprach kein Platt, zog aber die Vokale in die Länge, während die Konsonanten leicht abgehackt klangen.

»Gute Idee«, gab sie zurück, obwohl sie sich an dieser Männerbrust eigentlich ganz wohlfühlte. Sie empfand so etwas wie Geborgenheit und zugleich Aufregung. Ein männlicher Duft stieg ihr in die Nase, ein raues Baumwollhemd kitzelte ihre Wange. Hier wollte sie gern eine Weile bleiben. Aus ihr unerfindlichen Gründen sah sie nicht hoch. Vielleicht hatte sie Angst vor der Enttäuschung, wenn sie in ein wenig anziehendes Gesicht blicken würde.

Katharina zog sie weiter, was Nella ihr wirklich übel nahm. Sie wollte sich dagegen wehren, aber für ein sechsjähriges Mädchen besaß ihre Nichte erstaunlich viel Kraft. Aus den Augenwinkeln bemerkte Nella noch, wie der Mann den Tisch der rotblonden Schönheit ansteuerte.

Verdammt! Das Leben war so ungerecht!

Tief in Gedanken versunken, nahm Nella wieder im Auto Platz, und während sie die kurze verbliebene Strecke zurücklegten, wünschte sie sich, der Mann hätte sie umarmt und wild geküsst.

Sie rieb sich heftig über die Stirn. Echt jetzt?

Offensichtlich wurde an der Nordseeküste nicht nur die Seele weit, sondern auch das Herz spielte verrückt.

Keine zwei Minuten später erreichten sie Opa Ottos Haus. Es stand direkt hinter dem hohen, breiten Deich, und Nella dachte daran, wie sie früher nur hinauf zur Krone laufen musste, um dann auf der anderen Seite an den besonderen Strand von Friedrichskoog zu gelangen.

Einen spektakulären Sandstreifen suchte man hier vergebens. Mitte des neunzehnten Jahrhunderts war das Land mühsam dem Meer abgerungen worden, und damals hatte man dringend Weideflächen gebraucht und keinen touristischen Firlefanz. Deshalb standen die Strandkörbe nun auf dem grünen Deich, der zum Wasser hin lang und flach abfiel.

Nella erzählte Katharina davon, und ihre Nichte verzog prompt das süße Gesicht. »Das wusste ich gar nicht mehr. Es ist ewig her, seit wir zuletzt bei Uropa waren. Und ich hatte mich schon so darauf gefreut, eine riesige Sandburg zu bauen.«

Nella versprach ihr, dafür mit ihr eine Wattwanderung zu unternehmen. Wenn ihre Eltern es erlaubten, sogar bei Nacht. Katharina war schon ein wenig getröstet, und als Nella außerdem mit einem Ausflug zur Seehundstation lockte, strahlte sie vergnügt. Allerdings nahm sie ihrer Tante das Versprechen ab, gleich am nächsten Morgen die süßen, süßen Seehunde und Robben zu besuchen.

»In Ordnung. Wenn nichts anderes auf dem Programm steht, machen wir das.« Sogleich bekam sie einen schmatzenden Kuss auf die Wange.

Auch Nella war lange nicht mehr in Friedrichskoog gewesen. Elf, wenn nicht sogar zwölf Jahre waren vergangen. Warum nur?, fragte sie sich jetzt. Früher einmal hatte es ihr hier doch gefallen. Aber früher war sie jünger gewesen, und mit viel gutem Willen hatte sie behaupten können, es sei nicht schlimm, dass es mit dem einen oder anderen Job, mit dem einen oder anderen Mann nicht geklappt habe. Ihr Leben liege ja noch vor ihr. Mit Mitte dreißig wurde das schon schwieriger.

Seltsam, dachte sie jetzt. Dabei war Otto Thiessen nie der Mensch gewesen, der sie für ihr zielloses Leben gerügt hatte. Obwohl er mit seinem scharfen Blick immer erkannt hatte, was los war. Das Reden hatten andere erledigt. Karen und besonders ihre Mutter.

Großvaters typisches Friesenhaus übte schon von außen eine besondere Wirkung auf sie aus. Es stand seit mehr als hundert Jahren an Ort und Stelle und hatte rauen Winden ebenso wie Überflutungen getrotzt. Es war in Ost-West-Richtung gebaut, um den Stürmen weniger Angriffsfläche zu bieten, und ruhte auf mächtigen Pfeilern. Torben kam ihr zuvor, als sie mit ihrem Wissen prahlen wollte.

»Seht ihr die roten Backsteine, Kinder?«, fragte er, als sie ausgestiegen waren.

Katharina nickte eifrig, Maximilian murmelte: »Bin ja nicht blind.« Er war sauer, weil Karen eben seine Kopfhörer einkassiert hatte.

»Die Friesenhäuser wurden grundsätzlich um stämmige Holzbalken herum errichtet. Erst wurde ein stabiles Holzgerippe gebaut, dann zog man mit roten Backsteinen die Mauern hoch. Das ist einfach genial.«

»Wieso denn?«, fragte Maximilian immer noch mürrisch, aber Nella konnte heraushören, dass sein Interesse geweckt war. Hinter dem übellaunigen Teenager steckte ein kluger junger Mann.

Sein Vater lächelte verhalten und dozierte weiter: »Bei schweren Sturmfluten flüchteten die Bewohner auf die obere Etage. Unten konnte das Wasser die Wände eindrücken, das Haus aber blieb trotzdem auf den Balken stehen.«

»Wow!«, stieß Maximilian aus, während Katharina wohl nicht ganz folgen konnte. Sie betrachtete lieber die bunten Tulpen im Vorgarten. Aber Nella bemerkte die Furcht in ihren Augen und flüsterte ihr zu: »Über Ostern wird das Wetter schön. Weit und breit keine Sturmflut in Sicht.«

Torben war jetzt ganz in seinem Element. Offenbar kam es nur selten vor, dass er die Aufmerksamkeit seines Sohnes gewann, und das galt es auszunutzen. »Das Reet auf dem Dach ist auch etwas Besonderes. Es hält den stärksten Orkanen stand, wenn Dachziegeln schon längst weggeflogen wären. Allerdings fängt es auch leicht Feuer, und deswegen wurden diese hohen Spitzgiebel über die Eingangstür gesetzt. Das brennende Reet kann rechts und links daran herunterrutschen, und der Fluchtweg bleibt frei.«

»Wird es brennen, wenn wir hier sind?«, fragte Katharina angstvoll.

»Natürlich nicht«, sagte Karen sofort und maß ihren Mann mit einem langen, vorwurfsvollen Blick.

»Nur keine Sorge«, sagte Torben schnell.

»Warum müsst ihr denn der Lütten jetzt schon Angst einjagen?«, erklang Opa Ottos wohlbekannte Stimme. Er war unbemerkt ums Haus herumgekommen und baute sich vor der Familie auf.

Seine Erscheinung übertraf Nellas sämtliche Erwartungen. Die der anderen auch.

»Oh«, flüsterte Katharina halb ängstlich, halb fasziniert und versteckte sich lieber hinter ihrer Mama.

»Nicht zu glauben«, sagte Torben halblaut.

»Cool!«, rief Maximilian.

»Herrgott!«, stieß Karen aus.

Nella sagte nichts, weil sie so lachen musste. Sie konnte gar nicht mehr aufhören.

4

Herr Schmidt in Gefahr

»Willkommen!«, rief Otto Thiessen feierlich. Er hob die Hände wie ein gnädiger Herrscher, nur leider war an seiner Erscheinung so gar nichts Königliches. Ob es daran lag, dass er die Familie erst später erwartet hatte, oder ob er in den Jahren, in denen Nella ihn nicht gesehen hatte, endgültig in sein persönliches Nirwana abgedriftet war – sie konnte es nicht mit Gewissheit sagen.

Früher hatte Opa Otto noch normale Kleidung getragen und nur sein Haar lang wachsen lassen. An diesem Karfreitag jedoch empfing er seine Enkelinnen samt Anhang gewandet in ein geblümtes Batikhemd und weite knielange Hosen, die um seine Storchenbeine schlotterten. An den Füßen trug er Jesuslatschen. Sein schlohweißes Haar reichte ihm bis auf die Schultern und wurde nur von einem ledernen Stirnband gehalten.

Nella stellte fest, dass der ebenfalls weiße Bart sehr dicht war und immerhin frisch gewaschen wirkte.

Maximilian zückte sein Handy und wollte ein Foto schießen, wurde aber von seinem Vater daran gehindert. Der Junge brummte daraufhin etwas von Erwachsenen, die keinen Spaß verstanden.

Im Stillen rechnete Nella schnell nach, wie lange Oma Johanna nun schon tot war. Otto und Johanna hatten sich Anfang der Fünfziger auf einem Rock-'n'-Roll-Konzert in Ostfriesland kennengelernt. Beide waren damals noch blutjung, und während Otto gern den Rebellen gab, war Johanna eine brave Bauerstochter von der Nordseeküste und für die Welt ihrer Vorfahren verloren, als sie mit Otto zusammenkam. Zumindest eine ganze Zeit lang.

Weil Otto, Kfz-Mechaniker aus Hamburg, es auf dem Konzert besonders laut krachen ließ, verliebte sie sich natürlich in ihn, und die beiden zogen daraufhin als Paar durch Europa. Zumindest behaupteten sie das später, wenn sie vor ihren Enkeltöchtern mit ihrem aufregenden Leben angaben. Aber Nella glaubte, anstatt bis nach Paris waren sie höchstens bis nach Papenburg gekommen, bevor ihnen das Geld ausging.

So kehrten sie heim nach Friedrichskoog, wo Johannas Vater auf einer Hochzeit nach guter alter Tradition bestand. Als dann der kleine Walter zur Welt kam, verwandelte sich die junge Mutter nach und nach in eine erdfeste Landfrau zurück.

Otto Thiessen passte sich nicht so leicht an und stieß Ende der Sechzigerjahre auf die Hippiebewegung. Er war damals schon über dreißig und eigentlich zu alt für ein Blumenkind. Aber er hatte seine Leidenschaft eben spät entdeckt. Johanna ließ ihn machen. Sie war eine kluge Frau und ahnte wohl, dass sie ihn nur an der langen Leine halten konnte. Aber zu Beginn der Siebziger beruhigte sich Otto und verzichtete schließlich sogar auf die freie Liebe, weil er sich ohnehin langsam zu alt dafür fühlte. Dass seine über alles geliebte Ehefrau so viel früher als er sterben musste, zog ihm den Boden unter den Füßen weg. Zwölf Jahre war das jetzt her, und Nella erinnerte sich genau an den Tag der Beerdigung. Von überall her waren alte Freunde des Paares nach Friedrichskoog gekommen und hatten sich bunt und laut unter die Einheimischen gemischt. Der Leichenschmaus später war in ein Happening mit Gitarrenmusik, Gesang und kreisenden Joints ausgeartet. Damals hatte sie das lustig gefunden, heute musste sie daran denken, wie still und regungslos Opa Otto alles über sich hatte ergehen lassen. Sein Gesicht war ausdruckslos gewesen, seine Augen hatten den Blick in die Ferne gerichtet, vielleicht in den Himmel. Erst jetzt begriff sie, wie einsam und haltlos er gewesen war. Der Mensch, mit dem er seine alten Tage hatte verbringen wollen, war fort.

Das Herz wurde ihr auf einmal schwer. Niemand hatte ihm in jener schweren Zeit wirklich beigestanden. Walter war damals schon auf dem Sprung nach Teneriffa gewesen, Karen war mit Karriere, Torben und Maximilian vollauf beschäftigt gewesen, und Nella, tja, sie hatte genug mit sich selbst und diesen ständig platzenden Träumen zu tun gehabt. Erst in diesem Moment wurde ihr bewusst, dass sie seitdem nie wieder nach Friedrichskoog gefahren war. Ihr Lachen erstarb, und eine Woge schlechten Gewissens stieg in ihr auf.

Und so war ihr Großvater in die Vergangenheit geflüchtet, ohne dass es jemand aus der Familie mitbekommen hatte. Je mehr er wieder zum Hippie wurde, desto näher war ihm offenbar seine Johanna. Sie hatte die Bewegung zwar nicht mitgemacht, war ihm aber eine liebende Ehefrau geblieben. Wahrscheinlich versorgte er sich im nicht so weit entfernten Holland mit reichlich Gras, gewann viele neue Freunde, die ihn ausnutzten, und ließ jeden, der ihn darum bat, in dem alten Friesenhaus wohnen. Er hatte Karen bei Johannas Seelenheil schwören müssen, dass sein Haus zu Ostern frei von Schmarotzern sein würde.

Nellas Schwester schien da so ihre Zweifel zu haben und würde bestimmt gleich nachsehen.

Nella bemerkte, dass Ottos Pupillen unnatürlich weit waren. Von dem scharfen Blick, vor dem sie sich die ganze Woche lang ein klein wenig gefürchtet hatte, war keine Spur zu erkennen.

»Voll zugekifft«, raunte sie ihrer Schwester zu, was dieser einen Seufzer entrang, während Maximilian seinen Uropa mit offenem Mund anstarrte.

Torben wusste nicht so recht, wie er mit der Situation umgehen sollte. Das konnte Nella ihm genau ansehen. In den gehobenen Hamburger Kreisen, in denen er für gewöhnlich verkehrte, kamen solche Figuren nicht vor. Also tat er, als wäre alles vollkommen normal: Die Familie erscheint zum Osterbesuch und wird von dem Verwandten herzlich empfangen. Er trat vor und schüttelte Otto kräftig die Hand.

Der Arm des Großvaters flog nur so auf und ab, dazu breitete sich ein Grinsen auf seinem Gesicht aus.

»Freut mich außerordentlich, wirklich außerordentlich. Wer sind Sie denn, junger Mann?«

Nellas Lachmuskeln hatten sich gerade erst wieder

erholt, nun brüllte sie erneut los, Maximilian mit ihr. Karen hingegen zog eine säuerliche Miene, während der tolle Torben, den Nella jetzt nur von hinten sehen konnten, die Schultern anspannte. Es dauerte aber nur ein paar Sekunden, bis auch er herzlich lachen musste.

Einzig Katharina achtete nicht auf die Erwachsenen. Nella bemerkte, wie sie sich auf den Rasen hockte und an dem kleinen Käfig herumfummelte.

»Lass Herrn Schmidt lieber nicht frei«, sagte sie schnell zu ihrer Nichte. »Im Dorf laufen bestimmt einige Hunde frei herum.«

Zumindest, das wusste sie noch genau, war das früher so gewesen.

Zu spät! Schon flitzte das Meerschweinchen auf den Rasen und knabberte an frischen Grashalmen. Aber nur ungefähr fünf Sekunden lang. Dann baumelte es im Maul eines monstermäßig großen Hundes, irgendeiner seltsamen Mischung aus Dänischer Dogge und Irischem Wolfshund von schmutzig grauer Farbe. Von Herrn Schmidt war nur noch das kleine Hinterteil zu sehen.

»Pfui, pfui«, flüsterte Katharina, die ungefähr halb so groß wie die Bestie war und keinen sonderlichen Eindruck auf sie machte.

Karen kam angerast und schlug dem Hund mit der Handtasche fest auf die Nase. Er schaute sie nur interessiert an. Dann nieste er, verlor aber seine Beute nicht aus dem Maul.

Maximilian und Torben waren überfordert, Opa Otto war nicht von dieser Welt.

Blieb nur noch Nella. Beherzt schnappte sie sich eines

der aufgestellten Ohren, verdrehte es und sagte streng: »Aus!« Prompt sperrte der Hund das breite Maul auf. Herr Schmidt plumpste aus ziemlich großer Höhe herab, landete aber weich auf dem Rasen. Ihm schien weiter nichts passiert zu sein. Die kräftigen Kiefer des Monsterhundes hatten sich nicht zum tödlichen Biss geschlossen.

»Braver Junge«, sagte sie und ließ sein Ohr los. Daraufhin legte sich der Riese hin, wälzte sich auf den Rücken und wollte von ihr am Bauch gekrault werden. Sie tat ihm den Gefallen.

Ihr Publikum staunte über Nella, die Dompteurin. Nur ihr Großvater nicht, der hatte noch in Shangri-La zu tun.

Von irgendwoher erklang ein durchdringender Pfiff. Monsterbaby war mit einem Schwung auf den Pfoten und sprang davon.

»Hammer!«, rief Maximilian. »Und ich Idiot habe nicht gefilmt.«

Katharina erholte sich von dem Schreck so schnell, wie es nur Kinder konnten, und machte sich daran, Herrn Schmidt Millimeter für Millimeter zu untersuchen.

»Es geht ihm gut«, entschied sie schließlich. »Aber er ist ganz schleimig. Ich werde ihn baden.« Bevor jemand sie daran hindern konnte, war sie schon im Haus verschwunden. Wie sie die massive hölzerne Eingangstür aufbekam, und das mit nur einer freien Hand, war Nella ein Rätsel.

Karen eilte ihr hinterher. Wahrscheinlich vermutete sie weitere Bestien im Innern des Hauses. Zusätzlich zu den Schmarotzern.

Otto Thiessen kratzte sich am Kopf. »Waren hier eben

nicht noch mehr Lüüt?« Er sah von Torben zu Maximilian zu Nella. Maximilian schien er auch nicht zu kennen, aber beim Anblick seiner zweiten Enkelin leuchteten seine matten Augen auf.

»Nella, wat 'ne Freude! Herzlich willkommen auf meiner Insel.«

»Wieso Insel?«, hörte sie Maximilian fragen, während Opa Otto sie jetzt in einer seiner typischen Umarmungen fast erdrückte. Er war spindeldürr geworden, besaß aber immer noch beachtliche Kräfte.

Torben schien sich langsam wieder zu fangen, denn er erklärte seinem Sohn bereitwillig: »Die Einwohner behaupten gern, sie würden auf einer Insel leben. Weil das Land nämlich eingegrenzt wird von der Nordsee im Westen, der Elbe im Süden, dem Nord-Ostsee-Kanal im Osten und der Eider im Norden. Aber selbstverständlich ist es in Wahrheit nur eine Halbinsel.«

»Pah!«, warf Opa ein und ließ Nella zu ihrer größten Erleichterung wieder los. Sein Bart und sein Hemd rochen so intensiv nach Haschisch, dass ihr ein bisschen schwindelig wurde.

»Ihr Stadtleute kapiert doch nie etwas!«, rief er Torben zu, den er vermutlich immer noch nicht als seinen Schwiegerenkel erkannte.

Ob man passiv bekifft sein konnte?, fragte sich Nella. Sie rieb sich heftig über die Stirn. Vielleicht brauchte sie noch mehr frische Luft, bevor sie sich ins Haus traute. Womöglich waberte der süßliche Rauch nur so durch die Räume, und Karen und Katharina waren längst im Reich der Träume. Herr Schmidt auch.

Besorgt schlich sie an ein Fenster und rief: »Geht es euch gut da drinnen?!«

Das Fenster wurde aufgerissen, und Karen starrte sie an. »Natürlich. Schrei nicht so rum.«

»Äh, 'tschuldigung.« Zeit für einen ausgiebigen Deichspaziergang, entschied sie. Torben und Otto waren noch damit beschäftigt, sich einander anzunähern, die konnte sie getrost sich selbst überlassen. Maximilian schnüffelte zwar auffällig am Hemd seines Urgroßvaters, aber Nella fand, darum hatte sich ihr Schwager zu kümmern.

Sie ging durch den Vorgarten zurück auf die Straße und legte das kurze Stück Weg bis zum Deich zurück. Auf der Krone angekommen ließ sie den Anblick erst einmal so richtig sacken.

Es herrschte Ebbe, und das Wattenmeer erstreckte sich bis fast zum Horizont. Möwen suchten nach Miesmuscheln, Wattwürmern und Schnecken, und viele weitere heimische Vögel beteiligten sich an dem Festschmaus. Allen voran die Austernfischer mit ihren langen roten Schnäbeln und dem schwarz-weißen Gefieder. Ihr Trillern war nicht zu überhören. Am Horizont zogen riesige Pötte vorbei, der Himmel war endgültig aufgeklart und zeigte ein sattes Blau.

Auf dem sanft abfallenden Deich standen bereits die ersten Strandkörbe, ein paar wenige Leute gingen auf dem Fußweg am Ufer spazieren, Kinder hüpften im Schlick herum und wurden von den Eltern ermahnt, sich von den Prielen fernzuhalten, den Rinnen im Wattenmeer, die auch bei Ebbe mit Wasser gefüllt waren und manchmal gefährlich tief sein konnten. Nella erinnerte sich daran, dass sie als Kind fast in einem solchen Priel ertrunken wäre. Aber die genauen Umstände hatte sie vergessen.

Wieder ließ sie den Blick über die Küste und das Watt schweifen. Im Hochsommer ging es in Friedrichskoog nicht viel anders zu als jetzt, das wusste sie noch gut. Dies war kein Ort für Massentourismus. Hierher kamen Familien, die Ruhe und gute Luft suchten, die vielleicht die Seehund-Aufzuchtstation besichtigen wollten oder die Vogelinsel Trischen.

Von ihrem Standort aus konnte sie den Trischendamm sehen. Er war mehr als zwei Kilometer lang und hatte einmal das Festland mit der Insel verbinden sollen, war jedoch nie fertig gebaut worden. Sie mochte diesen Basaltdamm, der wie ein ausgestreckter Finger ins Meer wies. Sie fand, er war ein bisschen wie sie. Ganz hübsch anzusehen, aber irgendwie nie am Ziel angekommen.

Der Wind wehte kräftig und pustete die Reste von Opa Ottos Gras aus ihrem Kopf. Sie überlegte, ob sie den Weg auf der Deichkrone oder den am Ufer entlanglaufen wollte, und entschied sich für die Krone. Hier oben war der Ausblick einfach noch einmal so schön wie unten am Watt. Nella lief in Richtung Norden, was vielleicht ein Fehler war. Der Wind kam nämlich aus Nordost, woraufhin sie tief den Kopf einzog und nicht mehr so viel sah.

»Hoppla!«

Verflixt! An dieser Männerbrust war sie doch heute schon mal gelandet? Oder war es eine andere? Sie fühlte sich ein bisschen weicher an, stellte sie fest.

Ach nein, das lag an der wattierten Windjacke.

»Schon wieder!«, dröhnte es auf sie herab. Unverkennbar dieselbe Stimme wie vorhin im Café. Dann fuhr ihr eine nasse lange Zunge übers Gesicht, und sie ... *Was?*

Erschrocken sprang Nella zurück. Es dauerte einen Moment, bis sie die verschiedenen Eindrücke sortiert hatte.

Vor ihr stand ein Mann in einer Windjacke, und neben ihm ragte die Bestie auf, die vorhin um ein Haar Herrn Schmidt verspeist hätte. Das Verdrehen des Ohrs wurde ihr offensichtlich nicht übel genommen.

»Danke, dass *Sie* das nicht waren«, erklärte sie ernsthaft und wischte sich mit dem Ärmel ein paar Mal über das Gesicht.

Der Mann brach in lautes Gelächter aus, und endlich kam sie dazu, ihn sich richtig anzusehen.

Wow! Zu der Männerbrust gehörten sehr breite Schultern. Sein Gesicht war vielleicht einen Tick zu flach, um wirklich gut auszusehen, aber die Kinnpartie war markant, die Nase kräftig, und die Augen leuchteten mit dem Nachmittagshimmel um die Wette. Obwohl sie nicht blau waren, entschied Nella nach einem weiteren langen Blick. Eher grau. Sturmgrau. Das dichte Haar war so blond wie reifer Sommerweizen. Und der Mund, ach, den hätte sie fast vergessen. Der war breit, schien viel zu lachen und hatte Lippen, die außerordentlich weich aussahen.

»Ich entschuldige mich für Bernd«, sagte er zerknirscht.

»Bernd? Was ist das denn für ein komischer Name für einen Hund? Der wollte übrigens Herrn Schmidt fressen.« Sie war nur deshalb so unfreundlich, weil er sie furchtbar durcheinanderbrachte.

Bernd schien zu ahnen, dass sie über ihn schimpfte, denn er legte sich hin und versteckte seinen quadratischen Schädel zwischen den Vorderpfoten. Nella konnte nicht anders, sie musste jetzt auch lachen. Und während sie dem schönen Fremden die Sache mit dem Meerschweinchen erklärte, hatte sie plötzlich so ein seltsames Gefühl.

War er wirklich ein Fremder? Irgendetwas an dem Mann kam ihr vertraut vor.

»Hallo, Nella«, sagte er da.

5

Weißt du noch?

Sie hatte ihn also nicht erkannt. Hauke Johannsen unterdrückte ein Grinsen. Schon erstaunlich, wie die Zeit mit den Menschen umging. Er selbst war das beste Beispiel dafür. In seiner Kindheit war er dick, hässlich und einsam. Als Sohn eines Hoteldirektors galt er unter den Gleichaltrigen im Ort als eingebildet, was er überhaupt nicht war, bloß furchtbar schüchtern. Einziger Lichtblick in jenen düsteren Jahren waren die Sommerferien, wenn Nella Thiessen kam. Sie scherte sich nicht um die Meinung der anderen Kinder, vielleicht, weil sie selbst eine Außenseiterin war. Zwar hatte sie Familie in Friedrichskoog, war aber dennoch bloß ein Feriengast und wurde daher nicht akzeptiert. Mit Hauke freundete sie sich gleich an und blieb ihm treu. Auch wenn er manchmal den Eindruck hatte, sie würde gern mit den anderen spielen.

Acht und neun waren sie damals, und er war ziemlich stolz darauf, dass er ihr ein Jahr voraus war. Weil es das Einzige war, worin er sie übertrumpfen konnte. Im Übrigen war Nella natürlich mutiger, frecher, lustiger und hübscher – viel, viel hübscher als jedes andere Mädchen, wie er schon bei ihrer allerersten Begegnung entschied. Sogar hübscher als ihre große Schwester Karen, die damals ein Teenager war und vor der Hauke sich insgeheim fürchtete, weil sie ihn irgendwie gar nicht wahrnahm. Als wäre er nur eine Luftspiegelung über dem Meer.

Nella selbst hingegen fand sich selbst schon als Kind hässlich, daran konnte er sich gut erinnern. Weil sie um einiges kleiner war als Karen, weil sie nicht so blond war wie ihre Schwester und weil ihre Augen braun und nicht himmelblau schimmerten. Hauke hätte ihr gern gesagt, dass sie wunderschön war, eben auf eine andere, weniger auffällige Art. Und dass in ihren Augen fröhliche kleine Lichter tanzten, wie Goldstaub. Aber natürlich fand er nie den Mut dazu. Ebenso wenig traute er sich, ihr zu versichern, dass sie viel netter war als Karen und dass er … na ja … sie eines Tages heiraten wollte.

Er schwieg stattdessen lieber vor sich hin, wenn sie zusammen waren, ließ Nella plappern und erkundete mit ihr das Wattenmeer bei Ebbe. Der blauschwarze Boden war ihr Spielplatz, mehr brauchten sie nicht. Sie lachten über die schmatzenden Geräusche, wenn sie ihre mit Gummistiefeln bewehrten Füße aus dem Schlamm zogen, sie bewunderten Herzmuscheln und oberirdisch lebende Schnecken, suchten nach den kleinen Röhren des Bäumchenröhrenwurms, durch die er Wasser und Nahrungspartikel aufsaugte, sprangen über die schmaleren Priele und lachten sich schlapp über Ferienkinder, die sich keine zwei Meter weit ins Watt wagten, vor lauter Angst, jeden Moment könne die Flut wie eine riesige Welle anrollen.

Seinen großen Moment hatte er eines Tages, als seine kleine Freundin in einen Priel stürzte. Sie war nicht darauf vorbereitet gewesen, dass dieser schmale Wasserlauf so tief sein würde, und ging prompt unter. Prustend kam sie wieder an die Oberfläche, hatte aber schwer zu kämpfen, um sich über Wasser zu halten. Die Gummistiefel waren voller Wasser, Jeans und Pulli hatten sich vollgesogen und zogen sie gnadenlos nach unten. Da wuchs Hauke über sich hinaus, legte sich flach auf den schlammigen Untergrund und robbte bis zum Rand des Priels. Dort streckte er die Arme aus, schnappte nach Nellas wild in der Luft rudernden Händen und zog sie heraus.

Keuchend lag sie neben ihm, und als sie wieder zu Atem gekommen war, sagte sie: »Igitt! Ich glaube, ich habe einen Wurm verschluckt. Vielleicht auch einen Schlickkrebs. Irgendwas kneift mich im Bauch.«

Kein Wort des Dankes, weil er ihr das Leben gerettet hatte. Das war für Hauke in Ordnung. Hauptsache, seiner Freundin ging es gut.

Sie beeilten sich, an Land zu kommen. Die Flut kehrte zurück, und beide wussten, wenn schon die Priele vollliefen, war auch das Watt schnell wieder ein richtiges Meer.

Die Nacht darauf konnte Hauke nicht schlafen, aus lauter Angst, Nella hätte wirklich einen fiesen kleinen Schlickkrebs im Bauch, der sie von innen auffraß.

Am nächsten Morgen war ihr von ihrem Abenteuer jedoch nichts mehr anzumerken, und sie bestand darauf, dass sie ein Wettrennen auf dem Trischendamm veranstalteten.

Den verlor er wie immer, weil er in den langen Monaten, in denen Nella nicht da war, seine Einsamkeit mit zu viel Kuchen und Schokolade bekämpfte und nun schnell außer Puste war. Aber er ärgerte sich nicht, war er doch viel zu glücklich, dass Nella keinen Schaden davongetragen hatte.

Viele herrliche Sommer verbrachten sie noch miteinander, bis ihre gemeinsame Zeit plötzlich vorbei war. Damals war Hauke fünfzehn. Er steckte mitten in den Wirren der Pubertät und zählte die Tage bis zu Nellas Ankunft. Als das Datum verstrich und die Familie Thiessen nicht erschien, dachte er zuerst, Nella wolle nichts mehr von ihm wissen und verbringe ihre Ferien lieber mit neuen, schicken Freunden in Hamburg. Erst eine Woche später erfuhr er, dass ihr Vater die Familie verlassen hatte. Das tat ihm furchtbar leid für Nella, und er nahm all seinen Mut zusammen, um sie in Hamburg anzurufen. Aber sie war am Telefon kalt und abweisend und legte schnell wieder auf. Danach traute er sich nicht mehr, sich bei ihr zu melden.

Sie kam dann doch wieder nach Friedrichskoog, im Sommer darauf und in den folgenden Jahren. Aber es war nicht mehr dasselbe zwischen ihnen. Ein Schatten hatte sich über Nella gelegt, wie eine Wolke, die sie überallhin verfolgte. Ihr einst so sonniges Gemüt hatte sich verändert. Sie schien wenig Interesse an ihrer Umgebung zu haben, sie merkte nicht einmal, dass Hauke ein anderer geworden war. Inzwischen groß gewachsen, schlank, mit Kontaktlinsen und breiten Schultern. Sogar Freunde hatte er gefunden. Aber wenn er Nella mitnahm, zu Grillabenden auf dem Deich oder zu einer Wattwanderung in der Nacht, blieb sie stets für sich, sprach kaum, lachte nicht und hatte nur diese Traurigkeit im Blick, die Hauke so gern fortgewischt hätte. Aber er wusste nicht, wie. In ihren Augen tanzten auch keine Lichter mehr, sie wirkten auf ihn wie erloschen.

Als er dann zum Studium der Veterinärmedizin nach Bremen zog, verlor er ganz den Kontakt zu Nella. Er lernte andere Mädchen kennen, liebte und wurde geliebt, war im Lauf der vergangenen Jahre zweimal kurz davor gewesen zu heiraten, doch im letzten Moment zurückgeschreckt.

Längst lebte er wieder in Friedrichskoog und führte eine gut gehende Tierarztpraxis. Er hatte sich immer eine Familie gewünscht, mit mindestens drei Kindern. Aber dieses Glück war ihm nicht beschieden, er wusste auch nicht, warum.

Als er nun Nella betrachtete, ahnte er den Grund und fühlte einen dumpfen Schmerz in der Brust. Verwirrt kratzte er sich am Kopf. Konnte das sein? Hatte er insgeheim immer dieses Mädchen geliebt und sich deshalb nie ernsthaft an ein anderes binden wollten?

Ach, Unsinn, entschied er. Nella gehörte seiner Vergangenheit an. Seiner fernen Vergangenheit.

Nun, im Moment nicht.

»Was starren Sie mich so an?«, verlangte sie zu wissen. Ihre Stimme hatte noch immer einen vertrauten Klang, ihre braunen Augen wirkten freundlich, aber auch misstrauisch. Er konnte keinen Goldstaub mehr darin erkennen, und das machte ihn traurig.

Dennoch war die Zeit gut mit ihr umgegangen, entschied Hauke. Für eine Frau Mitte dreißig wirkte sie sehr jung, beinahe jugendlich. Ihre Figur wies ein paar Rundungen auf, die er definitiv entzückend fand. Das helle Haar flog ihr wirr um den Kopf, und ihr Gesicht zeigte keine Spur von Schminke.

Sie war ein ganz anderer Typ als Friederike, und doch fühlte er sich zu ihr hingezogen. Hauke erstarrte. Friederike! Wie hatte er nur einen Moment lang seine Freundin vergessen können?

Höchste Zeit, wieder zur Vernunft zu kommen, fand er.

Nella war in Friedrichskoog. Okay.

Er würde sich jetzt zu erkennen geben und dann seinen Spaziergang fortsetzen. Punkt. Sie würden einander vielleicht noch das ein oder andere Mal begegnen, sich dann freundschaftlich grüßen und ihrer Wege gehen. Basta.

Wenn sie bloß aufhören würde, ihn so intensiv anzusehen.

»Ich starre nicht, Nella, das machst du.«

»Wieso duzen Sie mich?«

Das brachte ihn aus dem Konzept. »Entschuldigung. Ich dachte, alte Freunde …«

»Alte Freunde?«, fiel sie ihm barsch ins Wort. »Das wüsste ich aber!«

Er lachte. So wie sie jetzt die Hände in die Hüften stemmte, ähnelte sie mehr denn je der Nella, die einst Licht und Lachen in die langen Sommertage gebracht hatte.

»Ich bin Hauke.«

Kurz wurde sie blass, dann fing sie sich wieder. »Hauke?

Der dicke Junge mit Brille, der mich mal nicht besonders gekonnt geküsst hat? Ausgeschlossen!«

Das mit dem Kuss hatte er vergessen. Und was sollte das heißen, »nicht besonders gekonnt«? Er hatte auf einmal große Lust, ihr zu beweisen, wie er wirklich küsste. Etwas von seinen Gedanken musste sich in seinem Blick widergespiegelt haben, denn er bemerkte, wie sie einen halben Schritt zurückwich.

»Hauke also«, murmelte sie und wirkte jetzt ausgesprochen verlegen. »Sorry, ich hätte dich im Leben nicht wiedererkannt.«

Er beschloss, das als Kompliment aufzufassen.

»Kein Problem. Ist mir mit anderen Leuten auch schon passiert.«

»Bist ja ganz schön gewachsen. War so nicht zu erwarten gewesen.«

Dies war möglicherweise auch ein Kompliment. Oder? Tatsächlich hatte er als Kind selbst geglaubt, er würde sein Leben lang eher klein und rundlich bleiben.

»Bin spät in die Höhe geschossen«, sagte er.

Dieser Abstand zwischen ihnen störte ihn, und er hätte ihn gern überwunden. Aber auf einmal war er nicht mehr der gut aussehende Doktor Johannsen, dem die Frauen äußerst zugeneigt waren, sondern der kleine dicke Junge mit der starken Brille, der keinen Anschluss fand.

Bernd war klüger als er. Machte einfach den Hals lang und stupste Nella in den Bauch, woraufhin diese fast umfiel.

Sie lachte, schimpfte aber auch: »Muss ich dir noch mal das Ohr verdrehen?«

»Worum geht es hier eigentlich?«, verlangte Hauke zu wissen. Bernd war sein bester Freund, und niemand durfte ihm wehtun.

»Wie gesagt«, erklärte Nella endlich, »er wollte Herrn Schmidt fressen.«

Hauke schüttelte heftig den Kopf. »Das glaube ich nicht. Bernd hat noch keiner Menschenseele etwas zuleide getan.«

»Herr Schmidt ist kein Mensch, sondern ein Meerschweinchen.«

»Aha. Das erklärt allerdings einiges. Ein Teil seiner Vorfahren war darauf trainiert, in irischen Schlössern die Ratten zu fangen. Da hat sich seine genetische Erinnerung durchgesetzt. Deswegen ist er mir vorhin auch kurz weggelaufen!«

»Herr Schmidt ist keine Ratte!«, rief Nella empört, aber ihre Mundwinkel zuckten verdächtig.

»Ich fürchte, ein Hund sieht da keinen besonderen Unterschied.« Er lachte los, und sie lachte mit. Die Jahre fielen von ihnen ab, und sie waren plötzlich wieder die besten Freunde.

Bernd hingegen sah ein bisschen beleidigt aus. Als wüsste er ganz genau, dass diese beiden Menschen sich über ihn amüsierten.

»Warum heißt er Bernd?«, fragte Nella, als sie sich beide wieder einigermaßen beruhigt hatten.

Hauke erklärte ihr, dass er den Welpen zusammen mit vier Geschwistern im Tierheim Marne geimpft habe. Die fünf waren ausgesetzt worden, und die Mitarbeiter hatten ihnen Namen geben wollen, die mit B anfingen.

Bello, Bandit, Bolero und Buddha. Nur für Nummer fünf fiel ihnen kein klingender Name mehr ein, und als eine junge Praktikantin erwähnte, ihr Onkel heiße Bernd, war das Schicksal dieses Welpen besiegelt.

»Ich fand, mit dem Namen war er genug geschlagen, deshalb habe ich ihn mit zu mir genommen.«

»Du hättest ihn einfach umtaufen können.«

Es bereitete ihm eine heimliche Freude, dass Nella ihn jetzt auch duzte. Ernsthaft erwiderte er: »Habe ich versucht, aber er hört nur auf Bernd.«

»Buddha wäre aber auch nicht schön.«

»Stimmt.«

»Wird er noch größer?«

»Nein, Bernd ist ausgewachsen.«

»Was ein Glück. Er ist ja so schon ein ziemliches Monsterbaby.«

»Ich weiß, aber lammfromm.«

»Außer bei Meerschweinchen.«

»Tut mir leid«, entschuldigte er sich an Stelle seines Hundes und fügte noch hinzu: »Wobei Herr Schmidt auch ein eher ungewöhnlicher Name ist.«

»Stimmt«, entgegnete Nella, ließ sich aber nicht zu einer Erklärung herab. Schade, dachte er, weil er ihre Begegnung unbedingt in die Länge ziehen wollte.

Stattdessen sagte sie: »Katharina hätte es das Herz gebrochen, wenn ihm was passiert wäre. Sie ist sechs und liebt Tiere über alles.«

So wie du damals, hätte er fast geantwortet, konnte sich aber gerade noch auf die Zunge beißen. Er wollte das fragile Gleichgewicht des Augenblicks nicht zerstören. Ihm fiel ein, dass vorhin im Café ein Mädchen bei ihr gewesen war. Offenbar die Besitzerin des Meerschweinchens und – er stutzte kurz – ja, natürlich, Nellas Tochter.

Wie hatte er auch nur eine Sekunde daran zweifeln können? Sie war Mitte dreißig. Natürlich hatte sie längst Familie. Niemand war so dumm wie er, immer wieder einen Rückzieher zu machen.

»Was ist los?«, fragte Nella, die seinen Stimmungswechsel offenbar sofort bemerkt hatte. Darin war sie früher schon gut gewesen. Niemals hatte er ihr länger als für ein paar Sekunden etwas vormachen können.

»Nichts«, log er.

Es war höchste Zeit, das hier zu beenden. Was immer es war, es würde kompliziert werden, wenn er bei Nella stehen blieb. Hauke wandte den Blick ab und sah hinaus aufs Meer. Langsam kehrte die Flut zurück, und das Wasser war so blau wie auf einer Kinderzeichnung. Die Möwen, die schnell noch die letzten Würmer und Krebse fangen wollten, kreischten nicht, sie schienen zu singen. Die Luft war salziger und aromatischer als sonst, vom Himmel lächelten ein paar Schäfchenwolken auf ihn herab.

Verdammt!

Er kniff fest die Augen zu und hielt die Luft an. Die Ohren konnte er nicht verschließen, sonst hätte Nella ihn für verrückt gehalten. Er dachte daran, dass es ihm schon als Kind ganz genauso ergangen war. Monatelang war ihm alles in Friedrichskoog grau, stumpf und leblos erschienen. Erst mit Nella hielten die Farben, die Düfte und die wunderschönen Aussichten in seinem Leben Einzug.

Wenn er nicht aufpasste, würde er bestimmt gleich einen Regenbogen am Horizont sehen.

»Ist was?«, fragte sie und klang leicht gereizt.

Er beeilte sich, die Augen wieder zu öffnen.

»Nein«, log er zum zweiten Mal. »Alles in bester Ordnung. Ich muss nur zurück.«

Sie rieb sich nachdenklich über die Stirn. Das hatte sie früher auch immer getan, wenn sie etwas beschäftigte, und es hatte sie nie gekümmert, ob sie dabei Dreckspuren in ihrem Gesicht verteilte.

»An einem Feiertag haben es normale Leute nicht eilig.«

Tat es ihr leid, dass er fortwollte? Wünschte sie, er würde bleiben und mit ihr weitergehen? Immer und immer weiter, ohne Ziel, nur mit dem Wunsch, zusammen zu sein?

Unsinn, sagte er sich dann. Sie war nur Nella, die immer allem auf den Grund gehen musste.

»Ich habe Bereitschaftsdienst«, erklärte er daher.

»Bist du Arzt?«

»Tierarzt«, sagte er nicht ohne Stolz.

»Toll!«

Sie schien ehrlich beeindruckt, und das freute ihn. Vor vielen Jahren war Nella diejenige gewesen, die ihm von ihrer großen Karriere vorgeschwärmt hatte. Sie würde Ärztin werden, wie ihre Mutter, wahrscheinlich Neurochirurgin. Oder Universitätsprofessorin. Oder Astronautin. Irgendwas, womit sie alle Welt beeindrucken würde.

Er hatte nie daran gezweifelt, dass ihr das auch gelingen würde, während er selbst davon überzeugt gewesen war, dass er zum Versager geboren war. Nur zu gern hätte er sie nun gefragt, was aus ihr geworden war, aber er hielt sich zurück. Aus Angst, sein mühsam aufgebautes Selbstbewusstsein könnte einen empfindlichen Schlag erleiden. Wenn Nella nun auch noch einen großartigen Job vorzuweisen gehabt hätte, dann hätte er sich bestimmt wieder klein und dick gefühlt.

Schon die Tatsache, dass sie Familie hatte, während zu ihm nur ein großer Hund gehörte, war schwer zu verdauen.

Ein großer Hund und Friederike, korrigierte er sich rasch. Warum nur vergaß er seine Freundin jetzt schon zum zweiten Mal innerhalb weniger Minuten?

Nellas Blick war immer noch eine Spur misstrauisch. »Okay«, meinte sie und legte den Kopf schief. »Meines Wissens ist das Handy aber auch schon bis hierher an die Nordseeküste vorgedrungen. Kann man dich nicht anrufen, wenn irgendetwas passiert ist?«

Erwischt, dachte er. Ihm war entfallen, dass sie ihn immer durchschaute.

»Doch, natürlich«, gab er schnell zurück. »Aber meine Praxis ist ziemlich weit weg von hier, und ich bin zu Fuß unterwegs. Im Notfall könnte ich womöglich nicht rechtzeitig vor Ort sein.«

»Wo denn?«

Kurz war er versucht, ihr eine weitere Lüge aufzutischen. Der Gedanke, Nella könnte bei ihm auftauchen und sein Leben durcheinanderbringen, behagte ihm gar nicht. Gleichzeitig konnte er sich nichts Schöneres vorstellen.

Dann erinnerte er sich daran, dass dies hier Friedrichskoog und nicht Manhattan war. Jeder kannte den Tierarzt. Sie würde seine Praxis so oder so innerhalb von Minuten ausfindig machen.

»Unten an der Nordseestraße«, gab er daher wahrheitsgemäß Auskunft. »Kurz vor dem Campingplatz. Ist nichts Besonderes, nur ein Wartezimmer und ein Behandlungsraum. Aber für meine Bedürfnisse reicht es vollkommen. Meistens fahre ich ja zu den Landwirten und Schäfern raus. Ich bin auf Großtiere spezialisiert …« Er brach ab, weil er merkte, dass er zu hektisch redete.

»Große Klasse«, sagte Nella. »Hilfst du auch bei den Seehunden?«

Er nickte. »Einmal in der Woche bin ich dort.«

Nella lächelte, und ihm wurde leicht schwindelig. Dieses Lächeln war anders als früher. Nicht so frech und draufgängerisch. Lieblicher war es und ein klein wenig verführerisch.

Hauke hätte sich gern selbst eine geknallt, aber er fürchtete, sie damit zu verscheuchen.

»Auch jetzt zu Ostern?«, hakte sie nach. »Bist du die Tage bei den Heulern?«

Wieder nickte er. »Morgen Vormittag. Nur um sicherzugehen, dass bei ihnen alles in Ordnung ist. Reine Routine.«

»Prima. Dann komme ich vielleicht mit Katharina hin. Das wird ihr Spaß machen.«

Hauke unterdrückte ein Stöhnen. Es war wie ein Schlag in die Magengrube. Aber hilfreich. Der Schwindel ließ nach.

Morgen würde Nella einen kleinen Familienausflug unternehmen. Er würde ihre Tochter kennenlernen und vermutlich auch ihren Ehemann. Das Meer würde wieder grau sein.

Der besondere Augenblick war vorbei, obwohl sie einander noch immer gegenüberstanden. Die Realität hatte ihn eingeholt, und Hauke spürte, wie sich alles um ihn herum normalisierte. Er empfand einen gewissen Verlust, schalt sich aber einen Dummkopf. Sein Leben hatte mit Nellas schon lange nichts mehr zu tun. Die Kindheit war unwiederbringlich vorbei, und die Träume eines kleinen einsamen Jungen hatten in der Gegenwart nichts zu suchen.

»Gut, dann bis morgen«, sagte er noch, drehte sich um und ging auf dem Deich zurück. Er wusste, er war etwas schroff gewesen. Vielleicht hatte sie ihn erneut durchschaut, doch das war ihm nun egal. Hauptsache, er kam weg von ihr und konnte sich wieder sammeln. Erst nach zehn, fünfzehn Metern merkte er, dass etwas fehlte.

»Bernd!«, rief er und schickte einen Pfiff hinterher.

Der Hund war schon wieder klüger gewesen als er. Er hatte Nella nicht verlassen wollen, obwohl ihm bestimmt noch das Ohr wehtat. Nun jedoch folgte er und trottete mit hängendem Kopf neben ihm her.

Hauke wünschte sich, er könnte auch einfach den Kopf so hängen lassen. Doch er hielt sich gerade und schritt forsch aus. Es dauerte lange, bis er nicht mehr das Gefühl hatte, Nellas Blick im Rücken zu spüren.

6

In der Zwickmühle

Tief in Gedanken versunken verließ Hauke den Deich und eilte die Koogstraße entlang. Er ging flott, blickte nicht nach links oder rechts, grüßte niemanden.

»Was ist denn dem Viehdoktor über die Leber gelaufen?«, hörte er jemanden fragen. »Der ist doch sonst nicht so muksch.«

Ausnahmsweise war es Hauke gleich, was die Leute über ihn dachten. Seit seiner Rückkehr nach Friedrichskoog vor knapp zehn Jahren hatte er sein Bestes gegeben, um im Dorf Anerkennung zu finden. Damals hatte er allen beweisen wollen, dass er nicht mehr bloß der Sohn des Hoteldirektors war, sondern ein wertvolles Mitglied der kleinen Gemeinschaft. Doch es dauerte lange, sehr lange, bis er akzeptiert wurde. Besonders die Milchviehhalter und die Schafzüchter der Gegend ließen in den ersten Jahren immer noch den alten Doktor Friedrich kommen. Erst als dieser mit über siebzig endlich in den Ruhestand ging, blieb ihnen nichts anderes übrig, als dem neuen, jungen Tierarzt zu vertrauen.

Mit der Zeit merkten sie, dass Hauke etwas von seinem Beruf verstand. Er hörte den Bauern zu und nahm sich viel Zeit für die Tiere, auch wenn dies seinen Feierabend weit in die Nacht hinein schob. Er war bereit, traditionelle Behandlungsmethoden anzuwenden, kombinierte sie jedoch geschickt mit neuesten Erkenntnissen. So gewann er das Vertrauen der Landbevölkerung und erarbeitete sich einen Ruf als zuverlässiger Veterinär. Richtig beliebt aber wurde Hauke, als er freiwillig eine Zusatzausbildung zur Behandlung von Robben absolvierte. Auf die Seehundstation in Friedrichskoog waren die Einheimischen nämlich stolz. Immerhin war hier auch die Fernsehserie »Hallo Robbie« gedreht worden, die dem Ort zu einem ordentlichen Aufschwung im Tourismusgeschäft verholfen hatte.

Höflich war der Viehdoktor auch, zudem wies er niemanden ab. Obwohl Kleintiere nicht sein Fachgebiet waren, kümmerte er sich auch um die Hunde und Katzen der Einwohner wie Touristen. Nur in schwierigen Fällen ließ er sie zu einem Kollegen nach Marne bringen.

Alles in allem konnte Hauke Johannsen zufrieden sein. Er wurde gemocht und respektiert, und er führte ein ausgefülltes Leben.

»Der Riesenhund ist auch depressiv«, sagte jemand anderes. »Guckt mal, wie der den Schwanz eingeklemmt hat und den Quadratschädel hängen lässt.«

Das brachte Hauke zum Schmunzeln. Er und Bernd gaben wirklich ein trauriges Bild ab. Und das nur, weil er einer Freundin aus Kindertagen begegnet war. Bernd wiederum neigte dazu, die Stimmungen seines Herrchens aufzunehmen, und so wirkte er im Augenblick tatsächlich wie ein ziemlich großes Häufchen Elend.

Aufmunternd klopfte Hauke ihm auf den Rücken. »Na, komm, mein Großer. Wollen wir mal schauen, ob wir nicht bessere Laune bekommen.«

Er zwang sich zu grinsen, straffte die Schultern und grüßte sämtliche Passanten, die ihm begegneten. Einige schüttelten den Kopf.

»Ist der besoffen?«, fragte ein alter Mann. »Unser Viehdoktor trinkt doch sonst nicht.«

Das stimmte sogar. Die vielen Einladungen zu einem Kurzem, nachdem ein Kalb glücklich auf der Welt oder ein verletzter Schafbock verarztet war, lehnte Hauke regelmäßig ab. Aus dem einfachen Grund, weil er dann nach jeder Visite ein bisschen mehr Alkohol im Blut gehabt hätte und am Ende seiner Sprechstunde zwangsläufig irgendwo im Graben gelandet wäre.

Sein Grinsen wurde breiter, und sofort verzog auch Bernd die Lefzen.

So trotteten sie weiter und erreichten schließlich das kleine rote Klinkerhaus, in dem Hauke seine Tierarztpraxis eingerichtet hatte. Im ersten Stock befand sich seine Wohnung, hinter dem Haus gab es ein großes Grundstück, auf dem Bernd sich austoben konnte, wenn mal keine Zeit für einen Deichspaziergang blieb.

Schon als Hauke das verwaiste Wartezimmer betrat, vernahm er einen leichten Brandgeruch. Das kam eindeutig von oben.

Herrje!, dachte er halb amüsiert, halb besorgt. Da haben wir die nächste Katastrophe am Herd. Zwei Stufen auf einmal nehmend, lief er hoch, öffnete die Wohnungstür und blieb dann erstaunt im Flur stehen. In den

Geruch nach Verbranntem mischte sich ziemlich auffällig der Duft von Chanel N° 5.

Friederike kam aus der Küche gelaufen. »Oh, du bist schon wieder da!«

Ach ja. Er hatte ihr gesagt, Bernd brauche Auslauf, und er wolle eine gute Stunde wegbleiben. Stattdessen waren höchstens dreißig Minuten vergangen, seit er aufgebrochen war. Was daran lag, dass er vor Nella geflüchtet war. Friederike hatte nicht mitkommen wollen, obwohl er sie ein paar Mal dazu aufgefordert hatte.

Jetzt war er beinahe froh darüber. Mit Friederike an seiner Seite wäre die Begegnung mit Nella anders verlaufen. Kürzer, unpersönlicher, ohne ein Lachen und ohne die Farben.

»Hast du die Wohnung mit deinem Parfüm eingesprüht?«, erkundigte er sich, um auf andere Gedanken zu kommen.

»Ich … nun ja, mir ist da ein kleines Missgeschick in der Küche passiert, und ich dachte, wenn ich ordentlich lüfte und ein wenig Duft zerstäube …«

Sie führte den Satz nicht zu Ende, erkannte wohl an seinem Lächeln, dass er ihr nicht böse war. Das war Hauke ja nie, obwohl seine Freundin eine unglaubliche Katastrophe am Herd war.

Bernd nieste ein paar Mal und verzog sich dann in seinen überdimensionalen Hundekorb im Wohnzimmer.

»Es riecht aber auch ein bisschen nach Kuchen«, stellte Hauke friedfertig fest.

»Genau. Vorhin im Café habe ich mir einen schönen Osterkuchen mit Rosinen einpacken lassen. Er war noch nicht ganz fertig gebacken, und die reizende Verkäuferin hat mir versichert, ich müsse ihn nur bei zweihundertfünfzig Grad für zwanzig Minuten in den Ofen schieben.«

»Zweihundertfünfzig? Bis du sicher?«

Friederike schaute ihn zweifelnd an. »Glaubst du, es sollten hundertfünfzig sein?«

Hauke zuckte mit den Schultern. »Weiß ich nicht, wäre aber möglich.«

»Oh, verflixt.« Sie machte ein verzweifeltes Gesicht. »Und dabei solltest du doch denken, ich hätte ganz allein einen Kuchen für dich gebacken. Der hat übrigens die Form eines großen Osterhasen. Okay, eines ziemlich schwarzen Osterhasen.«

Auf einmal spürte er eine Woge der Zärtlichkeit in sich aufsteigen. Friederike war eine wunderbare Frau, und wenn sie bei ihm in Friedrichskoog war, gab sie sich alle Mühe, sich ein paar Fähigkeiten im Haushalt anzueignen. Mit wechselndem Erfolg.

»Komm her«, raunte er und breitete die Arme aus.

Sie schmiegte sich an ihn, und eine Strähne ihres rotblonden Haares kitzelte ihn im Ohr.

»Weißt du noch, wie wir uns kennengelernt haben?«, fragte sie.

Er konnte ihr Lächeln spüren. »Wie könnte ich das je vergessen?«

»Letzten Sommer war ich zur Kur hier.«

»Ich weiß.« Sie liebte es, immer wieder darüber zu reden. Er sah keinen Grund, sie davon abzuhalten, obwohl er im Augenblick das seltsame Gefühl hatte, sie wolle aus irgendeinem besonderen Grund die Anfänge ihrer Beziehung heraufbeschwören.

»Die Ärzte hatten gesagt, ich hätte einen Burn-out. Was natürlich Quatsch war. Ich war bloß ein bisschen überarbeitet.«

Hauke neigte dazu, den Ärzten recht zu geben. Friederike Witt war damals blass, nervös und viel zu dünn gewesen. Als Managerin eines Berliner Luxushotels hatte sie seit Jahren zu viel gearbeitet und zu wenig geschlafen.

»Ich bin barfuß im Watt rumgelaufen«, fuhr sie fort.

»Was nicht unbedingt zu empfehlen ist«, ergänzte er. »Obwohl es sich so schön anfühlt.«

»Und dann bin ich auf irgendwas Scharfes getreten.«

»Auf die kaputte Schale einer Miesmuschel. Sie steckte noch in deinem Fuß.«

»Zwei alte Männer haben mich zu dir gebracht. Sie meinten, der Doktor wird das schon in Ordnung bringen.«

Jetzt lächelte auch Hauke. »Als du herausgefunden hast, dass ich bloß ein Tierarzt bin, hast du ganz schön geschimpft.«

Friederike seufzte. »Aber dann habe ich mich auf den ersten Blick in dich verliebt. Mein Fuß war mir plötzlich völlig egal.«

»Aber ich habe ihn ordentlich versorgt.« Hauke hatte schließlich seinen Stolz.

»Das hast du. Es ist nur eine winzige Narbe zurückgeblieben.«

Friederike kuschelte sich noch ein bisschen enger an ihn. »Dann sind wir ins Gespräch gekommen, und du hast mir erzählt, dass dein Vater auch Hoteldirektor war.«

»Ja«, sagte er, »aber unser Hotel hier im Ort war natürlich kein Vergleich zu dem Fünf-Sterne-Haus, das du führst.« Ohne es zu wollen, erinnerte er sich wieder an seine Kindheit, und schon flogen seine Gedanken erneut zu Nella.

Er merkte, wie er sich anspannte. Auch Friederike blieb sein Stimmungswechsel nicht verborgen. Sie hob den Kopf und fragte: »Alles in Ordnung?«

»Aber sicher.« Er drückte sie wieder an sich und verspürte einen Anflug von schlechtem Gewissen. Dabei hatte er gar nichts getan. Er war nur einer alten Freundin auf dem Deich begegnet und hatte ein paar Minuten mit ihr geredet. Nichts passiert!

Eine leise Stimme jedoch sagte ihm, dass sehr wohl etwas passiert sei. Etwas hatte sich in seinem Innern verschoben, und er wusste noch nicht, wie er es wieder an seinen Platz rücken könnte.

»Aua!«, protestierte Friederike, weil er sie fester als nötig an sich drückte. »Ich bin keine deiner Schwarzbunten. Du brichst mir noch die Rippen!« Sie lachte dazu, traf jedoch damit auch den wunden Punkt ihrer Beziehung.

Hauke hatte sich im vergangenen Sommer ebenfalls schnell verliebt, doch von Anfang an war er sich eines gewissen Ungleichgewichts zwischen ihnen bewusst gewesen. Er war bloß ein Tierarzt vom Land, während sie in der Hauptstadt ihrer Karriere nachging. Solange sie sich in Friedrichskoog aufgehalten hatte, war das noch nicht zu sehr aufgefallen. Hauke war der Einheimische, der sie herumführte, ihr die schönsten Plätze zeigte und sie zum Essen in die besten Fischrestaurants ausführte.

Als Friederikes Kur jedoch vorbei war und sie zurück nach Berlin fuhr, gab es eine merkliche Veränderung. Sie war wiederhergestellt und voller Tatendrang, wobei sie immer behauptete, am meisten hätte Haukes Liebe zu ihrer Genesung beigetragen. Aber von nun an konnten sie sich nur selten sehen, und ihre Gespräche am Telefon verliefen oft kurz und hektisch, weil beide zum nächsten Termin eilen mussten.

Um Weihnachten herum begann Friederike damit, ihn zu bearbeiten. Eine Fernbeziehung sei auf Dauer nicht möglich, behauptete sie, und er gab ihr vollkommen recht. Ihr Vorschlag jedoch, er solle zu ihr nach Berlin ziehen, schreckte ihn ab. Er könnte doch auch dort eine Praxis eröffnen und wahrscheinlich sogar mehr Geld verdienen, ohne sich so viele Nächte um die Ohren schlagen zu müssen, argumentierte sie gern. Sie selbst hingegen könne unmöglich ihre Stellung aufgeben. Sie habe zu lange zu hart gearbeitet, um bis an die Spitze zu kommen. Und weil sie wusste, wie sehr er sich eine Familie wünschte, hatte sie ihm sogar gesagt, sie könne sich durchaus vorstellen, ein Kind mit ihm zu bekommen.

Nur leider übersah Friederike einen wichtigen Punkt. Friedrichskoog war Haukes Heimat, und er hasste den Gedanken, von hier fortzugehen. Friederike hingegen war als Diplomatentochter auf der ganzen Welt zu Hause. Sie kannte dieses besondere Gefühl nicht, an einem Ort verwurzelt zu sein. Daher übersah sie, was in Hauke vorging. Er konnte es ihr nicht verübeln, aber manchmal war er es leid, in dieser Zwickmühle zu stecken.

Sie befreite sich aus seinen Armen und trat einen Schritt zurück.

»Wir müssen nicht jetzt darüber reden«, sagte sie friedfertig. »Ich bleibe ja bis Montag.«

Hauke war ihr dankbar, obwohl er ahnte, dass sie in den kommenden Tagen auf eine Entscheidung drängen würde.

Dass sie es überhaupt geschafft hatte, sich ausgerechnet Ostern freizunehmen, war ein echtes Kunststück. Vorhin hatte sie ihm erzählt, der zweite Direktor sei ein fähiger junger Mann, und sie habe ihm eine Chance geben wollen, sich bei voll ausgebuchtem Haus unter Beweis zu stellen. In Wahrheit, das ahnte Hauke, war sie zu den Feiertagen gekommen, weil sie hoffte, dass er mehr Zeit für eine Entscheidung haben würde. Sofern kein Notfall eintrat, war auch für den Viehdoktor Ostern, und Friederike wollte ihn ausgiebig bearbeiten, um ihre Pläne in die Tat umzusetzen. Sie hatte nicht besonders gut auf seine Ankündigung reagiert, dass der Samstagvormittag wie gewohnt den Seehunden gehörte.

Weihnachten hatte sie erst nach den Feiertagen anreisen können und ihn kaum zu Gesicht bekommen. Ihm war aufgefallen, dass sie seit ihrer Ankunft gestern häufig mit ihrem Handy und ihrem Tablet beschäftigt war. Ein wenig störte ihn das, aber er nahm an, dass sie für ihren Stellvertreter und die übrigen Angestellten erreichbar sein müsse.

»Ich koche uns einen schönen Kaffee«, fügte sie mit einem kleinen Grinsen hinzu. Hauke besaß eine vollautomatische Espressomaschine, da konnte nicht viel schiefgehen. »Und bestimmt lassen sich ein paar Plätzchen finden. Ich fürchte, der schwarze Osterhase ist nun ungenießbar.«

Er grinste ebenfalls. Am liebsten hätte er sie noch einmal in die Arme genommen. Einfach nur, um ihren schönen, biegsamen Körper zu spüren. Und um an nichts mehr zu denken. Aber da hatte sie sich schon abgewandt. Gleichzeitig wurde unten an der Praxistür Sturm geklingelt.

Hauke unterdrückte einen Fluch.

Friederike drehte sich zu ihm um und warf ihm einen finsteren Blick zu. Bernd schoss aus seinem Korb hoch und bellte laut.

»Aus!«, rief Friederike, was keinerlei Wirkung zeigte. Die beiden mochten sich nicht besonders. Anfangs hatte seine Freundin regelrecht Angst vor dem riesenhaften Hund gehabt. Nachdem sie gemerkt hatte, dass er niemandem etwas zuleide tat, versuchte sie, ihm Befehle zu erteilen, was Bernd jedoch nicht im Mindesten beeindruckte. Er hörte nur auf sein Herrchen.

Und auf Nella, korrigierte sich Hauke im Stillen. Nella … Schon wieder!

»Aus«, sagte er ruhig zu Bernd. Der klappte augenblicklich seinen beeindruckenden Kiefer zu und trollte sich.

Friederike lachte nervös auf. »Irgendwann wird er mir schon gehorchen.«

In Wahrheit, das ahnte Hauke, hoffte sie, der Mischling würde nicht mit nach Berlin ziehen.

Erneut schrillte unten die Türklingel, und er beeilte

sich, die Treppe hinunterzukommen. Kaum hatte er geöffnet, drängte sich Otto Thiessen herein.

»Verdammt«, sagte Hauke halblaut. Der alte Mann hatte ihm gerade noch gefehlt. Nicht nur, dass er ihn ebenfalls an Nella denken ließ, nein, schlimmer: Otto war letztes Jahr einer der beiden alten Männer gewesen, die Friederike zu ihm gebracht hatten. Seitdem hielt er sich für den Liebesgott Amor in Person und wurde nicht müde, vom Viehdoktor den einen oder anderen Gefallen einzufordern.

Manchmal half Hauke ihm bei kleinen Arbeiten im alten Friesenhaus, manchmal fuhr er Otto nach Marne zum Arzt. Aber er weigerte sich strikt, ihm etwas von seinem Betäubungsmittel für Pferde und Kühe zu überlassen. Rasch überlegte er, ob er den Medikamentenschrank wie immer ordnungsgemäß abgeschlossen hatte. Otto war imstande, sich einfach selbst zu bedienen. Er sei stark wie ein Ochse, behauptete er gern, und so ein bisschen Viehdroge würde ihn schon nicht umhauen. Hauke dachte da natürlich ganz anders. Otto war früher mal ein imposanter Mann gewesen, inzwischen nagten schon seit Jahren die Trauer und das Alter an ihm.

Natürlich habe ich abgeschlossen, beruhigte er sich sogleich. Er ging äußerst verantwortungsbewusst mit seinem Vorrat an Medikamenten um.

Nun betrat Otto, ohne eine Aufforderung abzuwarten, die Praxis und steuerte direkt auf den Behandlungsraum zu.

»Moin, min Jung. Kiek dir mol den Lütten hier an.«

Mit diesen Worten hob er einen kleinen Käfig hoch.

Darin hockte, offenbar starr vor Angst, ein dunkelbraunes Meerschweinchen. Bernds Opfer, ganz klar.

Erst jetzt entdeckte Hauke auch das kleine Mädchen aus dem Café. Nellas Tochter. Sie war halb hinter Otto verborgen, und ihr Gesicht drückte höchste Sorge aus.

»Hallo«, sagte Hauke freundlich. »Du bist bestimmt Katharina.«

»Woher wissen Sie das?«, fragte sie neugierig und für kurze Zeit von ihrer offensichtlichen Angst um das Meerschweinchen abgelenkt.

»Das hat mir deine Mama verraten«, erläuterte Hauke mit einem freundlichen Lächeln. Hübsch war sie, die Kleine, wenn er auch kaum eine Ähnlichkeit mit Nella feststellen konnte.

Katharina ließ es dabei bewenden, während Ottos Augen mit den leicht erweiterten Pupillen ihn fragend anschauten.

Hauke wollte lieber nicht darüber nachdenken, wie viele Joints der alte Mann heute schon geraucht hatte. Er konzentrierte sich auf seine Aufgabe.

»Kleintiere sind nicht mein Spezialgebiet, aber ich schaue mal, was ich tun kann.«

Er nahm Otto den Käfig ab, stellte diesen auf die Behandlungsliege und öffnete die Käfigtür. Dann griff er vorsichtig hinein. Er wusste, auch Meerschweinchen konnten zubeißen, wenn sie verängstigt waren, und winzige, aber gemeine Wunden hinterlassen. Doch er wäre sich albern vorgekommen, hätte er sich einen Schutzhandschuh übergestreift. Sein kleiner Patient ließ sich zum Glück anstandslos herausnehmen.

»Auf den ersten Blick kann ich nichts feststellen«, sagte Hauke. »Es riecht nur intensiv nach einem blumigen Shampoo.«

Katharina, die offenbar noch kein Vertrauen in seine Fähigkeiten als Tierarzt hatte, erklärte ungeduldig: »Ich musste ihn natürlich waschen, nachdem er im Maul der Bestie war.«

»Aha.« Hauke linste zu Otto. Der alte Mann wusste vermutlich ganz genau, von welchem Tier hier die Rede war, aber er hielt den Mund. Vermutlich hoffte er, nachher eine Belohnung zu bekommen. In Form einer Spritze, die ihn ins Reich der Träume schickte. Da konnte er lange warten!

Hauke konzentrierte sich wieder auf Katharina. »Das hast du gut gemacht. Aber bitte denk daran, in Zukunft nur das spezielle Shampoo für Tiere zu benutzen. Sonst trocknet sein Fell aus.«

»Das weiß ich doch. Aber die Sachen von Herrn Schmidt waren noch im Kofferraum. Darüber stand der große Schminkkoffer meiner Tante. Da bin ich nicht so schnell rangekommen.« Sie trat unruhig von einem Fuß auf den anderen. »Hören Sie es nicht?«

Ratlos schaute Hauke zwischen ihr und dem Meerschweinchen in seiner Hand hin und her. »Hören? Was denn?«

»Setzen Sie ihn ab!«

Er tat wie geheißen und amüsierte sich im Stillen über ihren Kommandoton. Sie war ein süßes Mädchen, das die Angst um den kleinen Liebling mit einem harschen Tonfall kaschieren wollte.

»Und jetzt?«, forderte sie ihn auf.

Er beugte sich herab und näherte sein Ohr dem Meerschweinchen.

»Nichts. Tut mir leid.«

»Aber er atmet ganz komisch. Es ist wie ein Pfeifen!«

Noch einmal strengte sich Hauke an, konnte aber keine besonderen Atemgeräusche vernehmen. Um die Kleine zu beruhigen, holte er sein kleinstes Stethoskop hervor und horchte das Meerschweinchen gründlich ab.

»Alles in Ordnung«, sagte er schließlich. »Möglicherweise hat er vorhin aus lauter Panik pfeifend geatmet, doch jetzt geht es ihm gut. Die Lungen sind frei, das kleine Herz arbeitet einwandfrei.«

»Danke!«, rief Katharina erleichtert aus. »Vielen, vielen Dank! Ich habe mir solche Sorgen gemacht!«

»Na denn«, sagte Otto gedehnt, »wollen wir mol wedder.« Er sah Hauke aus immer klarer werdenden Augen an und wechselte ins Hochdeutsche: »Oder hast du eventuell was für mich?«

»Nein, bedauere.«

»Aber Uropa!«, rief Katharina lachend aus. »Was willst du denn von dem Tierarzt? Du bist doch kein Pferd oder ein Ochse!«

Es war ihr fröhliches Lachen, das Hauke nun doch an Nella erinnerte, und er musste ein paar Mal hart schlucken.

»Du kannst jederzeit wiederkommen, wenn noch etwas ist«, sagte er schnell zu Katharina.

Sie nickte strahlend, während er das Meerschweinchen sanft zurück in den Käfig bugsierte.

»Das wird nicht nötig sein«, sagte Otto mit einem drohenden Unterton in der Stimme. »Es sei denn, ein gewisser Monsterhund läuft die Tage noch mal frei im Dorf herum.«

Deswegen kriegst du von mir trotzdem keine Spritze, erklärte Hauke ihm stumm. Sein strenger Blick schien zu wirken. Endlich gab Otto es auf und ließ die Schultern hängen.

Seine nächsten Worte wählte Hauke dennoch mit Bedacht. »Soweit ich weiß, bleibt dieser Hund normalerweise bei Fuß. Möglicherweise ist er nur kurz seinem Herrchen abhandengekommen.«

»Seinem Herrchen, soso.« Otto ging zur Tür. Vielleicht wollte er ihr kleines Geheimnis später noch gegen ihn verwenden. Ihm war alles zuzutrauen.

Katharina beeilte sich, ihm zu folgen.

»Grüß deine Mama schön von mir«, bat Hauke sie, als Kind und Uropa schon wieder auf dem Bürgersteig standen.

»Du kennst meine Mama?«, fragte Katharina überrascht zurück.

»Aber sicher. Wir sind alte Freunde.«

»Kiek on«, murmelte Otto und warf ihm einen Blick zu, den Hauke beim besten Willen nicht deuten konnte.

7

Der Pharisäer

Nella blieb eine Weile auf der Deichkrone stehen, sah dem Mann und seinem Hund nach und rieb sich über die Stirn. Gerade so, als könnte sie ihrem Kopf befehlen, die zwei Bilder, die sie von Hauke Johannsen hatte, zusammenzubringen: das von dem schüchternen kleinen Jungen, der sich hinter Flaschenbodengläsern und einer beachtlichen Fettschicht versteckte, und jenes von dem hochgewachsenen, durchtrainierten Mann, der vor Selbstbewusstsein nur so strotzte. Es gelang ihr nicht.

Endlich ging sie weiter in Richtung Norden und dann nach Osten, verließ irgendwann die Deichkrone und kehrte auf dem Uferweg zurück.

Die Flut kam nun unaufhaltsam herein, und die Menschen verließen nach und nach das Watt. Es waren nicht nur Einheimische darunter, die den Feiertag für eine Wanderung nutzten, sondern auch Gäste von außerhalb, die sich mit den Besonderheiten des Wattenmeers nicht auskannten. Nella beobachtete, wie ein paar Rettungsschwimmer zwei Spaziergänger zurückriefen, die sich noch zu weit draußen befanden. Auch wenn sie zu weit weg waren, als dass sie jedes Wort hätte verstehen können, wusste Nella auch so, was geschah. Die Touristen wurden darauf aufmerksam gemacht, dass die Flut nicht gleichmäßig über den Boden des Watts hereinlief, sondern sich auf tückische Art und Weise durch die Priele schlängelte. Es mochte so aussehen, als ob der Weg zurück zum Ufer noch frei sei, doch manch unvorsichtigem Wanderer war es schon passiert, dass er in Lebensgefahr geriet, weil die Priele schlagartig überliefen, der Weg zum Ufer abgeschnitten wurde und der eben noch schlammige Untergrund zu einem weiten, tiefen Meer wurde.

Die Spaziergänger beeilten sich, an Land zu kommen, sonst war niemand mehr draußen. Nella beobachtete, wie die Rettungsschwimmer den Horizont mit ihren Ferngläsern absuchten. Wie in allen Orten an der Küste wurde auch in Friedrichskoog die Sicherheit der Gäste großgeschrieben. Und zwar an allen Tagen des Jahres, nicht nur in der Badesaison.

Sie erinnerte sich nun wieder daran, wie sie selbst einmal in größte Not geraten war: Damals hatte Hauke sie aus einem tiefen Priel befreit. Für einen schüchternen, eher feigen Jungen war das eine echte Heldentat gewesen.

Nella stutzte. Hatte sie sich möglicherweise schon immer in ihrem Freund getäuscht? War er von Kindesbeinen an ein starker und mutiger Junge gewesen? Nein, überlegte sie. Er war an jenem Tag über sich hinausgewachsen. Im Laufe der Jahre hatte er dann offensichtlich eine erstaunliche Entwicklung durchgemacht.

Ganz im Gegensatz zu mir, dachte sie bedrückt. Nur allzu gut erinnerte sich Nella an all ihre hochfliegenden

Pläne, die sie mit Begeisterung vor Hauke ausgebreitet hatte. Nie hatte er daran gezweifelt, dass sie ganz groß Karriere machen und eine tolle Familie haben würde. Er hatte fest an sie geglaubt. Er allein.

Auf einmal schämte sich Nella, weil sie ihn mit vierzehn so kalt abserviert hatte. Dabei war er ihr einziger echter Freund gewesen. Der einzige, der versucht hatte, sie zu trösten, als ihr Vater Knall auf Fall die Familie verlassen hatte.

Aber der Schmerz war so groß gewesen, dass sie gefürchtet hatte, sie könnte auseinanderfallen wie ein altes Kuscheltier, an dem zu viele Kinderhände gezerrt hatten.

Wäre sie nach Friedrichskoog gefahren, um bei Opa Otto und Oma Johanna ihren Kummer rauszulassen – sie hätte nie wieder mit dem Weinen aufhören können. Und wäre sie mit Hauke zusammen ins Watt gelaufen, um den Horizont anzuschreien – sie hätte vielleicht erkennen müssen, dass sie nicht mehr zurückkonnte in ihr Leben, wo alle so taten, als wäre es keine Katastrophe, was geschehen war. Ständig trennten sich Eltern, sagten ihre Schulfreundinnen und sogar ihr Vertrauenslehrer. So etwas käme in den besten Familien vor.

Niemand jedoch erklärte ihr, warum sie schuld daran sein sollte. Sie war schließlich noch ein halbes Kind. Ein aufmüpfiger Teenager, klar, aber das war ziemlich normal.

Karen jedoch, ihre große, schöne Schwester, der Mensch, den Nella auf der Welt am meisten bewunderte und zugleich am meisten fürchtete, Karen also behauptete steif und fest, es sei ihre Schuld, dass ihr Vater fort sei. Weil sie nie gehorchte, weil sie nie ihr Zimmer aufräumte, weil sie schlechte Noten hatte.

Und das, nein, das konnte sie niemandem sagen. Nella vergrub diese Schuld tief in ihrem Innern und ahnte damals nicht, dass sie dort wachsen und gedeihen würde, bis ihr Leben vergiftet war.

Die Haut auf ihrer Stirn war schon gereizt, so oft hatte sie in der vergangenen Stunde darüber gerieben. Sie ließ die Hand sinken und atmete ein paar Mal tief ein und aus. Genug von der Vergangenheit. Genug von alten Feindschaften und alten Freundschaften. Sie war hier, um ein paar schöne, friedliche Ostertage mit der Familie zu verbringen.

Mist!, dachte sie. Das stimmte nicht ganz. Da war ja etwas, das Opa Otto allen erzählen wollte. Aber vielleicht hatte das gar nichts mit ihr selbst, Karen und den Eltern zu tun. Vielleicht grub der Großvater irgendeinen wilden Skandal aus seinem eigenen unkonventionellen Leben aus. Zuzutrauen wär's ihm, dachte sie schmunzelnd.

Sie machte sich auf den Heimweg und nahm sich vor, nett zu allen zu sein. Besonders zu Karen. Viel zu lange schon dauerte der Kleinkrieg zwischen ihnen an. Es war höchste Zeit, dass sie als Schwestern zusammenfanden.

Okay, dachte sie dann. Vielleicht war sie in der Hinsicht ein klitzekleines bisschen zu optimistisch. Aber ein Versuch konnte nicht schaden.

Zwanzig Minuten später betrat Nella das Friesenhaus und fand sich in der großen Diele wieder. Ihre Augen mussten sich erst an das schummerige Zwielicht gewöhnen, und ihre Knie waren seltsam weich. So einen flotten Marsch war sie nicht mehr gewöhnt. Bevor sie also irgendwo dagegenstoßen konnte, hockte sie sich lieber auf eine Truhe.

Während sie sich ausruhte, sah Nella sich aufmerksam um. Johannas Eltern hatten im Innern des Hauses einst alles so gelassen, wie es seit Jahrhunderten gewesen war. Mit einer Feuerstelle in der Mitte und einem Haken für die Räucherware darüber. Mit Stalllaternen auf kleinen Mauervorsprüngen, einem verstaubten Dreschflegel neben dem Eingang, Jagdtrophäen an den Wänden und sogar mit einem alten Heuwagen in einer Ecke.

Johanna selbst hingegen hatte ganze Arbeit geleistet, nachdem sie die Herrschaft über den Haushalt übernommen hatte. Sie hatte den großen Raum mit wenigen alten, jedoch geschmackvollen Gegenständen bestückt und ihm eine Frischekur verpasst, ohne seine Atmosphäre zu zerstören. Weitere Truhen wie die, auf der Nella hockte, waren an den Wänden verteilt, die frühere Feuerstelle wurde von einem hölzernen Bottich voll mit Grünpflanzen bedeckt, und der steinerne Boden war mit leichten Sisalteppichen belegt.

Ein würziger Duft nach Holz und Rauch hing noch schwach in der Luft und erinnerte Nella an ihre Besuche in der Kindheit. Aber vielleicht spielte ihr Geruchssinn ihr nur einen Streich.

»Da bist du ja endlich!« Karen kam in die Diele gerannt und baute sich mit vor der Brust verschränkten Armen vor Nella auf. »Wo zum Kuckuck warst du so lange?«

Nellas gute Vorsätze verflüchtigten sich an der hohen Decke. »Was geht dich das an?«

Sie hörte selbst, wie trotzig sie klang, aber es war ihr egal.

»Oh, nichts natürlich. Du bist ein freier Mensch und niemandem Rechenschaft schuldig. Aber Opa Otto ist mit Katharina verschwunden, und niemand weiß, wo sie sind. Hast du etwas damit zu tun?«

Einen Moment lang erschrak Nella heftig, dann wurde sie schon wieder ärgerlich. Sie stand von der Truhe auf, musste aber trotzdem wie gewohnt zu Karen aufschauen.

»Wieso sollte ich für sämtliche Katastrophen dieser Familie verantwortlich sein?« Als sie sah, wie Karen erblasste, taten ihr die harschen Worte leid. »Es ist natürlich keine Katastrophe passiert«, sagte sie schnell. »Die zwei machen bestimmt nur einen Spaziergang. Hast du es auf dem Handy versucht?«

»Zuerst auf deinem, weil ich dachte, ihr wärt alle zusammen. Aber du hast es ausgeschaltet.«

»Tut mir leid«, murmelte Nella. »Ich glaube, ich habe bloß vergessen, es aufzuladen.«

Karen ging nicht weiter darauf ein, sondern fuhr fort: »Opa Otto hat keins, wie du sehr wohl weißt. Und Katharina ist natürlich noch zu jung.«

»Wo ist denn Torben?«, fragte Nella. »Und Maximilian?«

»Sie suchen beide das Dorf ab. Also, Torben mit Sicherheit, bei Maximilian weiß ich es nicht genau. Vielleicht treibt er sich auch nur irgendwo rum.« Sie stieß ein hysterisches Seufzen aus.

Nella empfand Mitleid mit ihr. »Bestimmt hält er nach seiner kleinen Schwester Ausschau. Er ist ein guter Junge, und die Pubertät macht eben allen zu schaffen.«

Falls Karen auffiel, dass sie damit auf ihre eigenen schwierigen Jahre anspielte, ließ sie es sich nicht anmerken.

»Vorhin hat er sich schwer beklagt, weil er unser Gepäck in den ersten Stock bringen musste. Er fand es unmöglich, deinen pinkfarbenen Schminkkoffer auch nur zu berühren.«

Nella überlegte, was ihr Neffe wohl gesagt hätte, wenn der Koffer aus Versehen aufgegangen wäre. Wahrscheinlich gar nichts. Er hätte nur Stielaugen gemacht.

Sie unterdrückte ein Kichern und wollte gerade vorschlagen, sich ebenfalls auf die Suche zu machen, als ihr Großvater mit Katharina in die Diele trat. Er trug in einer Hand den Käfig mit dem Meerschweinchen.

Karen rannte auf ihre Tochter zu und überschüttete sie mit einer Flut von Vorwürfen. Dann nahm sie die Kleine fest in den Arm und schluchzte leise.

Nellas Herz wurde weich. Das war etwas, das sie wohl nie erleben würde: die Liebe und Sorge einer Mutter. Die Nella aus Kindertagen hätte sie ausgelacht wegen so viel Pessimismus. Die erwachsene Nella jedoch glaubte nicht mehr daran, dass sie einmal einen Mann finden würde, mit dem sie eine Familie gründen wollte.

»Was regst du dich so auf?«, fragte Opa Otto seine ältere Enkelin. »Die Lütte war mit mir zusammen.«

Nella bemerkte den scharfen Blick, den Karen ihrem Großvater zuwarf. Jeder andere wäre darunter in die Knie gegangen. Nicht so Otto. Der grinste bloß. Also setzte Karen nach: »Ich habe mir Sorgen gemacht, *weil* Katharina mit dir zusammen war.«

»Wat?«

»Du verstehst mich schon sehr gut.« Sie wandte sich von ihm ab, fischte ihr Handy aus der Hosentasche und schickte eine kurze Sprachnachricht raus: »Hallo, Torben, Katharina ist wieder da.«

Nella fand, das klang so gar nicht nach einer liebenden Ehefrau, aber womöglich stand Karen noch unter Schock.

Sie konzentrierte sich auf ihren Großvater und stellte fest, dass er jetzt viel klarer wirkte, was er zu bedauern schien.

»Bist du etwa in diesem Aufzug mit meiner Tochter durchs Dorf gelaufen?«, verlangte Karen zu wissen.

»Was ist an meiner Kleidung auszusetzen?«

»Alles!«

»Sei man nicht so etepete, Deern. Ich weiß noch genau, dass du früher am liebsten Omas Blümchenkleider angezogen hast.«

»Da war ich ein Kind! Du bist fünfundachtzig.«

»Wo ist der Unterschied?«

Schon wieder empfand Nella Mitleid mit ihrer Schwester. Gegen Otto kam einfach niemand an.

»Was habt ihr überhaupt gemacht?« Karen richtete die Frage an ihre Tochter.

»Wir waren mit Herrn Schmidt beim Doktor, weil er so gepfiffen hat.«

»Wer?«

»Herr Schmidt, natürlich.«

Nella sah wieder Hauke vor sich, groß und breitschultrig mit diesen sturmgrauen Augen. Er hatte gesagt, er müsse zurückgehen für den Fall, dass er gebraucht würde. Nun, offenbar war dieser Fall eingetreten.

»Dieses verflixte Vieh bringt mich noch um den Verstand«, sagte Karen.

»Mama! Herr Schmidt ist ein sehr liebes Meerschweinchen!«

»Warum hat es eigentlich einen so komischen Namen?«, wollte Nella wissen. Alles war besser, als weiterhin an Hauke zu denken.

»So heißt der betagte Hausmeister in Katharinas Schule. Von ihm hat sie das Meerschweinchen geschenkt bekommen und wollte es unbedingt nach ihm nennen.«

»Der Vorname des Hausmeisters wäre vielleicht hübscher gewesen«, meinte Nella und dachte an Bernd.

Karen grinste, und endlich entspannte sie sich. »Adolf.«

»Okay«, erwiderte Nella lachend. »Dann doch lieber Herr Schmidt.«

Katharina wandte sich an ihren Uropa. »Bringst du ihn bitte in mein Zimmer? Und baust du ihm einen schönen großen Auslauf? Die Wände aus Pappe müssen auch nicht hoch sein. Ich möchte jetzt so gern in den Stall und das Lämmchen sehen. Du hast mir versprochen, ich darf ihm die Flasche geben.«

»Das Lämmchen?«, hakte Nella nach und sah ihren Großvater an. Ein Lamm zu Ostern konnte nur eins bedeuten. Nicht auszudenken, was geschah, wenn Katharina sich mit dem Braten anfreundete.

Karens Gedanken gingen offenbar in die gleiche Richtung, denn sie sagte schnell: »Für heute hat es genug Aufregung gegeben. Wir gehen in die Küche. Dort bekommst du einen heißen Kakao und ein Stück vom Hefezopf, den ich gebacken habe.«

Katharina zog zwar einen Flunsch, aber ihr Magen knurrte vernehmlich. Also ging sie brav mit ihrer Mutter, nicht ohne ihrem Uropa noch einmal den Auslauf für Herrn Schmidt ans Herz zu legen.

Nella wollte auch gern etwas trinken, doch lieber etwas Stärkeres als Kakao. Der Tag hatte sie ziemlich geschafft.

»Gibt's auch Kaffee?«, fragte sie ihre Schwester.

»Selbstverständlich.«

»Prima.« Sie würde einen ordentlichen Schuss Rum in ihre Tasse kippen und zur Tarnung Schlagsahne obendrauf packen. Karen musste nicht unbedingt wissen, dass sie einen echten Pharisäer trank. Also setzte sie eine unschuldige Miene auf und folgte ihrer Schwester und ihrer Nichte durch die Diele, während Opa Otto brummelnd der Treppe nach oben zustrebte.

Oma Johanna hatte auch der Küche ihren eigenen Stempel aufgedrückt. Abgesehen von den schwarz-weißen Bodenfliesen erinnerte nichts mehr an die vielen Stunden, die Nella hier zusammen mit ihrer Urgroßmutter Reeke verbracht hatte. Sie war der Liebling der alten Friesin gewesen und hatte von ihr Kochen und Backen gelernt.

Der Tisch war aus hellem, unbehandeltem Kiefernholz, die Eckbank war mit selbst bestickten Kissen belegt. An den Wänden hingen stabile Regale voll mit alten Tellern aus Zinn, Steingut und Porzellan. Ein großer Vitrinenschrank beherbergte Tassen und Gläser jeglicher Form, und über dem modernen Herd entdeckte Nella an großen Haken bronzene Kochtöpfe und gusseiserne Pfannen. Alles war mit einer dicken Staubschicht überzogen. Opa Otto kochte offensichtlich nicht für sich allein. Bank, Tisch und das Kaffeeservice jedoch waren peinlich sauber. Zweifellos Karens Werk.

Die war nun mit ihrer Tochter beschäftigt, und so schaffte es Nella unbemerkt, den Rum in ihren Kaffee zu mogeln. Gleich der erste Schluck stieg ihr zu Kopf, und sie sank schnell auf die Eckbank. Normalerweise vertrug sie Alkohol recht gut, auch wenn sie nie sehr viel trank. Es musste an der Nordseeluft liegen, dass ihr der Rum so schnell zu schaffen machte.

Rasch nahm sie sich ein Stück von dem Hefezopf. Er schmeckte köstlich.

Katharina schlang ihren Kuchen hinunter, überhörte den Tadel ihrer Mutter und schlürfte so schnell sie konnte ihren Kakao.

»Darf ich gehen?«, fragte sie dann mit noch vollem Mund.

Karen nickte resigniert. »Aber nur nach oben in dein Zimmer. Nicht in den Stall.«

»Versprochen, Mama. Ich muss sowieso kontrollieren, ob Uropa auch alles richtigmacht mit dem Auslauf für Herrn Schmidt.«

Als sie draußen war, setzte sich Karen auf die Eckbank.

»Machst du mir auch einen Pharisäer?«

»Ich – ähm – klar.«

Weil sie schon dabei war, bereitete Nella sich selbst eine zweite Tasse zu.

Dann saßen sich die beiden Schwestern schräg gegenüber, und es herrschte fast so etwas wie Harmonie zwischen ihnen. Jedenfalls sagte keine von beiden etwas, das die andere hätte ärgern oder verletzen können.

Zu Nellas Bedauern war dieser Moment schnell wieder vorbei, denn gleich darauf platzten Torben und Maximilian in die Küche. Maximilian zog ein Gesicht, als wäre er zu einer Nordpolexpedition verdammt gewesen, Torben wirkte nur erleichtert und setzte sich neben Karen. Er schnupperte an ihrem Kaffee und trank schnell die Tasse aus. Auch Maximilian schien den Rum zu riechen, denn seine Miene hellte sich schlagartig auf.

Nella grinste. Der Junge war in der Phase, in der er alles ausprobieren wollte. Hoffentlich geriet er nicht in Opa Ottos Fänge. Als wäre er gerufen worden, stand ihr Großvater mit einem Mal in der Küche.

»Geh mal deiner Schwester helfen«, bat er seinen Urenkel. »Ich komme mit diesen komischen Pappwänden nicht zurecht.«

»Hä?«

»Ab mit dir nach oben zu Katharina«, befahl Torben knapp. Möglicherweise hatte er für den Augenblick genug von seinem Sohn. Nella konnte sich gut vorstellen, dass Maximilian während der gesamten Suchaktion ordentlich gemault hatte. Im nächsten Moment bedauerte Torben aber wohl sein schroffes Verhalten und lächelte Maximilian zu. »Sei so gut und hilf deiner Schwester.«

»Kriege ich wenigstens vorher einen Kaffee?«

»Den hast du noch nie getrunken«, beschied seine Mutter überrascht.

»Dann nehme ich nur den Rum und die Sahne.«

Nella unterdrückte ein Kichern, doch als Maximilian das Mienenspiel seiner Eltern sah, verschwand er lieber schnell.

Opa Otto bereitete sich seinen Pharisäer selbst zu. Nella beobachtete ihn. Das war aber ein ordentlicher Schuss Rum. Wie sollte da noch Kaffee in die Tasse passen? Genüsslich leckte er sich die Lippen.

Karen und Torben waren derweil miteinander beschäftigt.

Obwohl sie kein Wort wechselten, strahlten sie mit ihrer Körperhaltung und ihren Blicken etwas aus, das Nella nicht gleich zu deuten wusste. Sie ließ von Otto ab und beobachtete ihre Schwester und ihren Schwager. Karens Blick war nicht so scharf und selbstbewusst wie sonst. Eher… unsicher. Das überraschte Nella. Torben hingegen saß zwar neben seiner Frau, drehte sich aber weg, als wollte er jeden Moment aufspringen. In seinen Augen las Nella eine gewisse Müdigkeit, ja, möglicherweise so etwas wie Überdruss.

Wirklich?, dachte sie beklommen. Gab es Probleme in der perfekten Familie? Zwar hatte sie schon am Palmsonntag einen gewissen Verdacht gehabt, doch sie hatte es einfach nicht glauben wollen. Gern hätte sie den beiden erklärt, dass sie froh sein sollten, einander gefunden zu haben. Dass sie die glücklichsten Menschen der Welt wären, weil sie als Kinder nicht miteinander im Watt gespielt und sich dann aus den Augen verloren hatten… oder etwas in der Art.

Bevor sie etwas so unsäglich Dummes sagen konnte,

trank sie lieber noch eine weitere Tasse und schenkte auch Karen und Torben ein. Der Kaffee war daraufhin alle, deshalb kochte sie neuen und holte eine weitere Sprühdose Sahne aus dem Kühlschrank. Rum war reichlich vorhanden.

Nella hatte das sichere Gefühl, dass dieser Nachmittag noch sehr lang werden konnte.

Kaum war sie wieder auf die Eckbank gerutscht, hörte sie lautes Rufen aus der Diele. Opa Otto, der am Spülstein stehen geblieben war, grinste von einem Ohr zum anderen. Sein Stirnband war inzwischen verrutscht, ein paar Haarsträhnen hatten die Bekanntschaft mit der Sahne gemacht. Das Hemd klaffte auf und gewährte einen freien Blick auf einen weiß behaarten Oberkörper.

Nella schaute schnell weg. »Hast du jemanden eingeladen?«, fragte sie.

»Jawoll. Als Dank für geleistete Dienste am Meerschweinchen und weil es bei denen nach verbranntem Kuchen gerochen hat. Unser Tierarzt muss bei Kräften bleiben. Wer weiß, was Ostern noch alles passiert.«

Verflixt!, dachte Nella. Sie wünschte, sie wäre vollkommen nüchtern. Kräftig über die Stirn reiben half im Augenblick auch nicht.

Karen stand unruhig auf. »Ich weiß nicht, ob der Hefezopf für weitere Gäste reicht.«

»Der reicht für sämtliche Einwohner von Friedrichskoog«, stellte Torben klar, und es klang nicht nach einem Kompliment.

»Wir sind in der Küche!«, brüllte Opa Otto so laut, dass Nella, Karen und Torben zusammenzuckten.

Schon trat Hauke Johannsen ein, dicht gefolgt von der rotblonden Schönheit. Beim Anblick des derangierten alten Mannes zuckte sie kurz zurück, trat dann aber mutig näher und lächelte in die Runde.

Nella sah, wie Hauke eine Geste in Richtung Diele machte. Ausgestreckter Arm, erhobene Hand. Anscheinend wurde der Hund angewiesen, draußen zu bleiben. Dann wandte er sich ihr zu. Sie blickte in seine Augen und begriff, was sie mit nüchternem Kopf nicht hatte begreifen wollen.

Verflixt!, dachte Nella.

8

Heiß und kalt

In der Küche wurde es schlagartig eng, und die Luft knisterte.

»Guten Abend«, sagte Hauke, obwohl es draußen noch gar nicht dunkel war.

Nellas Herz geriet aus dem Takt. Das sind nur die Pharisäer, redete sie sich ein, ahnte jedoch, dass ihr Herz verrücktspielte. Das war mal wieder typisch für sie. Anstatt sich einen netten Mann zu angeln, der frei war, musste sie einen anziehend finden, der eine bildschöne Freundin hatte, der womöglich verlobt war, der ... Ihr Blick flog zu seiner rechten Hand. Nein, verheiratet war er nicht. Andererseits – in seinem Beruf war es wahrscheinlich ungünstig, einen Ring zu tragen. Am Ende blieb der noch im Hinterteil einer Kuh stecken.

»Hicks!«, machte sie und arbeitete hart daran, das heraufbeschworene Bild wieder loszuwerden.

Opa Otto half ihr dabei, ohne etwas davon zu ahnen.

»Rin in die gute Stube!«

»Küche«, wurde er von Karen verbessert. Sie stand leicht schwankend vor dem Tisch und hielt sich zur Sicherheit an der Kante fest. Opa überhörte sie einfach.

»Herzlichen Dank für die Einladung«, sagte Hauke höflich.

»Nu ma nich so förmlich«, trompetete Opa Otto und schubste den Tierarzt zu Karen.

»Hoppla!«, rief Hauke. Offenbar hatte er nicht mit einem so kräftigen Stoß des alten Thiessen gerechnet, denn er prallte unsanft gegen Nellas Schwester. Karen stieß einen kleinen Schrei aus.

»Das ist heute wohl der Tag der Zusammenstöße«, murmelte Nella.

»Wie meinst du das?,« wollte Torben wissen, der missmutig beobachtete, wie seine Frau und der große, breitschultrige Mann sich nur langsam und scheinbar widerwillig voneinander lösten. Zumindest, was Karen betraf. Hauke wirkte eher verlegen.

»Stellt euch nich' so an, Kinners!«, rief Opa Otto. »Ihr seid schließlich alte Freunde.«

»Sind wir das?«, fragte Karen. Die Verwirrung stand ihr groß ins Gesicht geschrieben. Offensichtlich erkannte sie in dem attraktiven Mann nicht Nellas Freund aus Kindertagen. Damals hatte sie ihn ohnehin übersehen.

»Na so was …«, sagte Hauke und wusste offenbar nicht weiter. Ratlos blickte er Nella an.

Sie dachte gar nicht daran, ihm aus der Klemme zu helfen. Erstens wusste sie sowieso nicht, was Opa meinte, zweitens hätte sie auch dann geschwiegen, wenn sie etwas zur Lösung des Rätsels hätte beitragen können. Sie war nämlich stinksauer, weil er einfach so gegen ihre große Schwester prallte.

»Hinsetzen!«, brüllte Opa Otto.

So langsam befürchtete Nella einen bleibenden Schaden am Trommelfell. Wieso konnte ihr Großvater denn nicht in normaler Lautstärke reden? Überhaupt wäre sie am liebsten unter den Tisch gesunken, ohne dass es weiter auffiele. Vielleicht wäre es da unten ein bisschen leiser. Sie fürchtete bloß, sie würde nicht wieder hochkommen. Also blieb sie, wo sie war, starrte in ihre Tasse und betete, Hauke würde sich nicht neben sie setzen.

Doch es kam wie befürchtet. Die Schönheit musste zu Torben auf die Bank rutschen, während Hauke neben Nella Platz nahm und Karen wiederum neben ihm. Alles auf Kommando des alten Herrn, der nun den Kellner spielte und sämtliche Anwesenden mit frischen Pharisäern versorgte. Anschließend setzte er sich neben Friederike.

»Wie schön, dass der liebe Herr Thiessen Besuch von seiner Familie hat«, sagte die Rotblonde. »Ich bin übrigens Friederike Witt, die Freundin von Hauke.« Ihr Blick lag mit leisem Vorwurf auf Hauke. Er hatte es versäumt, sie vorzustellen.

»Sehr erfreut.« Torben schnappte sich Friederikes rechte Hand und schüttelte sie ausgiebig. Anscheinend war er auch schon ein bisschen beschwipst. Es dauerte jedenfalls eine ganze Weile, bis er die Hand wieder losließ, während er ihr seinen eigenen Namen und die der übrigen Anwesenden nannte.

Karen klappte den Mund auf und zu. Hauke machte einen etwas unglücklichen Eindruck.

Dann sagte er in die Runde: »Otto war vorhin so freundlich, uns zu Kaffee und Kuchen einzuladen, weil bei uns ein kleines Malheur passiert ist.« Er nahm einen kräftigen Mundvoll aus seiner Tasse, schluckte und stieß einen Pfiff aus, der Nella laut in den Ohren klingelte. »Dunnerlittchen! Die Mischung haut ja den stärksten Ochsen um!«

Nella kicherte, Opa feixte. Friederike nahm daraufhin nur ein winziges Schlückchen und setzte die Tasse schnell wieder ab. Torben erklärte ihr, es sei äußerst klug von ihr, so bedächtig vorzugehen. Ottos Mischung sei tatsächlich recht kräftig.

»Recht kräftig!«, rief Hauke und trank gleich noch mal. »Das ist die Untertreibung des Tages!« Er schien nicht zu bemerken, dass seine Freundin ihn irritiert betrachtete, und fühlte sich offenbar ausgesprochen wohl zwischen den zwei Schwestern.

Nella beugte sich vor und sah, dass Karen hektische rote Flecken auf den Wangen hatte, die selbst durch ihre dezente Schminkschicht deutlich zu sehen waren. Opa Otto hatte sie ziemlich dicht neben ihren angeblichen Freund von früher geschubst, und nun wurde ihr wohl etwas warm neben so viel ursprünglicher Männlichkeit. Also rückte auch Nella näher an Hauke heran, was dieser sich nur allzu gern gefallen ließ.

Hui!, dachte Nella. Das war aber wirklich heiß hier neben ihm. Sie begann, leise zu hecheln.

»Zu viel Rum?«, erkundigte sich Hauke freundlich.

»Nee, zu viel Kerl.«

»Oho!«, lachte er dröhnend.

Nella wunderte sich, dass das alte Haus davon nicht wackelte.

»Geht's dir gut?«, fragte er weiter.

»Alles prima«, log sie. In Wahrheit war gar nichts prima. Ihr Gefühlsleben war innerhalb kürzester Zeit aus den Fugen geraten, und sie wusste nicht, wie sie es wieder richten sollte.

Ungefähr drei Tassen später war Hauke allerbester Stimmung. Friederike auch, die sich definitiv nicht mehr vornehm zurückgehalten hatte, Karen sowieso und Nella ebenfalls. Sie hatte aus Versehen noch ein bisschen mitgetrunken. Eifersüchtig war sie auch. Hauke gehörte ihr! Sie kletterte über ihn hinweg und quetschte sich zwischen ihn und Karen.

»Hoppla!«, rief er.

Karen ächzte nur und plumpste wenig elegant von der Eckbank.

»Das ist meiner«, sagte Nella. Dann verlor sie vorübergehend den Faden, weil es jetzt an ihrer anderen Hüfte so heiß wurde.

»Mir ist auf einmal so kalt«, jammerte dafür ihre Schwester.

Klar, die saß ja auch nicht mehr neben diesem Vulkan, sondern auf dem kühlen Küchenfußboden. Und niemand kam ihr zu Hilfe, ihr Mann schon gar nicht. Der war ganz in sein Gespräch mit Friederike vertieft. Gespräch, na ja, dachte Nella und wunderte sich, dass sie überhaupt noch denken konnte. Das war ja schon nicht mehr anständig, wie Torben die Rotblonde mit Blicken verschlang!

Über das Thema Anständigkeit wollte sie noch eingehender nachdenken, schaffte es aber nicht. Stattdessen erging sie sich in Überlegungen über den Umfang von Männeroberschenkeln.

»Mir ist kalt«, bemerkte Karen erneut. Opa Otto reichte ihr eine frische Tasse Pharisäer. »Runter damit, Deern. Zum Aufwärmen!«

Sie bedankte sich artig, trank und blieb, wo sie war. Torben protestierte vernehmlich dagegen, dass seine Frau abgefüllt wurde, aber Opa Otto wies ihn zurecht.

»Musst ihr auch mal ein kleines bisschen Spaß gönnen, du alter Langweiler.«

Nella erwartete, dass ihr Schwager sich gegen den angeheirateten Opa zur Wehr setzen würde, aber Torben presste nur die Lippen zusammen und sagte nichts mehr.

Irgendjemand sollte hier mal Ordnung schaffen, dachte sie einen Moment später und beschloss, dass sie höchstpersönlich das sein würde.

Schon schubste sie Hauke kräftig an, der rutschte vor Schreck zur Seite, Nella ächzte und landete dann etwas unsanft auf allen vieren auf dem Küchenfußboden.

»Hi«, sagte Karen.

»Du bist hackedicht«, erklärte ihr Nella vorwurfsvoll.

»Du auch.«

»Stimmt.« Sie hockte sich hin, lugte zu Karens Tasse. »Ist noch was drin?«

»'n büschen.«

Nella nippte daran. Keine von beiden machte Anstalten aufzustehen. War eigentlich ganz gemütlich hier, fand Nella. Und die Abkühlung tat gut. Opa Otto versorgte sie mit Nachschub, den sie dankbar entgegennahmen. Was am Tisch vor sich ging, entzog sich ihrer

Kenntnis. Die Schwestern grinsten sich an. Schon zum zweiten Mal innerhalb weniger Stunden waren sie sich so nah wie seit Jahren nicht.

»Huuuu!«, schrie Karen plötzlich.

Nella überlegte, ob es wohl irgendwo in der Küche Ohrstöpsel gab. Warum mussten die Leute bloß so laut sein? Dann aber verstand sie, was ihre Schwester so erschreckt hatte. Über ihnen ragte plötzlich Bernd auf. Ein bisschen Sabber tropfte aus seinem Maul auf sie herab. Aber konnte sie denn nicht leiser schreien? Bernd beschenkte Nella mit einem Hundekuss. Seine Liebe war echt.

»Aus!«, rief Hauke.

»Heureka!«, schrie Opa Otto. Was war denn nur mit dem los? »Ich hab's!«, rief er hinterher.

»Worum geht's da oben?«, fragte Karen.

»Ich habe keine Ahnung«, erwiderte Nella wahrheitsgemäß, während sie sich mit dem Ärmel übers Gesicht wischte.

»Wollen wir versuchen, wieder hochzukommen?«, nuschelte Karen.

»Hm.« Nella war sich nicht ganz sicher, ob sie es schaffen würden.

»Hauke!«, rief sie, während Bernd zurück in die Diele trottete.

»Wat brüllste so?«, wollte Opa Otto wissen.

»Wer – ich?«

»Jo, wie 'n olles Fischweib kreischt du.«

Nella war verwirrt. Wieso durften die anderen rumschreien, aber sie wurde gleich zurechtgewiesen, wenn sie mal die Stimme erhob? Tränen schossen ihr in die Augen.

»Und warum weinst du jetzt?«, fragte Karen.

»Nur so.«

»Interessant.«

Endlich wurde erst Karen und dann Nella von Hauke hochgezogen und wieder auf die Bank platziert. Er blieb diesmal am Rand sitzen, mit ordentlich Abstand zwischen ihnen.

Schade, dachte Nella. Kalt war ihr auch noch. Sie entdeckte eine Flasche Wasser auf dem Tisch, griff danach und trank. Anschließend ging es ihr ein klein wenig besser.

»Wo ist denn das Problem?«, fragte sie. Neben ihr schniefte ihre Schwester leise vor sich hin. »Warum heulst *du* auf einmal?«

Karen wies mit dem ausgestreckten Arm zu Torben und Friederike. Die wirkten irgendwie abwesend, unterhielten sich über Berlin und nahmen die anderen in der Küche gar nicht mehr wahr.

»Er liebt sie«, nuschelte Karen.

Nella legte ihr tröstend einen Arm um die Schultern. »So schnell geht das nicht.« Oder doch?, fragte sie sich im Stillen und blickte Hauke an. Der war jetzt ebenfalls auf Torben und Friederike aufmerksam geworden, aber es schien ihn nicht weiter zu stören.

»Er liebt sie schon seit fünf Monaten«, fuhr Karen mit dumpfer Stimme fort.

»So 'n Quatsch. Sie haben sich doch eben erst kennengelernt.« Dann dämmerte ihr, dass ihre Schwester nicht von Friederike sprach.

»*Was?*«, schrie sie. »Dein Mann hat eine Geliebte?«

Jetzt wusste sie auch wieder, dass sie ihre Schwester schon am vergangenen Sonntag danach gefragt hatte. Doch Karen hatte vehement abgestritten. Dummerweise hatten Torben und Friederike ihr Gespräch unterbrochen und starrten jetzt beide Nella an.

»So 'n Schiet«, jammerte sie.

Auf einmal war ihre große Schwester gar nicht mehr vollkommen mit ihrer schönen Familie, der tollen Karriere und der prächtigen weißen Villa auf dem Süllberg. Auf einmal war sie eine betrogene Ehefrau, deren wunderbares Leben in tausend Scherben lag. Nella empfand große Traurigkeit und fühlte sich Karen gerade ganz besonders nah.

Sogar Opa Otto spürte, dass die Stimmung bedenklich zu kippen drohte. Nach einem vernichtenden Blick auf seinen Schwiegerenkel, der sich daraufhin ganz klein machte, verwickelte er Hauke in eine Unterhaltung. Nella hätte zwar gern zugehört, zumal sie glaubte, ihren Namen vernommen zu haben, blieb jedoch auf das brennende Problem ihrer Schwester konzentriert und drückte ihre Hand.

»So ist dat!«, sagte Opa Otto schließlich.

»Genau«, erwiderte Hauke, der sich auch nicht ganz wohl in seiner Haut zu fühlen schien. Er sah jedenfalls immer wieder über den Tisch hinweg zu seiner Freundin. Diese erwiderte den Blick in aller Unschuld. Dann nahm sie ihr Handy auf, das auf dem Tisch vor sich hin piepte, las ein paar Nachrichten und tippte schnell Antworten ein.

»Hätte ich ja gleich drauf kommen können!« Das war wieder Otto.

»Ich vielleicht auch.«

»Worum geht es eigentlich?«, fragte Nella.

»Um dich und Katharina«, erklärte Hauke.

»Was hat denn meine Nichte damit zu tun?«

»Eben«, sagte Hauke. »Deine Nichte.«

Er sah sie an, und seine Augen leuchteten so hell, als hätte sich eben ein schwerer Sturm über der Nordsee nach Süden verzogen.

»Kannst du bitte etwas deutlicher werden?« Sie war wie gefesselt von seinem Blick.

»Katharina ist nicht deine Tochter, sondern deine Nichte.«

»Das weiß ich auch.«

»Aber ich wusste es nicht. Otto hat mich eben aufgeklärt.«

So ganz kam sie immer noch nicht mit. »Und … das ist wichtig?«

»Gute Frage«, meldete sich Friederike zu Wort und legte ihr Handy weg. »Das wüsste ich auch gern, Liebling. Was geht dich diese Familie an?«

Nella sprach, ohne nachzudenken: »Als Spontangeliebte meines Schwagers sollten Sie sich das lieber selbst fragen.«

»Wie bitte?«

Karen prustete los, dann weinte sie und lachte kurz darauf wieder. Und weil sie sich nicht entscheiden konnte, verstummte sie schließlich hilflos und wischte sich nur ein paar Mal die Tränen fort.

»Reden Sie keinen Unsinn«, wies Friederike Nella zurecht. »Und Sie, liebe Frau von Tannenberg, sollten sich nicht so aufregen.«

»*Sie* haben mir nicht zu sagen, wie ich mich verhalten soll!«, schoss Karen zurück und ließ etwas von ihrer alten Schärfe durchblitzen. Nella fand das beruhigend. Mit einer heulenden, verzweifelten Schwester konnte sie nicht umgehen. Sie bemerkte, dass Torben auf das Display von Friederikes Handy schielte und dabei überrascht die Augenbrauen hob. Ganz schön neugierig, mein Schwager, dachte sie nur.

»Wieso siezen die sich?«, wollte Opa Otto von niemandem im Besonderen wissen. »In meiner Jugend war man nicht so förmlich.«

Torben, der sichtbar erleichtert war, dass er nicht mehr im Mittelpunkt des Interesses stand, erwiderte: »In deiner Jugend, lieber Großvater Thiessen, habt ihr es auch ziemlich bunt getrieben.«

Alle am Tisch erstarrten, und Torben erkannte wohl, dass er ein Eigentor geschossen hatte. Er presste fest die Lippen zusammen und starrte in seine leere Tasse.

Nella, die eigentlich gespannt auf eine Erklärung Haukes wartete, redete schon wieder, ohne es zu wollen: »Mit so etwas kennst du dich ja anscheinend aus, bester Schwager.«

Ihre rechte Hand lag unter dem Tisch verkrampft auf ihrem Oberschenkel. Jetzt bohrte sie die Fingernägel in den Hosenstoff. Vielleicht half das, damit sie endlich den Mund hielt. Eine große raue Männerhand legte sich auf ihre. Nella erstarrte.

»Ganz ruhig«, sagte Hauke leise. Die anderen waren kurz abgelenkt, weil alle sich auf Torben konzentrierten.

Leise fragte Nella: »Habe ich das richtig verstanden? Du hast gedacht, Katharina sei meine Tochter?«

»Hm.«

Die raue Hand bewegte sich nicht, dennoch spürte sie die Berührung in jedem Winkel ihres Körpers.

Verflixt! Wirklich in jedem Winkel. Gleich würde sie wieder anfangen zu hecheln. Was natürlich nur daran lag, dass sie seit Längerem unfreiwillig das Leben einer Nonne führte.

»Und du freust dich, weil sie es nicht ist?«

»Na«, sagte er und dehnte das Wörtchen auf die Länge eines Deiches aus. »Irgendwie störte mich der Gedanke, du könntest eine Familie haben.«

»So? Und warum?« Eine innere Stimme sagte ihr zwar, es wäre klüger, nicht weiter nachzufragen, aber sie konnte nicht anders.

»Die Vorstellung gefiel mir eben nicht«, entgegnete er vage.

Sein Gesicht verschloss sich, und Nella wusste, er würde nichts mehr dazu sagen. War auch nicht nötig. Heimliche Freude erfüllte sie. Dieser tolle Mann hoffte also, sie wäre kinderlos und Single.

»Liebling.«

Erst nach einem Augenblick begriff Nella, dass sie nicht selbst gesprochen hatte.

»Liebling«, wiederholte Friederike. »Was meinst du, sollten wir jetzt gehen?«

Sie wirkte etwas mitgenommen, was Nella aber nicht

tröstete. Für ein paar Sekunden hatte sie einen glücklichen Traum geträumt, nun wurde sie unsanft wachgerüttelt. Unter dem Tisch verschwand seine Hand.

»Natürlich«, gab Hauke mit belegter Stimme zurück.

Nella hoffte, er sei auch ein klitzekleines bisschen enttäuscht.

»Wunderbar«, sagte Friederike. »Vielleicht möchte die Familie ihre Angelegenheiten lieber im engeren Kreis besprechen.« Auf gut Deutsch hieß das: Lasst mich bloß mit eurem Stress in Frieden!

Hauke stand auf.

»Mir ist nicht gut«, sagte Karen.

Das stimmte, wie Nella feststellte. Ihre Schwester war sehr blass geworden. Ob das an ihrem Mann oder eher an den Pharisäern lag, war nicht festzustellen.

»Ich bringe dich ins Bad«, bot sich Nella an und zog sie mit sich von der Bank. Friederike stand auch auf und drängte sich an Opa Otto vorbei.

Bloß Torben schien nicht zufrieden mit der schnellen Auflösung der Runde. Er wandte sich an Otto.

»Du solltest dafür sorgen, dass in deinem Haus Frieden herrscht. Deine Urenkel möchten ein schönes Osterfest verbringen.«

»Wen kümmert's!«, stieß Otto aus, was niemand auch nur im Geringsten verstand.

9

Karens Kummer

Als Nella wieder zu sich kam, war draußen ein heller Tag angebrochen. Gähnend sah sie auf das Display ihres Handys. Halb neun am Samstagmorgen. Sie erschrak ein bisschen. Offenbar hatte sie zwölf Stunden durchgeschlafen. Sie wusste nicht mehr, wann Opa Otto sie nach oben in dieses winzige Gästezimmer gebracht hatte. Aber mit Sicherheit war es noch nicht sehr spät gewesen. Vage erinnerte sie sich daran, dass sie noch kurz am Fenster gestanden und zugesehen hatte, wie die Sonne ganz langsam hinter den Deich gesunken war.

Ihr Kopf brummte, und sie sehnte sich nach einer heißen Dusche und Kaffee. Oder lieber Tee, sehr viel sehr schwarzer Tee. Bei Kaffee musste sie an die Pharisäer-Sause vom Vortag denken. Ihr Magen grummelte, und sie stand lieber schnell auf.

In diesem Zimmer hatte sie auch früher schon geschlafen, und sie entdeckte ein paar Überbleibsel aus ihrer Kindheit. Auf einem Regal standen zerlesene Mädchenbücher. Ein paar alte Puppen hockten am Fußende des schmalen Bettes, die Gardinen waren mit knallgelben Osterglocken bedruckt.

Auf einmal kamen ihr die Tränen. Sie entsann sich genau dieser Gardinen. Oma Johanna hatte ihr damit eine Freude machen wollen. Nella war damals vielleicht neun oder zehn gewesen und hatte in jenem Sommer schwer unter ihrer Schwester zu leiden gehabt. Karen war unausstehlich geworden und hatte nur an ihr herumgemeckert. Daraufhin hatte ihre Großmutter diese Gardinen aufgehängt und gesagt: »Damit du dich jeden Morgen freuen kannst, wenn du bei uns bist.«

Entschlossen, sich nicht in nostalgischen Überlegungen zu verlieren, stand sie auf und trat ans Fenster. Im Vorgarten entdeckte sie Katharina, die ein Hündchen an der Leine hatte.

Ein Hündchen? Nella sah genauer hin.

Nein, das Wesen, das sich dort unten energisch gegen Halsband und Leine wehrte, war ein Lamm. Braun-weiß, mit langen dünnen Beinen und listig funkelnden Augen.

Na gut, Letzteres bildete sich Nella bestimmt nur ein.

Im nächsten Augenblick hatte das Lamm seinen Kopf befreit und sprang fröhlich davon. Mitten auf die Straße.

Katharina schrie auf, und Nella hielt unbewusst den Atem an. Schon glaubte sie, quietschende Autoreifen zu hören, aber alles bleib ruhig.

Noch bevor sie handeln konnte, kam Torben aus dem Haus gelaufen und schnappte sich seine Tochter, ehe sie dem Lamm folgen konnte. Weil sie aber nicht aufhörte zu schreien, hielt er sie unter einem Arm fest, ging zur Straße, schnappte sich das Lamm und packte es sich unter den anderen Arm.

Erleichtert atmete Nella auf.

Torben verschwand mit seiner Last aus ihrem Blickfeld. Sie beeilte sich, unter die Dusche zu kommen. Unter dem heißen Wasserstrahl wurde sie endgültig wach und dachte angestrengt über ihren Schwager und sein Verhalten gestern am Küchentisch nach. An Hauke dachte sie lieber nicht.

Als Nella zurück ins Zimmer kam, saß Karen auf ihrem Bett und betrachtete den Präsentierkoffer. Er stand vor dem alten Kleiderschrank und war fast doppelt so groß wie die Reisetasche, in die Nella ihre Klamotten gestopft hatte.

»Mach den mal auf«, verlangte Karen. Sie wirkte nüchtern und frisch. Keine Spur mehr von einer verzweifelten Frau.

Nella fühlte leise Panik in sich aufsteigen. »Warum das denn?«

»Ich will wissen, warum meine Schwester, die kaum mal Lipgloss oder Mascara benutzt, für ein paar Tage in einem Kaff an der Nordsee so viele Schminksachen mitschleppt.«

»Vielleicht ist da ja was anderes drin?« Nella versuchte, ihre Stimme ganz cool klingen zu lassen, aber in Wirklichkeit hörte sie selbst das Zittern darin.

»Ach ja? Und was?«

»Na ja … also … sagen wir, es soll eine Überraschung sein.«

Karens Blick wurde scharf wie ein frisch geschliffenes Messer. »Und für wen? Etwa für diesen gut gebauten Tierarzt?«

»So ein Quatsch!«

Nella drehte ihrer Schwester den Rücken zu, um sich schnell anzuziehen. Aber sie ließ den Morgenmantel an, den sie im Bad gefunden hatte, und zwängte sich zunächst ein bisschen umständlich in ihre Unterwäsche. Aus ihr unerfindlichen Gründen war es ihr peinlich, sich vor Karen nackt zu zeigen.

Zudem hatte sie Spitzenwäsche aus pfauenblauer Seide gewählt, die zu ihrer Kollektion gehörte. Karen hätte sich mit Sicherheit gewundert, warum sie so schöne Dessous unter Jeans, T-Shirt und Pulli trug. Doch sie hatte beim Packen schlichtweg die Unterwäsche vergessen und musste sich nun so helfen.

»Spann mich nicht auf die Folter, Nella. Sag mir, was da drin ist und für wen das ist.«

»Dann wär's ja keine Überraschung mehr.«

»Ist mir egal. Ich hasse Überraschungen.«

Das stimmte, erinnerte sich Nella. Für ihre Schwester musste am besten das ganze Leben auf den Punkt organisiert sein.

»Wenn das für Katharina ist«, fuhr Karen nachdenklich fort, »dann solltest du wissen, dass ihre rosafarbene Phase schon seit einem Jahr vorbei ist.«

»Ist mir klar.« Nella schlüpfte nun in Jeans und T-Shirt.

»Vielleicht sollte ich gleich wieder abreisen.«

Erst als Karen sich nach dem Grund erkundigte, merkte Nella, dass sie laut gesprochen hatte. Offensichtlich blubberte da noch reichlich Restalkohol in ihrem Körper.

»Ich weiß nicht«, sagte sie zögernd. »Es ist alles so kompliziert.«

»Ha! Was ist denn an deinem Leben kompliziert? Du bist frei und kannst machen, was du willst.« So wie Karen das sagte, klang es geradezu neidisch. »Und von den vierzig bist du auch noch weit entfernt.« Nella wunderte sich gewaltig. Als beneidenswert hatte sie ihr Leben bisher nicht empfunden. »Du kannst dir sogar hier in Friedrichskoog ganz nebenbei einen sexy Tierarzt angeln, wenn du willst, weil der nämlich nur eine Freundin hat und nicht verheiratet ist.«

»Eine bildschöne, schlanke, kluge und erfolgreiche Freundin«, präzisierte Nella.

»Na und?« Karen winkte ab. »Das alles bin ich auch, und trotzdem …« Sie brach ab und starrte vor sich hin.

Nella trat zu ihr und setzte sich neben sie auf die Bettkante. Sie hätte ihr Haar föhnen und mit dem Glätteisen bearbeiten müssen, damit es nicht in alle Richtungen vom Kopf abstand wie ein Wischmop. Aber das hier war wichtiger. Sie legte ihrer Schwester einen Arm um die Schultern.

»Was genau ist passiert?«

Karens Schultern versteiften sich.

»Ich glaube nicht, dass ich mit dir …«

»Mit wem denn sonst?«, unterbrach Nella sie sanft. »Mit deinen Schickimicki-Freundinnen, die nur über Botox, Modelabels und die neuesten Diäten reden? Ich bin deine Schwester, und ich habe dich lieb.«

»Schon, aber du bist … also du …«

Zu ihrer Erleichterung sprach Karen nicht weiter. Hätte sie jetzt einen ihrer Giftpfeile abgeschossen, dann wäre Nella ohne ein weiteres Wort aus dem Zimmer gegangen. Aber plötzlich sackten Karens Schultern herunter, und sie ließ den Kopf hängen.

»Ich weiß«, murmelte sie. »Außer dir habe ich niemanden.«

Wie das jetzt gemeint war, wollte Nella lieber nicht so genau wissen.

»Es geht um Charlene.«

Hübscher Name, dachte Nella bei sich, sprach es aber lieber nicht aus.

»Das ist eine unserer Sprechstundenhilfen. Sie ist fünfzehn Jahre jünger als ich und immer so schrecklich gut gelaunt. Wenn ich sehe, wie sie mit Torben quatscht und dabei so süß lächelt, könnte ich sie jedes Mal erwürgen.«

»Verstehe«, sagte Nella alarmiert. »Und was machen sie noch so außer quatschen?«

»Was?«

»Na, ich meine, werfen sie sich heimliche Blicke zu, berühren sie sich kurz an den Händen, passen sie ihre Schritte an den anderen an, wenn sie über den Flur laufen, wirken sie insgesamt wie ein Liebespaar?«

Karen wandte den Kopf und sah sie an, jedoch ohne jegliche Schärfe im Blick. Nur Erstaunen lag darin. »Du kennst dich aber gut aus.«

Nella grinste schief. »Ich schaue sehr viele kitschige Liebesfilme. Da siehst du mal, was für ein tolles Privatleben ich habe.«

»Ach so.« Ihre Schwester schwieg für einen langen Augenblick. »Nein«, sagte sie dann. »So etwas habe ich bisher nicht beobachtet. Aber das bedeutet gar nichts. Wahrscheinlich haben sie sich nur gut unter Kontrolle.«

In Nella stiegen erste Zweifel an der Geschichte auf. Ihrer Meinung nach schafften es zwei Verliebte nie, ihre Gefühle vollkommen zu verbergen. Aber bevor sie etwas in die Richtung äußerte, wollte sie sichergehen.

»Welche Beweise hast du?«

Karens Augen wurden groß und rund. »Beweise?«

»Na, so Sachen wie Lippenstift am Hemdkragen, nächtliche Nachrichten auf WhatsApp, Restaurantbelege, plötzliche Abwesenheiten.« Sie grinste wieder. »Ich schaue auch Dramen und Krimis. Hat eure Sprechstundenhilfe dir mal gedroht? Oder einen muskelbepackten Verwandten bei dir vorbeigeschickt?«

»Jetzt werde nicht albern«, sagte Karen streng. »Nichts von alldem ist mir bisher aufgefallen, und ich denke nicht daran, meinem Mann nachzuspionieren. Das hier ist kein Krimi.«

»Das solltest du aber tun, wenn du Gewissheit haben willst.«

»Vielleicht will ich die ja gar nicht«, erwiderte Karen mit auf einmal leiser, ängstlicher Stimme. »Vielleicht will ich mir lieber einbilden, dass zwischen uns alles in bester Ordnung ist, auch wenn Torben ständig was zu meckern hat.«

Aha, dachte Nella. Jetzt kommen wir der Sache schon näher.

»Was passt ihm denn nicht?«

Karen fuhr sich mit beiden Händen durchs Haar. »Ach, das Übliche.«

»Nämlich?«

»Dass ich so perfekt bin und mich immer beherrsche.

Er verlangt, dass ich meinen Gefühlen freien Lauf lasse, besonders im …«

»Im?«, hakte Nella nach.

»Im Bett!«, brach es aus Karen heraus. »Dabei halte ich mich an sämtliche Tipps der Sexualratgeber, die ich gelesen habe!«

Oh, oh! Nellas Blick huschte zum Präsentierkoffer. Ihr kam eine Idee, aber sie verwarf sie gleich wieder. Und ja, wenn sie es recht bedachte: Sie konnte sich weder ihre Schwester noch ihren Schwager als heißblütige Liebhaber vorstellen.

»Ich glaube nicht, dass ich dir in dem Punkt helfen kann«, gestand sie.

»Das denke ich auch nicht. Ach, Nella, ich habe solche Angst, dass ich so ende wie Mama.«

Das war also das Problem. Karen fürchtete, verlassen zu werden. Genau wie damals ihre Mutter. Diese Schande würde sie nicht ertragen.

»Weil du dann als Geschiedene mit einem Makel behaftet wärst?«

»Rede keinen Blödsinn. Ich liebe Torben! Ich will ihn nicht verlieren. Und ich will nicht so unglücklich werden wie Mama.«

»Okay«, sagte Nella langsam. Bei sich dachte sie: Würde Karen nur ein bisschen etwas von diesem Temperament ihrem Mann zeigen und nicht immer so verdammt kontrolliert sein, hätte sie bestimmt ein paar Probleme weniger.

»Was willst du also tun?«

Karen hob kurz die Schultern. »Ich weiß nicht. Ich

habe gehofft, es würde uns guttun, mal rauszukommen. Aber anstatt sich mehr um mich zu kümmern, turtelt er mit dieser Friederike herum.«

»Einer kleiner Flirt ist doch nicht so schlimm«, meinte Nella vorsichtig.

»Ja, wenn's dabei bleibt! Aber was mache ich, wenn er sie beim nächsten Mal in den Stall verschleppt und im Heu über sie herfällt?«

Oha, dachte Nella. Eine ganz schön wilde Fantasie.

»Also, ich möchte dem tollen Torben nicht zu nahetreten, aber dass er irgendwas Wildes tut, kann ich mir einfach nicht vorstellen.«

Karen runzelte die Stirn, dann kicherte sie. »Ich auch nicht.«

Sie lachten beide.

»Danke fürs Zuhören«, sagte Karen schließlich. »Es geht mir schon besser. Du behältst es aber für dich, ja?«

»Selbstverständlich.«

»Und du meinst wirklich, ich sollte sein Handy kontrollieren?«

»Könnte nicht schaden.«

»Ach, ich weiß nicht. Er hat es sowieso nicht sehr damit, weißt du? Ich glaube, er benutzt es nur als Telefon und auch nur, wenn es unbedingt sein muss.«

Was wiederum für ihn spricht, dachte Nella.

»Hätte er eine Affäre«, sagte sie langsam, »wäre das Handy sein wichtigstes Kommunikationsmittel.«

Karen lächelte. »Vielleicht bilde ich mir alles nur ein.«

Nella hoffte es sehr für ihre Schwester, war aber nicht hundertprozentig überzeugt.

»Ich muss jetzt in die Küche, Friederike wird jeden Augenblick eintreffen«, sagte Karen.

»Tatsächlich?«

»Ja, ich habe sie eingeladen, mit mir zusammen Seezunge zu kochen. Sie möchte es gern lernen.«

»Sehr clever. Wenn sie in deiner Nähe ist, kann sie keinen Unfug mit deinem Mann anstellen.«

Karen lächelte breit. »Ach, wegen ihr mache ich mir gar nicht so viele Sorgen. Eigentlich ist Torben auch nicht ihr Typ, und sie scheint wirklich sehr in den Tierarzt verliebt zu sein.«

Ihre Worte versetzten Nella einen Stich, und so nickte sie nur stumm.

Nachdem Karen ihr Zimmer verlassen hatte, versuchte sie, ihre Frisur zu retten, bändigte die Haare aber schließlich in einem schlichten Pferdeschwanz.

Unten in der Diele roch sie köstliche Düfte, die aus der Küche wehten, entschloss sich jedoch, lieber irgendwo im Ort zu frühstücken. Falls Friederike schon eingetroffen sein sollte, wollte Nella ihr aus dem Weg gehen. Zwei perfekte Frauen auf einmal waren ihr im Augenblick zu viel.

Sie traf auf Maximilian, als sie gerade das Haus verlassen wollte. Der zog sein übliches langes Gesicht und rang sich ein knappes Nicken ab.

»Ist dir langweilig?«, fragte Nella.

»Jo.«

»Kann ich mir vorstellen. Ich hatte früher Glück, weil ich hier einen Freund in meinem Alter hatte. Wir hatten sehr viel Spaß zusammen.« Dass sie mit vierzehn ihren

Freund verloren hatte, weil ihre kleine Welt zerstört worden war, ließ sie unerwähnt.

Maximilian wischte sich bloß die dunkle Haartolle aus der Stirn. Klar, dachte Nella. Es interessiert ihn nicht die Bohne, was seine Tante in ihrer Jugend gemacht hat.

»Vielleicht könntest du mit Katharina …«

»Verschon mich!«, stieß er aus. »Die Klette geht mir auf die Nerven. Seit heute früh fragt sie mich, welchen Namen wir dem Lamm geben sollen. Vielleicht sollte ich ihr mal verklickern, dass …«

»Nein!«, sagte Nella scharf. »Lass sie in Ruhe.«

Sie hatte zwar den Verdacht, dass mit diesem Lamm etwas nicht stimmte, aber sie wusste nicht genau, was es war. Hätte es als Braten dienen sollen, wäre es längst geschlachtet worden. Ganz egal, dachte sie. Ihre Nichte sollte vorerst glauben dürfen, ihr Uropa habe ihr einen vierbeinigen Spielgefährten besorgt.

»Und dein Vater?«, fragte sie.

Maximilian stieß ein Schnauben aus. »Ich habe echt keinen Bock auf den nächsten Vortrag in Geschichte.«

Er zückte sein Smartphone, um seiner Tante zu signalisieren, dass er nun mit etwas anderem beschäftigt war.

»Okay«, meinte sie lahm.

»Na dann …« Bevor sie weitergehen konnte, kam Opa Otto die Treppe herunter.

»Moin!«, trompetete er, und der Gruß hallte vielfach von den Wänden zurück. »Wohin des Weges?«

Maximilian hob nur kurz die Schultern, Nella murmelte etwas von frischer Luft. Sie stellte fest, dass ihr Großvater an diesem Morgen klar und nüchtern wirkte.

Außerdem sah er ein wenig manierlicher aus. Er trug zwar wieder ein weites Batikhemd, aber wenigstens eine lange Hose dazu. Die Haare hatte er genau wie sie selbst zu einem Pferdeschwanz gebunden. Das fiel auch Maximilian auf.

»Ihr könntet Zwillinge sein«, stellte er grinsend fest.

»Werde nicht frech, junger Mann!«

Maximilian verlegte sich wieder aufs Schulterzucken.

»Geh mal zum Dachboden rauf«, befahl Otto. »Du musst mir da bei was helfen.«

Der Junge schien sich erst weigern zu wollen, dann fiel ihm wohl ein, dass er ohnehin nichts Besseres zu tun hatte, und er schlurfte davon.

Nellas Magen knurrte. Sie wollte endlich frühstücken. Außerdem hatte sie Katharina versprochen, mit ihr zu den Seehunden zu gehen. Aber ihr fiel ein, dass sie ihren Großvater so schnell nicht wieder allein erwischen würde, deshalb blieb sie stehen und fragte ihn geradeheraus: »Worüber willst du mit uns so dringend reden?«

»Wat?« Er zog ein Gesicht, als hätte er nicht die geringste Ahnung, wovon sie sprach.

»Karen hat erzählt, dass du uns alle herbestellt hast, weil du uns etwas Wichtiges mitteilen musst.«

»Hat sie das.«

»Komm schon, Opa!«

Er grinste listig. »Vielleicht wollte ich euch bloß sehen?«

»Mit einem billigen Trick?«

»Hat ja geklappt, oder?«

»Das glaube ich dir nicht.«

»Es gefällt mir nicht, immer allein zu sein.«

Opa Otto senkte den Blick und seufzte. Er schien regelrecht zu schrumpfen. Sofort meldete sich das schlechte Gewissen bei Nella.

»Ich verspreche, ich werde dich in Zukunft öfters besuchen. Mindestens einmal im Monat.«

Er blickte hoch. »Schwöre es.«

Sie lachte. »Hoch und heilig.«

»In Ordnung.«

»Sagst du mir jetzt die Wahrheit?«, hakte sie nach. Doch so leicht kam sie ihm nicht bei.

»Nein«, sagte er mit fester Stimme. »Dafür ist es noch zu früh.«

Sieh an, überlegte sie. Da ist also wirklich etwas. Er will nur nicht mit der Sprache heraus.

»Und wenn ich damit drohe, nie wieder herzukommen?«

»Kannst du nicht, du hast geschworen.«

»Okay, aber Karen nicht. Sie kann immer noch beschließen, dich in Zukunft zu meiden.«

»Karen.« Er sprach den Namen ihrer Schwester in einem Tonfall aus, den Nella nicht zu deuten wusste.

»Was hast du denn plötzlich gegen sie?«

»Gegen Karen? Nichts. Gar nichts.« Wieder dieses ahnungslose Gesicht.

Lügner, dachte Nella. Kurz fragte sie sich, ob Torben vielleicht mit Otto gesprochen hatte. Möglicherweise hatte er ihm gestanden, er plane die Trennung von seiner Frau.

Quatsch, sagte sie sich sofort. Torben hielt Otto für

einen Freak, und Opa hatte seinen Schwiegerenkel am Vortag nicht einmal erkannt. Sehr unwahrscheinlich, dass die beiden so unterschiedlichen Männer im Vertrauen miteinander redeten.

Nella erinnerte sich daran, dass ihr Vater letzten Sonntag nahezu ängstlich auf die Ankündigung reagiert hatte, Otto wolle der Familie etwas mitteilen. Dann fiel ihr Opas seltsame Reaktion ein, als Torben ihn gestern Abend auf seine Urenkel aufmerksam gemacht hatte.

»Hast du auch was gegen Katharina und Maximilian?«, fragte sie.

»Warum sollte ich?«

»Weiß ich nicht. Sag du es mir.«

Otto schwieg, aber sie hatte genau gesehen, wie er kurz gezuckt hatte. Irgendetwas war da im Busch, aber sie kam beim besten Willen nicht darauf, was es war. Nella schwor sich im Stillen, dafür zu sorgen, dass weder ihrer Schwester noch ihrer Nichte oder ihrem Neffen wehgetan wurde. Dabei staunte sie über sich selbst. Seit wann war sie in dieser Familie die Beschützerin der anderen?

»Lass mich jetzt in Ruhe«, verlangte Opa Otto. »Ein alter Mann sollte nicht von seiner eigenen Enkelin verhört werden.«

»Daran ist der alte Mann selbst schuld, wenn er so geheimnisvoll tut.«

Auf einmal streckte Otto eine knotige Hand nach ihr aus und strich ihr sanft über die Wange.

»Mach dir nicht so viele Sorgen, min Deern. Das alles hat nichts mit dir zu tun. Niemand kann etwas dafür. Außer vielleicht … nun ja … lassen wir das. Aber du bist absolut unschuldig. Schon immer gewesen. Lass dir nichts anderes einreden.«

Damit wandte er sich ab, ging zur Treppe und verschwand so schnell nach oben, dass niemand ihm in diesem Moment seine fünfundachtzig Jahre angesehen hätte.

Völlig perplex blickte Nella ihm nach. Was sollte das denn nun wieder heißen? Natürlich hatte es an ihrem unerträglichen Verhalten gelegen, dass ihre Familie zerbrochen war. Karen tat seit zwanzig Jahren schließlich nichts anderes, als dies zu wiederholen.

10

Die armen Heuler

Der Vormittag war schon halb vorbei, als Nella zum alten Friesenhaus zurückkehrte. Sie hatte ein Café gleich am Deich gefunden und sich viel Zeit mit ihrem Frühstück gelassen. Nach der ersten Kanne Tee hatte sie noch eine zweite bestellt, ein Brötchen mit goldgelber Butter und Honig sowie ein großes Stück Kaffeebrot verdrückt und dabei versucht, einfach mal abzuschalten. Was sich jedoch als unmöglich erwiesen hatte. Zu viel schwirrte ihr im Kopf herum. Hauke, der ihr Herz zum Rasen brachte; Opa Otto, der ihr Sorgen machte und außerdem etwas im Schilde führte; Karen, deren glückliches Leben sich womöglich als große Lüge entpuppte.

Ziemlich viel Stoff zum Nachdenken, fand Nella. Viel zu viel! Wo blieb ihre Entspannung, auf die sie sich doch so gefreut hatte? Ein Anruf ihres Vaters trug auch nicht gerade dazu bei. Sie hatte eben das Café verlassen, als er sich wieder einmal brüllend erkundigte: »Nella-Schatz! Wie geht's dir? Und wie läuft es mit den anderen?«

Von schreienden Leuten hatte sie die Nase voll, dennoch blieb sie höflich.

»Gut. Das Wetter ist sehr schön geworden, kein Vergleich zu den grauen Tagen in Hamburg. Der Wind ist zwar ziemlich frisch, aber das ist hier an der Küste ja normal. Eben sagte eine alte Dame im Café, dass Gegenwind den Charakter formt. Wie findest du das? Also, ich …«

»Nella!«

»Ja, Papa?«

»Der Wetterbericht interessiert mich nicht.«

»Ach so, klar. Bei euch ist natürlich durchgehend Sommer. Ist das nicht langweilig?«

»Nella!«

Sie kicherte leise. Es machte ihr Spaß, ihren Vater auf die Folter zu spannen. Dabei wusste sie genau, worauf er aus war.

»Was hat Opa Otto gesagt?«

»Ach, gar nicht viel. Er ist ziemlich oft high, weißt du. Das macht mir schon Sorgen …«

»Nella!«

»Ja, Papa?«

»Hat der Alte irgendetwas von sich gegeben, das mich betrifft?«

»Dich?«, fragte sie zurück. »Nein, ich glaube nicht. Wieso?«

»Nichts, schon gut.« Sie hörte seinen erleichterten Seufzer so deutlich, als stünde er neben ihr. »Ich muss jetzt Schluss machen. Wir skypen ja alle morgen. Adios, mein Schatz.«

»Äh … tschüs«, gab sie zurück, aber da war die Verbindung schon unterbrochen.

Na super, dachte sie. Dann kann ich Papa auch noch mit auf die Liste der Probleme und Sorgen schreiben.

Nachdenklich setzte sie ihren Weg fort. Das Lamm fiel ihr ein. Im Augenblick schien es das geringste aller Probleme zu sein. Aus einer Eingebung heraus betrat Nella einen kleinen, aber gut sortierten Supermarkt und kaufte die Zutaten für ein besonderes Gericht. Karen ist nicht die Einzige, die kochen kann, sagte sie sich, und morgen brauchen wir vielleicht mehr Essen als gedacht. Sie trug die Einkäufe in zwei großen Tüten heim.

»Da bist du ja endlich«, rief Katharina ihr aus dem Vorgarten entgegen. »Können wir bitte sofort los? In einer halben Stunde werden die Seehunde gefüttert.« Sie hielt wieder das Lamm an der Leine und hüpfte unruhig von einem Bein aufs andere.

»Woher weißt du das?«, fragte Nella.

»Mama hat für mich die Uhrzeiten auf der Website rausgesucht. Und sie hat gesagt, wir müssen zum Mittagessen zurück sein.«

»In Ordnung«, erwiderte Nella. »Von mir aus können wir uns jetzt gleich auf den Weg machen. Ich verstaue nur kurz die Lebensmittel in der Küche.«

»Darf Wolf mitkommen?«

»Wer?«

Katharina deutete auf das Lamm.

»Guter Name«, sagte Nella lachend. Auf einmal hatte sie keine Lust mehr, sich noch länger den Kopf über Familienangelegenheiten zu zerbrechen. Sie wollte einfach ein paar schöne, unbeschwerte Momente mit ihrer Nichte verbringen. »Aber ich fürchte, er muss hierbleiben. In der Seehundstation sind keine Haustiere erlaubt.«

»Wolf wird mal ein Schafbock«, entgegnete Katharina altklug. »Er ist ein Nutztier.«

»Trotzdem. Er bleibt hier.«

»Na gut, dann bringe ich ihn schnell in den Stall. Sonst läuft er wieder weg.«

Nella machte sich auf den Weg in die Küche und verstaute unter Karens staunenden Augen ein paar Sachen im Kühlschrank und in der Speisekammer. Die schöne Friederike war auch dort, wunderte sich aber nicht. Für sie war es offenbar normal, dass beide Schwestern sich um das leibliche Wohl der Familie sorgten. Für Karen nicht.

»Was soll das denn?«, fragte sie.

»Kleine Überraschung für morgen«, erwiderte Nella ruhig. »Keine Sorge, ich kümmere mich darum.«

»Aha«, murmelte Karen, ließ Nella dann aber ohne weitere Befragung ziehen.

Katharina war in Gedanken offenbar noch ganz mit ihrem Lamm beschäftigt und bemerkte sie nicht, als Nella nach draußen trat.

»Will dein Bruder nicht auch mit?«, fragte sie ihre Nichte.

»Nee, der ist schon seit zwei Stunden mit Uropa oben auf dem Dachboden und will nicht weg. Ich habe ihn gefragt, aber er hatte mich nur angeguckt. Irgendwie sah er ganz blöde aus.«

In Nella keimte ein übler Verdacht auf, aber sie weigerte sich, der Sache auf den Grund zu gehen. Dafür waren Maximilians Eltern zuständig.

Sie liefen die Koogstraße entlang bis zur Windmühle und bogen dann nach Süden in die Hafenstraße ein.

Katharina erzählte, dass Wolf der einzige Bewohner des Stalls war. »Uropa Otto hat mir gesagt, dass er eigentlich schon lange keine Tiere mehr hält. Aber als ich wissen wollte, warum er dann nur dieses eine Lamm gekauft hat, hat er nicht geantwortet.«

»Hm«, machte Nella nur und ließ das Lamm-Problem auf ihrer Liste ein paar Positionen weiter nach oben rücken. Einerseits war ihr klar, welches Schicksal ihm eigentlich hätte blühen sollen, andererseits passte es nicht, dass es am Ostersamstag immer noch lebendig herumsprang. Sie nahm sich vor, alles zu tun, um Katharina den Kummer zu ersparen.

Ihre Nichte hüpfte vergnügt neben ihr her und grüßte nach rechts und links.

»Das hat Uropa gestern auch gemacht«, erklärte sie, als Nella sich darüber wunderte. »Ich finde das schön.«

Ein paar der Passanten grüßten zurück, andere achteten nicht auf das blonde Mädchen. Nella fragte sich, wie ein solches Verhalten wohl im vornehmen Blankenese ankommen würde, und unterdrückte ein Kichern.

Zwanzig Minuten später standen sie weit vorn am großen Außenbecken und beobachteten, wie die Seehunde und ein paar Kegelrobben mit kleinen silbrigen Fischen gefüttert wurden. Eine junge Frau mit Mikrofon gab den Besuchern dazu wertvolle Informationen. So erzählte sie, dass die Alttiere dauerhaft hier lebten, während die Aufzucht sich auf die Heuler beschränkte.

»Wieso heißen sie Heuler?«, fragte Katharina ihre Tante. »Sind sie traurig?«

Aus ihrem Gedächtnis zauberte Nella das richtige Wissen hervor. »So werden die Jungtiere genannt, die entlang der Nordseeküste gefunden werden. Sie sind von ihren Müttern getrennt worden und könnten allein im offenen Meer nicht überleben.«

Die junge Frau mit dem Mikrofon erzählte gleichzeitig dasselbe und fügte hinzu, dass die Tiere, sobald sie alt genug waren, freigelassen wurden.

Katharina zog die Mundwinkel nach unten. »Wie traurig. Wenn ich meine Mama verliere, will ich nicht an so einem Ort landen.«

Zärtlich strich Nella ihr übers Haar. »Deine Mama wird immer für dich da sein.«

Zwar nickte Katharina, doch ihre Miene blieb düster. »Sie streiten andauernd«, flüsterte sie.

Nella unterdrückte ein Seufzen. Sie war kein Experte in Sachen Familienleben, aber sie hatte sich schon immer gefragt, wieso viele Mütter und Väter ihre Probleme als Paar nicht von ihren Pflichten als Eltern trennen konnten. Ständig wurden die Kinder miteinbezogen und oftmals als Spielball zwischen den beiden Parteien missbraucht.

Sie selbst konnte sich noch zu gut daran erinnern, wie es damals in ihrer eigenen Familie zugegangen war. Sie hatte viele lautstarke Auseinandersetzungen zwischen ihren Eltern mit anhören müssen, hatte sich hilflos und furchtbar allein gefühlt.

Ruhig sagte sie: »Es kommt schon mal vor, dass Erwachsene sich streiten. Das heißt aber nicht, dass du von deiner Mama oder deinem Papa getrennt wirst.«

»Wenn sie sich scheiden lassen, doch«, gab Katharina

zurück. Sie mochte erst sechs sein, aber man konnte ihr nichts vormachen. »Wahrscheinlich bleibe ich dann mit Maximilian bei Mama, aber Papa wird mir schrecklich fehlen. Ich habe ihn nämlich sehr lieb.«

Nella gab ihrer Stimme einen festen Klang. »Ich glaube nicht, dass es so weit kommt.«

»Wirklich?«

»Aber sicher. Deine Eltern sind ein tolles Paar.«

»Das stimmt.« Endlich lächelte Katharina wieder. »Können wir jetzt runter zu dem großen Fenster? Ich will sehen, wie die Seehunde unter Wasser schwimmen.«

»Na klar«, sagte Nella erleichtert.

Als sie eine halbe Stunde später dem Ausgang zustrebten, trafen sie auf Hauke.

Ausgerechnet, dachte Nella. Es wäre besser, ihn gar nicht zu sehen. Ihr Herz war anderer Meinung und raste fröhlich los.

»Hallo«, begrüßte ihn Katharina. »Sind alle Seehunde gesund?«

Hauke lachte, sah aber Nella nicht an, sondern widmete sich ausschließlich dem Kind.

Frechheit, dachte sie. Was bildete der sich ein? War sie etwa unsichtbar?

»Das sind sie«, sagte Hauke. »Allesamt putzmunter. Ich war nur zur Kontrolle hier. Und wie geht es Herrn Schmidt?«

Er roch leicht nach Fisch, und Nella beschloss, dass sie das gar nicht mochte. Er ist Tierarzt, sagte ihr die Stimme der Vernunft. Er kommt gerade von den Seehunden.

Ist mir egal, antwortete die Stimme des verletzten Stolzes. Ein Mann soll nach Mann und herbem Rasierwasser duften.

Hauke schien nicht zu bemerken, das Nella unwillig die Nase kraus zog.

»Der hat sich gut erholt«, berichtete Katharina. »Ich kümmere mich um ihn.«

»Prima.«

Nella betrachtete ihn von der Seite her. Er trug einen dunkelgrünen Overall, der schon bessere Tage gesehen hatte, darunter ein ausgeblichenes Hemd. Zudem wirkte er übernächtigt. Rasiert hatte er sich auch nicht, und das weizenhelle Haar war ungekämmt. Stinkend und ungepflegt, der ganze Mann.

Ha!, dachte sie. Nach so einem Kerl brauche ich mich nicht zu verzehren.

Ob es wohl noch Krach mit der schönen Friederike gegeben hatte? Oder hatte eine andere intensive Aktivität ihn vom Schlafen abgehalten?

Sie wollte es lieber nicht so genau wissen. Aber sie wunderte sich, weil er nicht einmal ihrem Blick begegnete. Als hätte sie ihm irgendetwas angetan. Von Sekunde zu Sekunde wuchs ihre Wut auf ihn. Am liebsten hätte sie ihn jetzt gepackt und ihn … geohrfeigt! Oder beleidigt! Oder wild abgeküsst!

Sie stutzte, spürte, wie sie rot wurde, und löschte in Gedanken die letzte Möglichkeit.

Katharina, die sehr feine Antennen besaß, fragte prompt: »Bist du böse auf Tante Nella?«

»Aber nein, warum sollte ich?« Dabei betrachtete er angelegentlich seine Schuhspitzen.

Katharina zuckte mit den Schultern, wie um zu sagen, dass die seltsamen Verhaltensweisen der Erwachsenen über ihren Horizont gingen. Ihre Aufmerksamkeit wurde von ein paar tief fliegenden Möwen abgelenkt, die über dem Becken kreisten und auf Fischreste hofften.

Nella stieß Hauke einen Ellenbogen in die Seite. »Was hast du denn plötzlich gegen mich?«

Er antwortete nicht sofort und tat, als suchte er in einer der Taschen seines Overalls nach etwas. Auf seine Schuhe mochte er anscheinend nicht mehr starren.

»Hallo! Ich rede mit dir!«

Er sah sie immer noch nicht an, als er zu einer Erwiderung ansetzte.

»Es ist alles in bester Ordnung, ich bin heute nur ein wenig müde.«

»Lügner.«

Er machte es wie Katharina und zuckte mit den Schultern.

Nella beschloss, Hauke Johannsen augenblicklich von ihrer Liste zu streichen. Sie wollte nicht wissen, was in ihm vorging, sie wollte nicht herausfinden, ob er sie mochte oder nicht. Ob er an sie dachte, so wie sie ständig an ihn denken musste, ob er womöglich davon träumte, sie in seinen Armen zu halten, sie …

Stopp!, befahl sie sich selbst. Kein Wort mehr, kein Gedanke mehr!

»Na dann«, sagte sie so gleichmütig wie möglich. »Vielleicht bessert sich deine Laune ja, wenn wir weg sind.«

Sie nahm Katharina an der Hand. »Komm, Zeit fürs Mittagessen.«

Hauke hatte sich schon halb abgewandt, erinnerte sich aber noch an seine gute Erziehung und hob kurz die Hand zum Gruß. Katharina gab sich damit nicht zufrieden.

»Heute Abend gehen wir alle zum großen Osterfeuer«, teilte sie ihm freudestrahlend mit. »Das wird bestimmt lustig. Kommst du auch? Und kannst du vorher bitte kurz Wolf untersuchen? Nur, damit ich sicher weiß, dass er ganz gesund ist.«

»Wolf?«, fragte Hauke mit hochgezogenen Augenbrauen.

»Ja, mein Lamm.«

»Aha.« Er lächelte, aber als Katharina sich von ihm weggedreht hatte, wurde er sofort wieder ernst. Zum ersten Mal sah er jetzt Nella an, und sie musste sich zwingen, nicht zurückzuweichen. Obwohl ein belustigtes Funkeln darin aufblitzte, waren seine Augen heute so dunkel, dass sie beinahe schwarz wirkten. Das war kein Sturm mehr, das war ein ausgewachsener Orkan.

»Ich erkläre es dir ein anderes Mal«, sagte sie schnell und zog dann Katharina mit sich fort.

11

Das Osterfeuer

Die Sonne hing noch über dem Horizont, aber das Osterfeuer von Friedrichskoog leuchtete schon hell in allen denkbaren Variationen von Orange und wetteiferte mit den starken Farben des Abendrotes. Es war beim Feuerwehrgerätehaus am Tjarksweg aufgebaut worden und lockte Einheimische wie Touristen in seine Nähe. Aus ein paar Lautsprechern klang Schlagermusik, es duftete nach Nackensteaks, Bratwürsten, süßen Waffeln und Stockbrot.

Die älteren Leute saßen in einigem Abstand zum Feuer auf mitgebrachten Campingstühlen, tranken Tee aus Thermoskannen und schnackten leise. Verliebte Paare hielten sich ebenfalls außerhalb des hellen Feuerscheins auf und waren miteinander beschäftigt. Kinder wurden von ihren Eltern daran gehindert, sich zu dicht an die Flammen zu wagen. Nur die Jugend konnte gar nicht nah genug an das Prasseln, Knistern und Knacken herankommen. Die Hitze verwandelte ihre Gesichter in leuchtende Masken. Heimlich ließen sie eine Flasche mit Hochprozentigem kreisen und überboten sich in großen Sprüchen.

Hauke grinste vor sich hin, als er hörte, dass es um dasselbe Thema ging wie schon seit Jahren. Obwohl streng verboten, wetteiferten die Jungs miteinander, wer von ihnen sich später als Erster trauen würde, über das erlöschende Feuer hinwegzuspringen. Je höher die Flammen noch schlugen, desto größer würde die Anerkennung für den mutigen Springer sein. Er sah, dass ein paar Feuerwehrmänner die Jugendlichen scharf im Auge behielten. Innerhalb der nächsten zwei Stunden würde niemand so lebensmüde sein, dass er ins Feuer lief, aber bei diesen Teenagern konnte man nie wissen, was die sich so einfallen ließen. Nur weil so gut aufgepasst wurde, war noch nie etwas Schlimmes geschehen.

Einer der Feuerwehrmänner gesellte sich zu Hauke und feixte ebenfalls, ohne den Blick von den Jugendlichen abzuwenden. Sie kannten sich seit ihrer Kinderzeit. Tamme Töning war einer der Jungen gewesen, die Hauke damals ausgegrenzt hatten. Inzwischen waren sie zwar nicht befreundet, aber sie respektierten einander. Tamme bot Kutschfahrten durch das Watt an und hatte ein großes Unternehmen daraus gemacht; Hauke galt als Tierarzt ebenfalls als gemachter Mann.

»Weißt du noch?«, fragte Tamme. »Du wolltest mal springen, als das Feuer noch einen Meter hoch und drei Meter tief war.«

Dunkel erinnerte sich Hauke an den Vorfall. »Ich war jung und dumm.«

»Fünfzehn, wie wir anderen auch. Also schon fast erwachsen.«

Hauke dachte angestrengt nach. »Schätze mal, ihr hattet mich so oft getrietzt, dass ich euch allen beweisen wollte, wie mutig ich war.«

»Genau.« Tamme wirkte kein bisschen verlegen. Er schien eher stolz auf seine Jugendsünden zu sein. »Dein Vater hat dich gerade noch am Hemdsärmel erwischt und zurückgezogen. Dann hast du dir ein gewaltiges Donnerwetter von ihm anhören müssen.«

»Und ihr habt mich ausgelacht.« Auf einmal sah er die Gruppe von Jungs wieder genau vor sich, die sich grölend auf die Schenkel klopfte. Er hatte sich in Grund und Boden geschämt, weil er vor ihren Augen wie ein Sechsjähriger abgekanzelt wurde.

Tamme kratzte sich an der Nase. Nun schien er doch ein wenig beschämt.

»Sorry, alter Junge. War schon ziemlich lustig. Und deine Mutter hat auch dafür gesorgt, dass wir uns schlappgelacht haben.«

Hauke sah seinen alten Feind an. Jetzt fiel ihm wieder ein, dass seine Mutter tatsächlich für das größte Aufsehen an jenem Ostersamstag vor mehr als zwanzig Jahren gesorgt hatte. Sie hatte nämlich einen hysterischen Anfall bekommen und vor aller Welt geschworen, sie werde das verdammte Dorf verlassen. Keinen Tag länger hielte es sie noch an diesem barbarischen Ort aus. Sie wolle zurück in die Stadt, zu zivilisierten Menschen.

Drei Jahre später hatte sie ihren Mann endlich so weit gehabt, und die beiden waren nach Frankfurt gezogen, wo sie herstammten. Hauke hatte damals noch ein knappes Jahr bei Freunden gelebt, bevor er zum Studium nach Bremen gezogen war.

»Ja«, sagte er langsam zu dem Feuerwehrmann. »Sie ist völlig ausgerastet. Das war ziemlich peinlich.«

Tamme grinste schief. »Ist lange her. Daran kann sich keiner mehr erinnern.«

»Doch«, widersprach Hauke. »Das ganze Dorf spricht jedes Jahr zu Ostern wieder davon.«

»Nichts für ungut. Komm morgen zum Frühschoppen her, dann begraben wir ein für alle Mal das Kriegsbeil.«

Es war eine Ehre, zum Frühschoppen der »Füürwehr« eingeladen zu werden, und Hauke wusste es zu schätzen. Dennoch schüttelte er den Kopf. »Tut mir leid, aber ich möchte den ganzen Tag mit meiner Freundin verbringen, und sie … nun ja, sie will bestimmt etwas anderes mit mir unternehmen.«

Er bekam ein sehr zweideutiges Augenzwinkern zur Antwort. Dann sagte Tamme noch: »Wenn du es dir überlegst, ab elf Uhr sind wir hier.«

Er tippte sich an die Mütze und entfernte sich. Im nächsten Augenblick nahm er einen Jugendlichen aufs Korn, den Hauke noch nie gesehen hatte. Er musste der Sohn von Gästen sein, aber etwas an ihm kam ihm trotzdem vage bekannt vor. Der Junge hatte sich zu dicht ans Feuer gewagt und wurde von Tamme nun mit scharfen Worten zurückbeordert.

Während Hauke die beiden beobachtete, dachte er über den Vorfall von damals nach, und ihm fiel zum ersten Mal auf, wie ähnlich Friederike seiner Mutter war. Sie hatte sich geweigert, ihn hierher zu begleiten. So ein Feuer, hatte sie argumentiert, sei weder romantisch noch aufregend. Es sei gefährlich für Mensch und Tier und außerdem die reinste Umweltverschmutzung. Hauke hatte dagegengehalten, das Spektakel werde von der Freiwilligen Feuerwehr veranstaltet. Mehr Sicherheit gehe ja wohl nicht. Und das Feuer werde sogar kurz vor dem Anzünden noch einmal umgeschichtet, für den Fall, dass sich Igel und andere kleine Tiere zwischen dem Holz versteckten.

Aber Friederike war nicht zu überzeugen gewesen. Für solch archaisches Brauchtum habe sie nun mal nichts übrig. Und womöglich könne er sich ja überwinden und selbst auch darauf verzichten. Schließlich sei sie seinetwegen in Friedrichskoog.

»Es wird aber erwartet, dass ich mich sehen lasse«, hatte er entgegnet.

»Ich bitte dich, Hauke. Du bist der Tierarzt und nicht der König von Schleswig-Holstein.«

Das hatte so abfällig geklungen, dass er ohne ein weiteres Wort das Haus verlassen hatte. Inzwischen bedauerte er seine Reaktion. Friederike hatte ja recht. Sie war hergekommen, um Zeit mit ihm zu verbringen und um Überzeugungsarbeit zu leisten.

Tja, dachte er. Vielleicht hatte er genau deshalb das Weite gesucht.

Es gab noch einen weiteren Grund, warum er hier war, aber den wollte er sich nicht eingestehen. Trotzdem suchte er ganz automatisch die Reihen der Leute ab. Nella war jedoch nirgends zu entdecken.

Besser so, sagte er sich und verdrängte das Gefühl der Enttäuschung. Wahrscheinlich wollte sie ihm nicht mehr unter die Augen treten, nachdem er am Vormittag so unfreundlich zu ihr gewesen war.

Aber – verdammt! Er hatte sich nicht anders zu helfen gewusst. So groß war sein Verlangen gewesen, sie einfach in die Arme zu nehmen und zu küssen, dass er sich hinter seiner Schroffheit hatte verschanzen müssen. Schon am gestrigen Abend in der Küche, als sie so dicht neben ihm gesessen hatte, war es schlecht um seine Selbstbeherrschung bestellt gewesen. Allein seine Hand auf ihre zu legen hatte ihm ein derart jubelndes Gefühl der Freude vermittelt, dass er geglaubt hatte, sein wahres Leben fange gerade überhaupt erst an. Im nächsten Moment war er in eine düstere Stimmung verfallen, weil ihm schräg gegenüber die Frau saß, die er zu lieben geglaubt hatte.

Mochte Friederike ihre Fehler haben, mochte sie Friedrichskoog und sein Leben hier ablehnen – sie war doch ein wunderbarer Mensch, lebensklug und stark, verletzlich und weich. Und schön, beinahe überirdisch schön. Sie hatte es nicht verdient, dass er sich urplötzlich von ihr abwandte. Das konnte nicht sein, das durfte nicht sein. Verrückt! Er musste verrückt geworden sein.

Daraufhin hatte er die halbe Nacht nicht schlafen können und war schließlich aufs Sofa umgezogen, damit wenigstens Friederike etwas Ruhe fand.

Er stieß einen lautlosen Fluch aus. Es sah ganz so aus, als könnte er Frauen neuerdings nur noch verletzen.

Hauke drängte sich zum Bierstand durch. Dort traf er auf Torben von Tannenberg, Nellas Schwager. Rasch blickte er sich um, aber vom Rest der Familie war nichts zu entdecken.

»Hallo«, grüßte er freundlich. »Sind Sie ganz allein hier?«

»Im Augenblick ja. Ich muss meinen Sohn im Auge behalten.« Er nickte in Richtung Osterfeuer, und Hauke begriff, weshalb der fremde Junge ihm so bekannt vorgekommen war. Er war ein jugendliches Abbild seines Vaters. Besonders sorgfältig kam dieser seiner Aufsichtspflicht nicht nach, aber Hauke hütete sich, etwas zu sagen. Er wusste, auf die Feuerwehrmänner war Verlass.

»Und Ihre Frau und Ihre Tochter?«, fragte er und ließ seine Stimme bemüht arglos klingen. »Kommen die nicht? Katharina hat mir heute Vormittag gesagt, sie freue sich schon so darauf.«

»Sie wurden aufgehalten, sind aber unterwegs«, erwiderte ihr Vater. »Es gab wohl irgendein Drama um dieses dumme Lamm.«

»Aha.« Hauke fiel siedend heiß ein, dass er Katharinas Bitte, nach dem Lamm zu sehen, schlichtweg vergessen hatte. Er überlegte, ob er nach Nella fragen sollte, aber das wäre wohl zu auffällig gewesen. Also ließ er es bleiben. Gleichzeitig hatte er den Eindruck, dass Torben ihm etwas sagen wollte, aber nicht so recht wusste, wie. Seltsam, sie kannten sich doch so gut wie gar nicht. Nun, was immer es war, er behielt es für sich.

»Das Lämmchen ist nicht dumm, sondern ausgesprochen klug«, ließ sich Otto Thiessen da in Haukes Rücken vernehmen. »Ein richtig plietsches lüttes Ding.«

Hauke wandte sich um. Er hätte Nellas Großvater wohl kaum erkannt, weil er nahezu normal gekleidet war. Sein schlohweißes Haar war unter einer Schirmmütze verborgen, und zu einer weiten Stoffhose trug er ein blaues Fischerhemd.

»Nanu?«, wunderte sich Hauke. »Du siehst ja fast aus wie ein normaler alter Herr.«

»Pfft«, machte Otto nur und erklärte dann, was das Lamm angestellt hatte. »Es hat sich vor Katharina in dem alten Heuwagen versteckt, der in der Diele steht. Es ist wohl über ein paar Obstkisten da raufgekommen und hatte eindeutig genug davon, wie ein Hund an der Leine herumgeführt zu werden.«

»So etwas gefällt sicherlich weder einem Lamm noch einem Wolf.«

Otto lachte laut und fröhlich auf. »Sehr gut erkannt. Mir hat nur die Lütte leidgetan, weil sie so große Angst um das Vieh gehabt hat.«

»Wieso lebt es eigentlich noch?« Lammfleisch, das als Braten dienen sollte, musste ein paar Tage abgehangen sein. Hauke verstand nicht so recht, was dem alten Thiessen im Kopf herumging.

»Tja, also, das ist schwer zu sagen. Ich habe es vor einer Woche vom Schäfer geholt, und dann wollte ich dem Vieh an den Kragen. Großes Ehrenwort. Wäre ja nicht das erste Mal gewesen. Aber immer, wenn ich fest entschlossen in den Stall gekommen bin, war das Lamm wie vom Erdboden verschluckt.«

Hauke hegte leise Zweifel an der Geschichte. Er nahm dankbar ein frisch gezapftes Pils entgegen und dachte bei sich: Wahrscheinlich warst du alter Kiffer so zugedröhnt, dass du das Lamm mit einem Engel im Himmel verwechselt hast und ihm deshalb kein Leid antun konntest.

»Und manchmal hat es mich so klug angeschaut«, fuhr

Otto denn auch nachdenklich fort. »So als blickte es mir bis auf den Grund meiner verderbten Seele.«

Torben neben ihm stieß ein Prusten aus, aber Hauke blieb ernst.

»Manche Tiere«, sagte er langsam, »sind klüger als wir Menschen.« Er dachte an Bernd, der sein großes Hundeherz an Nella verschenkt hatte. Heute hatte er ihn zu Hause gelassen, aus Angst, er könnte beim Feuer in Gefahr geraten.

»Das ist wohl wahr«, stimmte Otto ihm zu. »Aber behalten kann ich es auch nicht. Ich bin zu alt, um mich um ein Tier zu kümmern.« Er sah dabei seinen Schwiegerenkel an. »Ihr habt doch einen schönen großen Garten in Blankenese.«

»Ja und?«

»Wenn ich Katharina richtig verstanden habe, ist das ein abschüssiges Gelände. Würde passen.«

Torben von Tannenberg blickte verständnislos drein, während Hauke schon begriffen hatte.

»Das Lamm stammt von echten Deichschafen ab«, führte der alte Mann mit vollkommen ernster Miene aus. »Die haben unterschiedlich lange Beine, damit sie am Deich nicht umkippen.«

»Du nimmst mich auf den Arm.« Torben bemühte sich, ernst zu bleiben, aber seine Mundwinkel zuckten. Hauke fand ihn auf einmal sehr sympathisch.

Opa Otto ließ sich nicht bremsen. »Außerdem haben sie ein dichtes, wolliges Fell. Da tut es nicht so weh, wenn sie im Nebel zusammenstoßen. Und hier im Norden ist es ja sehr oft neblig.«

Hauke lachte jetzt laut heraus, während Torben nach wie vor die Fassung bewahrte. »Ich frage mich immer noch, warum du mir das erzählst.«

»Na, euer Garten ist steil, und Nebel gibt es über der Elbe auch genug.«

Torben prustete los. Er hielt sich den Bauch und konnte lange nicht mehr aufhören zu lachen.

»Das schlag dir mal gleich wieder aus dem Kopf, werter Großvater«, sagte er, als er sich ein wenig beruhigt hatte. »Die Haltung von Nutztieren ist bei uns verboten.«

»Aber das Lamm ist so etwas wie ein Schoßhündchen für Katharina.«

»Schoßwölfchen«, warf Hauke ein, wurde aber von beiden überhört.

Torben von Tannenberg, den er am Vorabend für einen eher schwachen Menschen gehalten hatte, weil er vor dem alten Herrn kuschte, streckte nun den Rücken durch und schüttelte den Kopf. »Kommt nicht infrage. Wir nehmen das Lamm nicht mit nach Hamburg. Egal, ob die Beine gleich oder verschieden lang sind. Punkt.«

Erst jetzt entdeckte Hauke in ihm etwas von dem Mann, der gemeinsam mit seiner tüchtigen Frau eine erfolgreiche Praxis für Kinderheilkunde führte. Katharina hatte ihm verraten, was ihre Eltern von Beruf waren. Ihrer Meinung nach hätten sie beide lieber Tierärzte werden sollen.

Otto gab sofort klein bei. »Tja, wenn das so ist, muss ich mir überlegen, wie ich das Lamm wieder loswerde. In eine Schafsherde geht es jetzt nicht mehr. Ist zu sehr an den Menschen gewöhnt.«

Das klang gar nicht gut, fand Hauke. Es klang sogar wie ein Todesurteil.

»Warte damit noch ein bisschen«, bat er den alten Otto eindringlich. »Wenigstens, bis Katharina wieder in Hamburg ist.«

Torben nickte dazu. »Das wäre hilfreich. Noch ein Drama halte ich nicht aus. Ein hart arbeitender Mann wie ich braucht seine Erholung.«

»Tja«, sagte Otto wieder und dehnte das kleine Wort in die Länge, während er in Haukes Richtung schielte. »Wenn ich denn wüsste, dass ich nach den Ostertagen eine Lösung finde …«

Hauke stutzte kurz, dann lachte er schon wieder los. Er war dem alten Mann in die Falle gegangen. »Du willst, dass ich das Lamm aufnehme?«

»Wäre bestimmt eine schöne Gesellschaft für deinen Bernd. Wolf und Hund, das passt doch.«

»Mal abgesehen von einem nicht unbeträchtlichen Größenunterschied.«

»Dat wuppst du schon. Es wird ja noch wachsen.« Dann zuckte Otto mit den Schultern, als wäre das jetzt nicht mehr sein Problem, grüßte einen alten Bekannten und verzog sich.

12

Nur ein Kuss

Torben von Tannenberg hatte offenbar genug davon, über das Lamm zu reden.

»Wo ist eigentlich Ihre reizende Freundin?«, erkundigte er sich bei Hauke. »Sie hat heute mit meiner Frau gekocht, und ich muss sagen, die Seezunge war köstlich. In Ei und Weißbrotkrumen paniert, in Butter kross gebraten.« Er küsste dazu seine Fingerspitzen wie ein süditalienischer Feinschmecker, lächelte liebenswürdig und schmatzte sogar ein bisschen.

Hauke schätzte, dass Friederikes Beitrag maximal im Verquirlen der Eier für die Panade bestanden hatte, aber er nickte freundlich.

»Sie ist zu Hause geblieben«, informierte er seinen Gesprächspartner. »Sie hat ein paar berufliche Probleme zu klären. Als ich ging, war sie schon in ihr Tablet vertieft.«

Torben zog bei den Worten die Augenbrauen hoch. Wieder hatte Hauke den Eindruck, der Mann wolle ihm etwas mitteilen. Als er schwieg, fügte er hinzu: »Aus einer solchen Veranstaltung macht sich Friederike nicht viel.«

»Verständlich, sehr verständlich. Eine ausgesprochen feine Frau ist das.«

Hauke überlegte, wie das wohl gemeint war. Wusste Torben denn nicht, dass er selbst der glücklichste Mann der Welt war, weil er eine so wunderbare Familie hatte? Während er, Hauke, es mit Mitte dreißig gerade mal zu einer hübschen Freundin gebracht hatte?

»Ihre Frau ist ebenfalls reizend«, gab er daher zurück. »Und so patent. Ich frage mich, wie sie es schafft, Beruf, Kinder und Haushalt unter einen Hut zu bringen.«

»Ganz einfach«, bekam er zu hören. »Sie vernachlässigt ihren Ehemann, daher schafft sie den Rest mit links.«

Das klang so bitter, dass Hauke peinlich berührt war. Er hatte nicht die Absicht, die Probleme dieses ihm fremden Mannes zu besprechen, aber bevor er sich bremsen konnte, sagte er auch schon: »Vielleicht ist sie einfach überlastet. Zumal, wenn eines der Kinder in der Pubertät steckt.«

Katharina hatte ihm auch von ihrem älteren Bruder Maximilian erzählt, der offenbar zu Hause einigen Ärger machte.

Torben warf ihm einen langen Blick zu. Er war kein schlechter Kerl, das ahnte Hauke, er steckte vielleicht nur in einer Krise fest.

»Nun«, meinte Torben endlich. »Vermutlich ist dies nicht der richtige Ort, um meine persönlichen Sorgen zu diskutieren.« Er meinte natürlich, Hauke sei nicht der richtige Mensch dafür, insofern waren sie sich einig. Beide bedauerten es, so privat geworden zu sein, beide wollten sich aus der Affäre ziehen, ohne unhöflich zu wirken.

Daher sagte Hauke: »Bitte entschuldigen Sie mich. Ich werde von ein paar Freunden am Grillstand erwartet.«

Das stimmte zwar nicht, aber Torben von Tannenberg nahm ihm die Notlüge problemlos ab. Er nickte ihm freundlich zu, wandte dann den Blick ab und betrachtete scheinbar interessiert das Partyvolk.

Hauke stellte sein leeres Bierglas ab und entfernte sich. Otto Thiessen war ebenfalls abgetaucht, also schlenderte er unschlüssig einmal um das Feuer herum. Er tat, als bewunderte er die hohen, züngelnden Flammen, doch aus den Augenwinkeln suchte er die ganze Zeit nach Nella.

Inzwischen hatte er gehört, dass sie keineswegs die große Karriere gemacht hatte, die sie als Kind angekündigt hatte. Der Dorfklatsch in Friedrichskoog war schnell und erbarmungslos. Eine gescheiterte Existenz sei sie, hieß es, und obwohl Hauke versuchte, die Ohren davor zu verschließen, erfuhr er mehr, als er wollte. Eine Familie habe sie auch nicht, keinen Ehemann, nicht mal einen festen Freund, und sie lebe ganz allein in einer billigen Mietwohnung. Offenbar hatte ihre Schwester Karen an diesem Vormittag eifrig über sie geplaudert. Beim Fischhändler, im Supermarkt, beim Bäcker, während einer Kaffeepause.

Warum sie das getan hatte, wusste Hauke nicht einzuschätzen. Sie war doch eine Frau, die alles besaß, wonach andere vergeblich strebten. Warum musste sie ihre kleine Schwester zusätzlich noch schlechtmachen?

Oder hing es mit den Ereignissen vom Vorabend zusammen? Wollte sie vermeiden, dass der Tratsch sich um ihre Ehe drehte, und brachte deshalb Nella ins Spiel?

Den ganzen Nachmittag lang hatte er über diese Informationen nachgedacht. Die heimliche Freude darüber, dass Nella nicht gebunden war, hatte ihn kaum von der Erkenntnis ablenken können, dass in ihrem Leben offenbar einiges schiefgelaufen war.

Was war passiert? Hing es mit der Trennung ihrer Eltern zusammen? Hatte sie deshalb so früh den Boden unter den Füßen verloren?

Er wusste es nicht, und er würde sie nicht danach fragen. Nein, er würde überhaupt nichts dazu sagen. Sie sollte wenigstens ihren Stolz behalten dürfen. Außerdem stellte er fest, dass ihm ihre berufliche Situation völlig gleichgültig war. Nella war Nella. Es kam ihm nicht darauf an, ob sie erfolgreich war oder nicht. Er wollte sie nur glücklich sehen.

Endlich entdeckte er sie. Zusammen mit ihrer Schwester Karen und der kleinen Katharina saß sie auf einer Holzbank ein ganzes Stück vom Feuer entfernt und knabberte an einer Waffel. Eine bunte Lichterkette baumelte über den beiden Frauen und dem Kind, sonst hätte Hauke sie gar nicht ausfindig gemacht.

Sofort spürte er einen Stich in der Magengegend. Er wusste, er sollte jetzt fortgehen und sich bis Ostermontag von Nella fernhalten. Aber die alte Sehnsucht war stärker und trieb ihn zu ihr hin. Obwohl sich jeder halbe Schritt tausend Mal gefährlicher anfühlte als ein Sprung über das erlöschende Osterfeuer.

Katharina sah ihn als Erste. »Wir haben Wolf im Stall eingesperrt!«, rief sie ihm zu. »In einer Box, in der vor vielen, vielen Jahren mal ein Pony gelebt hat.«

Hauke erinnerte sich an Schneewittchen, das weiße Shetlandpony, das Nella als Kind über alles geliebt hatte.

Als sie selbst noch klein genug gewesen war, hatte sie auf der Stute reiten können. Später war Schneewittchen ihr wie ein Hund gefolgt.

Er bemerkte, dass auch Nellas Blick in die Vergangenheit gerichtet war; ein feines Lächeln umspielte ihre Lippen. In diesem Augenblick fühlte er sich ihr so nah, als wären nicht all die Jahre seit ihrer letzten Begegnung vergangen und als hätten sie vielmehr einen großen Teil des Lebens miteinander verbracht.

Er musste wegsehen, um seine Gefühle im Zaum zu halten.

»Nun«, begann er, hörte, wie rau seine Stimme klang, und setzte noch einmal neu an: »In der sicheren Box fühlt sich das Lamm bestimmt recht wohl und kann keinen Unfug anstellen.«

»Aber Wolf ist ganz allein«, erwiderte Katharina mit vollem Mund. »Deswegen will ich nicht lange fortbleiben.« Sie wandte sich an ihre Mutter. »Können wir jetzt ein kleines Stückchen näher an das Feuer gehen und dann zurücklaufen?«

Karen von Tannenberg verdrehte die Augen, beeilte sich jedoch mit ihrer Waffel, stand auf und nahm ihre Tochter an der Hand. Sie wünschte Hauke einen schönen Abend und warf ihm einen unergründlichen Blick zu. Kurz sah sie zu ihrer Schwester, die sitzen geblieben war, sagte aber nichts.

Als sie allein waren, blieb Hauke eine Weile unschlüssig stehen. Geh jetzt!, befahl er sich im Stillen. Dreh dich um und verschwinde! Mach nicht alles noch komplizierter!

Aber dann sah Nella zu ihm hoch. Es mochte am unruhigen Schein der Lichterkette liegen, doch auf einmal entdeckte er wieder den flimmernden Goldstaub in ihren Augen.

Da handelte er, ohne weiter nachzudenken. Er setzte sich neben sie, streckte die Beine von sich und verschränkte die Arme vor der Brust. Bloß behielt er diese abwehrende Haltung nicht lange bei. Schuld waren der Lampenschein, der plötzlich heller wurde, das Feuer, das lauter knisterte, die Menschen in ihrer Nähe, die fröhlicher wurden, und schließlich auch die Waffelkrümel in ihren Mundwinkeln.

Bevor er sich's versah, wischte er schon mit dem Daumen sanft die Krümel weg. Und weil das so schön war, zog er sanft den Schwung ihrer leicht zitternden Lippen nach.

Was dann geschah, konnte er später nicht mehr nachvollziehen. Auf einmal lag Nella in seinen Armen. Seine Lippen fanden die ihren zu einem zärtlichen, leisen Kuss. Ihr Mund blieb erst hart, geschlossen. Doch dann wurde er weich, ihr ganzer Körper entspannte sich, und Hauke war sich sicher, dass er in seinem ganzen Leben noch nichts Schöneres getan hatte, als diese Frau zu küssen. Gewissensbisse machten sich in ihm breit, und doch konnte er nicht aufhören. Er knabberte an ihrer Unterlippe, sog den Duft nach süßem Gebäck ein, strich ihr sanft über die Wange.

Es dauerte eine Ewigkeit, bis sie sich von ihm löste und seinen Blick suchte.

»Wir sollten das nicht tun«, sagte sie dumpf, aber in

ihren Augen tanzte noch immer der Goldstaub. »Wir sind doch bloß alte Freunde, die sich nach einer Ewigkeit zufällig wiedergetroffen haben.«

»Es ist nur ein Kuss«, erwiderte er vage und wusste, dass er sich selbst in die Tasche log. Es war viel mehr: Es war ein Traum von Liebe.

Nella sah ihm an, was in ihm vorging, das wusste er. Denn auf einmal befreite sie sich aus seinen Armen, stand auf und schenkte ihm ein spöttisches Lächeln, um den Zauber zu brechen.

»Immerhin hast du in den letzten zwanzig Jahren was dazugelernt, Hauke Johannsen. Du küsst nicht mehr wie ein Prielwurm.« Dann wandte sie sich ab und ließ ihn dort auf der Bank sitzen. Glücklich und verzweifelt.

Hauke brachte es nicht fertig aufzustehen. Er brachte eine ganze Weile überhaupt nichts fertig. Saß nur da und sagte sich: Das hier darf nicht sein. Das hier ist falsch. Sein Problem war nur, dass es sich richtig anfühlte.

Schließlich traf Hauke die einzig mögliche Entscheidung. Er würde Nella nicht mehr wiedersehen. Und wenn er sich dazu in seinem Haus verkriechen musste.

Er blickte sich um. Sie war fort. Gut so. Im Grunde, redete er sich ein, war sie ein flatterhaftes Wesen, das ihn nur unglücklich machen würde. Er vergaß, dass es ihm vor einer halben Stunde vielleicht noch völlig egal gewesen war, wie Nellas Leben aussah.

Friederike hingegen war charakterfest und ehrgeizig. Mochten ihre Pläne ihn auch aus Friedrichskoog fortführen – es waren jedenfalls klare Pläne, nach denen er sich richten konnte. Vielleicht war es an der Zeit, erwachsen zu werden. Nella war nur ein Traum aus Kindertagen. Nur ein Traum …

Er verließ das Fest, nickte ein paar Leuten zu und ging direkt nach Hause.

Friederike war überrascht, ihn so früh zu sehen.

»Ist etwas passiert?«, fragte sie und musterte ihn prüfend.

»Nein«, log er. »Du hast mir nur gefehlt.«

Da lächelte sie, und er kam sich vor wie der letzte Schuft.

Aber er war jetzt fest entschlossen. Er würde es wiedergutmachen, schwor er sich. Er würde keine andere Frau mehr anschauen.

Friederike kam zu ihm, aber sie kuschelte sich nicht an ihn, wie er es erwartet hatte. Sie blieb vor ihm stehen und sagte: »Du siehst müde aus. Vielleicht schläfst du besser auf dem Sofa. Dann störe ich dich nicht. Du weißt ja, wie unruhig ich schlafe.«

Er fand, jedes einzelne Wort klang falsch, aber er hatte es auch nicht besser verdient. Also streckte er sich auf dem Sofa aus und schwor im Stillen seiner Freundin, sie nie mehr zu enttäuschen. Und er wusste schon wieder, dass er log.

Als plötzlich Feuerwehrsirenen durchs Dorf schallten, setzte er sich erschrocken auf. Etwas musste passiert sein. Rasch überprüfte er, ob Telefon und Handy funktionierten. Wenn ein Tier verletzt wäre, würde man ihn schon rufen. Aber alles blieb ruhig.

13

Wo ist die Lütte?

Es kostete Nella beinahe übermenschliche Kraft, von Hauke wegzugehen. Auf wackeligen Beinen setzte sie einen Fuß vor den anderen. Ihre Nackenmuskeln schmerzten, weil sie sich so sehr anstrengen musste, nicht zurückzublicken. Nach ein paar Metern wurde es ein bisschen leichter. Sie hatte nicht länger das Gefühl, über schlingernde Deckplanken zu gehen, sie konnte wieder tief ein- und ausatmen. Aber sein Kuss brannte noch auf ihren Lippen, ihr Herzschlag war viel zu schnell, ihr gesamter Körper schien von einer Gänsehaut überzogen.

Sie hatte geglaubt, einige Erfahrung im Küssen zu haben. Sie hatte gedacht, niemals etwas Größeres als ein gewisses Wohlbefinden oder eine leise Erregung zu verspüren.

Sie hatte sich getäuscht!

Hauke zu küssen war, wie offenen Auges in einen Sturm hineinzulaufen. Wissend, man könnte darin umkommen, hoffend, man möge stattdessen das wahre Leben entdecken. Es machte ihr Angst, und es zog sie wie magisch an.

Sie hatte alle Kraft aufbieten müssen, um sich von

ihm zu lösen. Ein frecher Spruch war ihr auch eingefallen, und sie betete, dass er ihr nicht angemerkt hatte, wie aufgewühlt sie war.

So etwas durfte nie, nie, nie wieder geschehen!

Nella war keine Frau, die einer anderen den Mann ausspannte. Sie hasste Betrug, sie hasste Falschheit. Und wenn der verdammte Hauke Johannsen noch so gut küssen konnte! Schluss!

Aber da war noch mehr. Es war die Angst, mit einer wunderschönen und erfolgreichen Frau wie Friederike konkurrieren zu müssen. Für Nella stand außer Frage, wer dabei den Kürzeren ziehen würde, und sie fürchtete, ihr letztes bisschen Selbstbewusstsein zu verlieren, wenn er sich am Ende gegen sie entscheiden würde. Ihr blieb nur ein Ausweg: Hauke nicht mehr wiederzusehen.

Sie überlegte, ob sie es irgendwie hinkriegen konnte, vorzeitig abzureisen. Am besten jetzt gleich. Aber sie wusste, es war nicht möglich. Selbst wenn jemand sie zum Bahnhof gebracht hätte – es gab Dinge oder besser gesagt: Probleme, die sie hier festhielten; Menschen, die sie brauchten. Alle voran ihre Schwester.

»Das hat Karen von Tannenberg höchstpersönlich erzählt«, sagte genau in diesem Moment eine hohe Stimme. »Ich schwör's euch. Hab's von der Bäckerin.«

Nella blieb stehen und sah sich um. Hinter einigen Getränkekisten entdeckte sie eine Gruppe älterer Frauen, die gemütlich auf Campingstühlen saßen und offenbar den neuesten Dorftratsch verbreiteten. Da Nella selbst fast gänzlich hinter den Kisten verborgen war, wurde sie von ihnen nicht gesehen.

Lauschen war fast so schlimm, wie einer anderen den Mann wegzunehmen, aber ihre Neugierde siegte, als eine zweite Frau soeben meinte: »Hätte nie gedacht, dass das mit ihr mal so endet.«

»Genau«, sagte die erste. »Ich habe sie schon als kleines Mädchen gekannt. Da hat sie immer große Töne gespuckt. Berühmt wollte sie werden und reich wie Krösus.«

Ein übler Geschmack stieg in Nellas Kehle auf. Redeten die Frauen jetzt über Karen?

»Tja«, tönte da eine dritte Frau, und in ihrer Stimme schwang Schadenfreude mit. »Wer den Mund zu voll nimmt, hat irgendwann das Nachsehen. Kein Beruf, keine Familie. Tolle Karriere.«

Alle lachten, während Nella spürte, wie ihr das Blut ins Gesicht stieg. Nicht ihre Schwester war das Thema des Tratsches, sondern sie. Doch wie … Karen? Karen hatte diese Dinge über sie im Dorf verbreitet? Aber warum?

All die Zuneigung, die Nella seit gestern für ihre Schwester empfunden hatte, fiel in sich zusammen wie eine kunstvoll gebaute Sandburg beim Einlaufen der Flut. Unwillkürlich warf sie einen Blick zurück zur Holzbank. Hauke war verschwunden. Bestimmt waren ihm die bösen Gerüchte nicht zu Ohren gekommen. Sonst hätte er sie niemals so geküsst. So leidenschaftlich, so zärtlich. Wer küsste schon eine Versagerin?

Nella entfernte sich von den Frauen, holte ihr Handy aus der Hosentasche und rief ihre Schwester an.

»Wie konntest du nur!«, blaffte sie los.

»Nella? Was hast du denn?«

»Das weißt du genau!«

»Nein, weiß ich nicht, tut mir leid.«

»Wie konntest du solche Gemeinheiten über mich rumerzählen!«

Einen Moment lang blieb es still. Dann meinte Karen ruhig:

»Ich habe keine Lügen verbreitet. Es war nur so, dass ich heute beim Fischhändler von irgendeiner Klatschbase auf meine Ehe angesprochen wurde. Ob ich mich demnächst scheiden lassen würde. Ob die Kinder bei mir oder meinem Mann bleiben würden. Na? Kommt dir das vielleicht bekannt vor?«

»Wie meinst du das?«

»Das können die doch nur von dir haben, oder? Weder Hauke noch Friederike würden sich dazu herablassen, über andere Leute herzuziehen. Auch wenn ich die beiden nur kurz kenne, bin ich mir da hundertprozentig sicher.«

»Ich war es nicht!«, rief Nella. »So etwas würde ich dir niemals antun!«

»Ach nein? Und wer dann? Mein Mann breitet unser Privatleben ganz bestimmt nicht vor wildfremden Menschen aus.«

Nella holte tief Luft. »Du vergisst Opa Otto.«

»Ach, der ...« Karen stockte. »Du denkst etwa, er war das?«

»Natürlich. Er liebt Tratsch und Klatsch. Und du hättest dir gar nicht die Mühe machen müssen, mich so übel zu verraten. Als Nächstes hätte Opa Otto nämlich mich beim Wickel gehabt.«

»Oh, Nella, es tut mir so leid. Ich … wollte wohl von mir selbst ablenken und dir gleichzeitig eins auswischen. Schätze mal, das ist die viele frische Luft hier. Da wird man wieder zum dummen Kind.«

Ich nicht, dachte Nella. Ich bin vor zehn Minuten erst zur Frau geworden. Der Zorn verflog nicht so einfach. Nella fürchtete, daran zu ersticken. So oft war sie von Karen verletzt worden, dass sie dieses Mal große Schwierigkeiten hatte, ihr zu verzeihen. Aber dann sah sie plötzlich ihre Großmutter vor sich. Oma Johanna war der großherzigste Mensch gewesen, den sie gekannt hatte, und es schien, als riefe sie ihr aus weiter Ferne zu: »Vertragt euch. Ihr seid Schwestern.« Genau das hatte sie auch früher gesagt, wenn Streit ausgebrochen war. Nella atmete ein paar Mal tief ein und aus. Der Knoten aus Zorn löste sich auf.

»Ist schon gut«, sagte sie zu Karen. »Du hast dich eben vertan.«

»Danke«, kam es inbrünstig zurück. »Und es kann uns eigentlich egal sein, was die Leute reden. Übermorgen sind wir wieder weg.«

Ja, dachte Nella, und das Herz wurde ihr schwer. Lieber nicht daran denken.

»Bist du im Friesenhaus?«, fragte sie.

»Ja. Katharina wünscht im Stall ihrem Lamm eine gute Nacht. Warte mal …« Sie schien zu lauschen und fuhr dann fort: »Maximilian bequemt sich endlich mal vom Dachboden runter, und er … Großer Gott!«

»Was ist los? Karen?«

Aber ihre Schwester erwiderte nichts darauf. Nella hörte nur, wie sie ihren Sohn anschrie: »Bist du völlig übergeschnappt? Deine Pupillen sind so groß wie Untertassen!«

Als Antwort war nur ein hysterisches Lachen zu hören.

Karens Stimme überschlug sich. »Und was sind das für komische Kugeln da in deiner Hand? Eine neue Art von Drogen, oder was?«

Maximilians Antwort ließ Nella das Blut in den Adern gefrieren. »Quatsch, das sind irgendwelche Murmeln. Habe ich in dem pinken Koffer gefunden.«

Nella hörte noch, wie Karen ihrem Sohn befahl, sich auf den Boden zu legen, um seine Vitalwerte prüfen. Maximilian fand das anscheinend unglaublich lustig, denn er kicherte los. Nella drückte das Gespräch weg und machte sich im Laufschritt auf den Rückweg. Die ganze Koogstraße rannte sie mehr, als dass sie ging. Nur ein heftiges Seitenstechen zwang sie schließlich dazu, das Tempo für eine Weile zu drosseln. Trotzdem brauchte sie keine zehn Minuten für den Weg. Das Gartentor stand offen, aber darüber machte sie sich keine Gedanken. Nella hatte im Augenblick Wichtigeres im Kopf.

Hastig betrat sie die große Diele, lauschte, hörte Stimmen und lief in die Küche. Dort, mitten auf dem großen Tisch, stand ihr Präsentierkoffer. Offen. Maximilian kugelte sich auf den Fliesen, anscheinend einem Lachflash ausgeliefert. Er jaulte, die Tränen liefen ihm übers Gesicht, und er hielt sich den Bauch.

Karen hingegen stand zur Salzsäule erstarrt vor dem Tisch. Erst Nellas Erscheinen löste eine Bewegung in ihr aus. Sie streckte den Arm aus, griff in den Koffer und holte ein durchsichtiges Kleidungsstück heraus.

»Was ist das?«, erkundigte sie sich mit unnatürlich ruhiger Stimme.

»Geht es ihm gut?«, fragte Nella zurück und deutete auf den Jungen.

»Ja. Ihm wird sehr bald übel werden, aber ansonsten ist er in Ordnung.«

»Gott sei Dank.«

»Was ist das?«, wiederholte Karen.

»Ein Negligé«, antwortete Nella wahrheitsgemäß. »Ist doch nicht schwer zu erkennen. Es gehört eigentlich in einen der Kleidersäcke, aber da war kein Platz mehr.«

Karen nickte, als wäre eine wichtige wissenschaftliche Frage beantwortet worden. Gleichzeitig breiteten sich auf ihren Wangen genau wie am Vorabend hektische rote Flecken aus.

Wieder griff sie zu. »Und das?«

»Ähm ... Liebeskugeln.«

»Murmeln!«, grölte Maximilian.

Keiner der beiden schien zu wissen, wofür die gut waren. Nella hütete sich davor, sie aufzuklären. Das nächste Stück erkannte Karen von allein. Eventuell hatte sie mit ihrem Mann ja manchmal ein wenig gespielt. Trotzdem fragte sie: »Warum hat der die Form eines Delfins?«

»Das hat ... rein ästhetische Gründe.«

»Ästhetisch!«, grölte Maximilian. Er sagte »Äschtätisch«, aber das fiel nur Nella auf.

Karen blickte in den Koffer, der noch viel mehr enthielt, in allen möglichen Größen, Farben und Formen, und entschied offenbar, es sei genug. Sie wandte sich zu ihrer Schwester um. Ihr Blick war scharf, aber Nella entdeckte auch ein gewisses Funkeln darin.

Vielleicht ist doch nicht alles verloren, überlegte Nella hoffnungsvoll. Sie hatte schon oft erlebt, dass Frauen zunächst schockiert waren, sich dann aber schnell für ihr Angebot erwärmten. Im nächsten Moment hatte Karen sich wieder vollkommen unter Kontrolle, und das Funkeln erlosch.

Wäre ja auch zu schön gewesen, dachte Nella.

»Das«, sagte ihre Schwester, »ist also das Spielzeug, von dem du geredet hast.«

»Genau.« Leugnen war zwecklos.

Karen nickte wie eine Lehrerin, die mit der Leistung ihrer Schülerin zufrieden war. »Hast du dabei nicht ein kleines Detail vergessen?«

»Wieso?« Sie verschränkte die Arme vor der Brust und schob das Kinn vor. »Ist halt Spielzeug für Erwachsene, und ich bin damit übrigens sehr erfolgreich.«

»Erfolgreich«, wiederholte Karen langsam.

Maximilian war auf einmal still, doch keine der Schwestern achtete auf ihn.

»Ja«, sagte Nella. »Endlich habe ich etwas gefunden, womit ich gutes Geld verdiene.«

»Gutes Geld.«

»Ich habe wirklich ein Talent dafür.«

»Talent.«

»Kannst du bitte damit aufhören, mich zu wiederholen?« Sie trat vor, nahm Karen den länglichen Delfin aus der Hand und packte ihn zu den anderen Sachen. Dann schloss sie den Koffer.

»Was hat Maximilian in meinem Zimmer zu suchen?«, fragte sie in dem Versuch, vom eigentlichen Thema abzulenken. »Und wieso geht er an meine Sachen?«

»Das klären wir später«, wies Karen sie zurecht.

Im nächsten Augenblick jedoch sagte der Junge mit plötzlich fester Stimme: »Ich wollte Katharina eine Freude machen, weil sie doch wegen dem Scheißlamm so traurig war. Ich dachte, da wären Sachen für sie drin.«

Karen war anscheinend zu aufgebracht, um den Inhalt der Worte zu begreifen. Nella schaltete schneller. Sie blickte zu ihrem Neffen, der jetzt wie ein Häufchen Elend dasaß und sich den Kopf hielt.

»Warum sollte Katharina traurig sein?«

»Ich … weiß nicht mehr genau«, erwiderte er. »War wirklich hinüber vorhin. Starkes Zeug, das Uropa …«

»Maximilian!«, sagte Nella in ihrem strengsten Tonfall. »Was hast du getan?«

»Na ja, ich bin rausgegangen, weil ich dachte, die frische Luft macht mich wieder ein bisschen klarer im Kopf. Da habe ich Licht im Stall gesehen und bin hin …« Sein Wortschwall verebbte.

»Maximilian!«

Jetzt wurde auch Karen aufmerksam. Sie wirbelte herum, packte ihren Sohn an den Haaren und bog seinen Kopf zurück. »Rede!«

Oha!, dachte Nella und war heilfroh, dass die Wut ihrer Schwester sich vorerst auf den zugedröhnten Jungen richtete. Für eine Kinderärztin war sie ziemlich brutal, aber die Sorge um ihre kleine Tochter ließ sie offenbar alles andere vergessen.

Maximilian stöhnte. »Ich … ich, äh, ich habe ihr gesagt, das Lamm muss heute noch geschlachtet werden, wenn es morgen als Braten auf den Tisch kommen kann, und …«

Er brach ab, und Nella konnte sich vorstellen, was er in seinem Rausch noch hinzugefügt hatte. Womöglich hatte er Katharina angeboten, das Osterlamm gleich an Ort und Stelle abzumurksen.

»Und was war dann?«, fragte Karen mit sich überschlagender Stimme.

»Nichts. Ich hatte einen klaren Moment, und deshalb bin ich hoch in Tante Nellas Zimmer, um aus dem Koffer ein schönes Spielzeug zu holen. Danach noch mal kurz auf den Dachboden. Da war noch ein Joint übrig …«

Nella wurde auf einmal ganz kalt vor Angst.

»Karen«, sagte sie. »Das Gartentor steht offen.«

Ihre Schwester sah sie nur an, dann ließ sie ihren Sohn los, der daraufhin aus seiner sitzenden Position nach hinten fiel.

»Mama«, jammerte Maximilian. Er war auf einmal ganz grün im Gesicht. »Es tut mir leid. Mir ist furchtbar schlecht.«

»Ist mir egal«, erwiderte Karen eiskalt. Sie stieg über ihn hinweg und verschwand.

»Tante Nella«, murmelte Maximilian. »Hilf mir.«

»Du bleibst schön, wo du bist. Da kannst du nicht noch mehr Schaden anrichten.«

Sie wollte Karen folgen, schnappte sich aber erst den Koffer. In der Diele versteckte sie ihn in einer der Truhen unter ein paar Hippiegewändern. Dann lief sie nach draußen. Aus dem Stall erklangen schon Karens panische Rufe. Sie trafen im Vorgarten aufeinander.

»Sie ist weg!«, kreischte Karen. »Oh Gott! Wo ist sie nur?«

Nella war selbst einer Panik nahe, riss sich aber zusammen. Wenigstens eine von ihnen musste die Ruhe bewahren.

»Erst mal rufen wir Torben an. Ich glaube, er ist noch beim Osterfeuer. Da kann er gleich die Feuerwehr um Hilfe bitten und auch die Polizei.«

»Du spinnst ja. Wahrscheinlich hat sie sich nur in ihrem Zimmer verkrochen.«

Nella verzichtete darauf, ihre Schwester an das offen stehende Gartentor zu erinnern. Vielleicht hatte sie ja recht. Es war möglich, dass Katharina hatte weglaufen wollen, es sich aber im letzten Moment anders überlegt hatte. Das große Friesenhaus bot reichlich Platz für ein Versteck.

»Okay. Suchen wir drinnen. Torben rufe ich trotzdem an.«

Karen rannte schon wieder los, aber kaum erreichten sie beide die Eingangstür, hörten sie eine Stimme. Ein Mann kam durch den Vorgarten auf sie zu, unter dem Arm trug er das Lamm.

»Moin«, sagte er kurz angebunden. »Muss dem ollen Otto gehören. Wollte bei mir die Krokusse fressen.«

Karen und Nella starrten einander an.

»Sie ist weggelaufen«, flüsterte Karen.

»Und das Lamm hat sich wieder von der Leine befreit«, ergänzte Nella.

»Von wem reden Sie?«, fragte der Nachbar.

»Haben Sie ein kleines Mädchen gesehen? Sechs Jahre alt, blond. Sie trägt ein geblümtes Kleid und weiße Sandalen.«

Nella staunte darüber, wie präzise Karen die Beschreibung abgab. Wahrscheinlich stand sie unter Schock.

»Nee«, sagte der Nachbar. »Nur das Vieh hier. Was soll ich damit machen?«

Während Karen schon zur Straße lief, bat Nella ihn, das Lamm in den Stall zu bringen.

Er entfernte sich und murmelte etwas, das sich anhörte wie: »Immer nur Ärger mit dieser Sippe.«

»Wohin kann sie nur gelaufen sein?«, fragte Karen, als Nella sie eingeholt hatte. Hilflos blickte sie die Straße hinauf und hinunter. »Sie sucht bestimmt nach dem Lamm, aber wo?«

Nella dachte angestrengt nach. »Katharina weiß, dass Schafe auf dem Deich grasen …«

»Oh mein Gott! Glaubst du, sie ist dort? Was ist, wenn sie weiterläuft? Bis ins Watt?«

Nella durchfuhr es eiskalt. »Ich hatte ihr eine Wattwanderung versprochen«, sagte sie kläglich. »Am Abend, wenn es besonders schön gruselig ist. Sie hat sich darauf gefreut, obwohl sie ja ein kleiner Angsthase ist. Möglich, dass sie sich daran erinnert, oder sie läuft einfach immer weiter, wenn sie das Lamm nicht findet …«

Karen starrte sie an. Im Schein der Straßenlaternen wurde sie kreideweiß.

»Bitte«, flüsterte sie. »Bitte sag mir, dass das nicht wahr ist.«

Verzweifelt rieb Nella sich über die Stirn. »Wie konnte ich denn ahnen …«

»Wann kommt die nächste Flut?« Karen wischte auf ihrem Handy herum, las die Informationen und knickte mit den Beinen ein. Nella packte sie, bevor sie zu Boden sinken konnte. »Die Polizei«, flüsterte Karen. »Die Feuerwehr …«

»Sind schon unterwegs.«

Es dauerte nur wenige Minuten, bis drei Fahrzeuge vor Ort waren, ein Polizeiauto und zwei Feuerwehrwagen. Insgesamt neun Männer versammelten sich am Gartentor, um Instruktionen entgegenzunehmen.

Karen verlor wertvolle Zeit, als sie wissen wollte, warum nur so wenige Männer gekommen seien. Der Feuerwehrhauptmann, ein bulliger Typ um die fünfzig, erklärte knapp, das Osterfeuer müsse noch gelöscht und der Festplatz geräumt werden.

Karen öffnete erneut den Mund, aber Nella kam ihr zuvor.

»Vielen Dank, dass Sie sofort hergekommen sind. Wir vermissen Katharina.« Sie wiederholte Karens Beschreibung und fügte hinzu: »Wir fürchten, dass sie auf der Suche nach ihrem Lamm zum Deich und vielleicht bis ins Wattenmeer gelaufen ist.«

Der Feuerwehrhauptmann ließ den Blick von Nella zu Karen schweifen, dann gab er seinen Männern schnelle Befehle. Die Polizisten erboten sich, die Nachbarschaft abzusuchen, während die Feuerwehrleute über den Deich ausschwärmten.

Mit einem Nicken wies der Feuerwehrhauptmann

Nella an, ihre Schwester ein Stück zur Seite zu führen. Er nahm sein Handy und sprach schnell hinein. Sie konnte keine Einzelheiten verstehen, aber sie begriff, wen er da verständigte: die Seenotrettung.

Plötzlich fühlte sie sich schwach und hilflos, doch sie riss sich zusammen. Karen brauchte sie jetzt.

»Können wir helfen?«, fragte sie.

Der Feuerwehrhauptmann schüttelte den Kopf. »Gehen Sie am besten ins Haus, und warten Sie auf Nachricht.«

»Niemals!«, schrie Karen. »Ich werde selbst nach meiner Tochter suchen!«

Torben war auf einmal da und stellte sich neben seine Frau.

»Wir gehen gemeinsam«, entschied er knapp. Er nahm Karens Hand, fest und zärtlich zugleich.

Dankbar wich Nella einen halben Schritt zurück. Dann wandte sie sich um und strebte dem Deich zu. Auch sie konnte von niemandem davon abgehalten werden, Katharina zu helfen. Obwohl das Unsinn war, fühlte sie sich verantwortlich für ihr Verschwinden, und sie betete, es möge ihnen gelingen, das Kind zu finden, bevor die Flut hereinkam.

Als sie auf der Deichkrone angelangt war, suchte sie die Gegend mit den Augen ab. Aber es war längst dunkel, und sie konnte kaum etwas erkennen. Nur eine Kette von Schatten, die sich langsam über das Watt bewegte und vor sich die Lichter von Taschenlampen tanzen ließ. Die Feuerwehrmänner, natürlich.

Ihr Blick suchte weiter die sanft abfallende Seite des

Deiches ab. Die Strandkörbe waren für die Nacht weggeräumt worden, aber hie und da gab es im Gras kleine Erhebungen. Vergessene Handtücher vielleicht oder Spielsachen.

Nachdenklich ging sie in diese Richtung.

14

Die große Suche

Abgesehen von den lauten Rufen der Feuerwehrmänner war alles still. Manchmal glaubte Nella, ein leises Schwappen zu hören, ein Gurgeln und Plätschern. Es war das Meerwasser, das sich durch die Priele sein Territorium zurückeroberte, zumindest für die nächsten sechs Stunden – bereit, alles zu ertränken, was ihm im Weg war.

Sie fröstelte und wünschte, sie hätte eine dicke Jacke mitgenommen. Aber sie trug nur den Pulli, den sie zum Osterfeuer angezogen hatte und der ihr ausreichend erschienen war. Sie hatte ja nicht vorgehabt, in der Kälte der Nacht noch einmal loszuziehen.

Langsam setzte sie einen Fuß vor den anderen, bewegte sich abwärts und seitlich auf die dunklen Erhebungen zu, die sie von der Deichkrone aus gesehen hatte. An der ersten Stelle lag ein großer Plastikbagger, ein ziemlich nutzloses Spielzeug, da die Grasnarbe des Deiches nicht aufgerissen werden durfte. Der kleine Besitzer des Baggers hatte sich vielleicht darüber geärgert, dass er hier keinen Sand bewegen konnte, und sich daraufhin von seinem Spielzeug getrennt.

Katharina mochte sich auch nicht damit abfinden, dass

Friedrichskoog keinen Sandstrand besaß. Nella presste die Lippen zusammen. Ihrer Nichte war nichts passiert! Das durfte einfach nicht sein!

Sie ging weiter, entdeckte ein großes Knäul aus Handtüchern, dann das Sitzkissen eines Strandkorbes, schließlich eine mit Sonnencreme, Rätselheften und einem dicken Wollschal gefüllte Basttasche, genau die richtige Mischung für einen Frühlingstag an der Nordsee. Sie wunderte sich über das viele Zeug, das hier herumlag. Bestimmt wurde an anderen Tagen ordentlich aufgeräumt, aber heute hatte es der Vermieter der Strandkörbe wahrscheinlich eilig gehabt, zum Osterfeuer zu kommen.

Zum Schwappen, Gurgeln und Plätschern gesellte sich jetzt ein Geräusch, das sich wie ein Seufzen anhörte. Dies war Nella neu, und sie lauschte angestrengt. Doch der leise Nachtwind drehte auf einmal in eine andere Richtung und ließ sie nur noch die Rufe der Männer hören. Sie wurden lauter, eindringlicher. Nella wusste, es blieb nicht mehr viel Zeit. Einige Mitglieder des Suchtrupps standen vielleicht schon mit den Füßen im Wasser. Wenn Katharina tatsächlich da draußen herumlief, musste sie sehr schnell gefunden werden.

Sie lauschte wieder angestrengt, konnte aber nichts Besonderes mehr hören. Langsam ging sie weiter, setzte die Füße vorsichtiger, versuchte, mit den Augen die Dunkelheit zu durchdringen. Sie traf auf einen großen Ball, stieß ihn leicht mit der Schuhspitze an und sah zu, wie er ein Stück den Deich hinunterkullerte. Sie fand ein Häufchen Muscheln, offenbar tagsüber fleißig gesammelt und dann vergessen.

Endlich blieb sie stehen. Da war es wieder, dieses Seufzen!

Es klang nicht wie ein Geräusch, das die Nordsee machte – obwohl Hauke ihr von den unglaublichsten Tönen erzählt hatte, die das Meerwasser von sich geben konnte. Jedes Jahr, wenn sie nach Friedrichskoog kam, hatte er neues Wissen für sie angehäuft, um sie damit zu beeindrucken. Damals, sie mochte zehn oder elf gewesen sein, hatte er ihr erklärt, das Meer könne wie ein ganzes Orchester Musik hervorbringen. Es könne dunkle, brummende Töne von sich geben, leise summen, glucksen wie ein Baby und hell singen wie Sirenen. Natürlich hatte Nella ihn ausgelacht, aber noch Jahre später hatte der Gedanke an das singende Meer etwas Tröstliches für sie gehabt.

Dieses Seufzen jedoch passte nicht.

Ohne sich umzudrehen, weil sie fürchtete, jede zu große Bewegung könne das Geräusch verjagen, ging sie zurück. Sie schwankte ein wenig, setzte erst die Fußspitze auf, dann die Hacke, zog das nächste Bein nach. Nicht einmal den Kopf wandte Nella um. Sie kam sich albern vor, aber sie war überzeugt, alles zu verderben, wenn sie laut und energisch vorging. Die Geister des Meeres und der Nacht waren ihr in diesem Moment wohlgesonnen, aber wer wusste schon, was geschehen würde, wenn Nella der Geräuschquelle plötzlich zu Leibe rückte? Sie konnten wütend werden, eine große Welle schicken und das Seufzen mitnehmen, hinaus aufs offene Meer, wo es für immer verklingen würde.

Himmel!

Nella schwor sich, niemals in ihrem ganzen Leben jemandem zu erzählen, was ihr in diesem Augenblick durch den Kopf ging.

Es ist nur die Angst, sagte sie sich. Die lässt meine Fantasie sprießen wie Dünengras nach einem Regenguss.

Die Strandtasche kam in ihr Sichtfeld, dann das Sitzkissen. Nella wunderte sich, weil sie es geschafft hatte, rückwärts denselben Weg zu gehen. Anscheinend wussten ihre Beine genau, was sie taten. Weiter ging es, bis sie das große Knäul aus Handtüchern erreichte.

Hier blieb sie stehen und lauschte.

Stille.

Sie bemerkte, dass es wirklich ein sehr großes Knäul war. Warum war ihr das nicht vorher schon aufgefallen? Weil es dunkel war, sagte sie sich, und weil ich es eilig hatte voranzukommen.

Ihre Augen brannten, so angestrengt starrte Nella auf die Handtücher. Sie schienen trocken zu sein. Ja klar, niemand ging um diese Jahreszeit schwimmen. Die Wassertemperatur betrug maximal fünf Grad. Aber Handtücher waren praktisch. Man konnte sie ins Gras legen und sich darauf sonnen, man konnte sich darin einwickeln, wenn der Wind auffrischte.

Nella streckte den Arm aus, berührte das Knäul. Vielleicht bildete sie es sich ein, aber sie glaubte, die Wärme darunter zu spüren.

»Es ist alles gut«, sagte sie leise. »Du kannst jetzt herauskommen, Katharina.«

Eine Weile rührte sich nichts, nur das Seufzen war

wieder zu hören. Dann jedoch bewegte sich etwas, ein Handtuch wurde zögernd hochgehoben, ein paar Finger erschienen, dann ein Arm. Schließlich krabbelte ihre Nichte langsam hervor. Es war eine seltsame Bewegung, sie schien nur die Arme zu benutzen.

»Meine Füße sind eingeschlafen«, flüsterte sie.

»Setz dich mal hierhin«, meinte Nella ruhig, deutete neben sich ins Gras und begann, die dünnen Beine zu massieren. Mehr sagte sie im Augenblick nicht. Sie dachte an Karen und an die Ängste, die sie ausstehen musste, aber noch wagte sie es nicht, ihr Handy hervorzuholen.

Dies hier war Katharina und auch wieder nicht. Sie sah aus wie das Mädchen, das Nella kannte, hatte aber zugleich etwas Fremdes an sich. Erst als sie zu reden begann, schien sie nach und nach wieder sie selbst zu werden.

»Es war ganz ruhig hier«, sagte sie. »Richtig gemütlich. Ich habe mich beschützt gefühlt. Aber Angst hatte ich auch.«

Nella nickte nur und massierte weiter.

»Dann habe ich Männer laut rufen hören und habe mich noch mehr gefürchtet.«

Noch immer schwieg Nella.

»Maximilian war ganz schön gemein zu mir. Ich wollte nur Wolf in Sicherheit bringen, doch er ist weggelaufen. Ich habe ihn gesucht, aber nicht gefunden. Da bin ich allein weitergegangen, ich weiß selbst nicht, warum.«

Diesmal schien sie eine Antwort zu erwarten, also sagte Nella: »Ist schon in Ordnung. Manchmal tun wir

Dinge, die wir uns nicht erklären können. Wenn wir Angst haben oder unter Schock stehen.«

Darüber musste Katharina erst mal eine Weile nachdenken. Sie krauste die kleine Stirn und sah ihrer Tante direkt ins Gesicht. Nella stellte fest, dass Katharina wie von einem fremden Licht beleuchtet schien.

»Dann bin ich nicht verrückt?«, fragte die Kleine schließlich leise.

»Ganz und gar nicht, mein Schatz.«

Katharina seufzte wieder, aber diesmal klang es anders als vorhin. Nicht so verlassen, eher erleichtert. Schon im nächsten Moment jedoch versteifte sie sich. »Ich habe Wolf im Stich gelassen. Als er sich von der Leine frei gemacht hat, war ich nicht schnell genug.«

Nella schenkte ihr ein beruhigendes Lächeln. »Dein Lamm ist ein kluger kleiner Wolf. Es ist direkt nach Hause gelaufen und wurde von einem Nachbarn gefunden. Jetzt schläft es bestimmt in seiner Box.«

»Oh, da bin ich aber froh.« Eine große Last schien von den schmalen Schultern zu fallen. »Als ich hier gelegen habe, dachte ich die ganze Zeit, dass ihm etwas passiert ist.«

»Ist es nicht. Wolf ist gesund und munter.«

»Ich will nicht, dass er geschlachtet wird.« Diesmal klang Katharinas Stimme gepresst.

»Das wird er nicht«, erklärte Nella fest. »Dein Uropa bringt es nicht übers Herz.« Es war nur eine Vermutung, die sie da anstellte, aber sie war überzeugt, dass es sich genau so verhielt.

»Versprochen?«, fragte Katharina.

»Großes Ehrenwort.«

»Ich glaube dir«, sagte die Kleine, und dann: »Das kribbelt.«

»Gut so. Gleich kannst du aufstehen.«

Katharina sah sie aus großen Augen an. Sie war jetzt wieder das Kind, das Nella vertraut war. »Mama und Papa sind bestimmt furchtbar wütend auf mich, weil ich weggelaufen bin.«

Nella wollte schon verneinen, wog dann jedoch nachdenklich den Kopf. »Das mag schon sein. Aber es beweist nur, wie groß ihre Angst um dich ist. Was meinst du, wollen wir jetzt deine Mama anrufen und ihr sagen, dass es dir gut geht?«

Katharina nickte langsam. »Und dann laufen wir heim, ja? Ich bin so müde. Vorhin hat das Meer mir ein Schlaflied gesungen.«

Nella erwiderte nichts darauf. Sie dankte dem lieben Gott im Himmel und sämtlichen Meeresgeistern dafür, dass Katharina bei den Handtüchern geblieben war. Nicht auszudenken, was geschehen wäre, hätte sie ihren Weg bis zum Fuß des Deiches und über den Uferweg hinaus fortgesetzt, hätte sich einen Platz zum Verschnaufen gesucht und wäre dann eingeschlafen.

Rasch erledigte sie den Anruf, hörte ihre Schwester vor Erleichterung laut aufschluchzen und stand dann auf. Weil Katharina noch wackelig auf den Beinen war, nahm Nella sie kurzerhand huckepack und machte sich auf den Rückweg.

Kaum hatten sie die Deichkrone erreicht, kamen ihnen auch schon Karen und Torben entgegengerannt. Karen lief ein Stück vor ihrem Mann, und dieser bemühte sich nicht, sie einzuholen. So als ließen sie ganz bewusst diesen Abstand zwischen sich. Wie schon am Vorabend gaben sie nicht das Bild eines Paares ab.

Nella fand das furchtbar traurig. Gerade ein solcher Moment sollte eine Mutter und einen Vater enger zusammenbringen. Nicht trennen. Als hätte Torben ihre Gedanken erraten, beschleunigte er seine Schritte.

Sanft ließ Nella ihre Nichte zu Boden gleiten. Schon war Karen bei ihr, fiel auf die Knie und schloss Katharina in die Arme. Dann legte sie ihr eine Hand auf die Stirn, sah sich ihre Pupillen an, fühlte ihren Puls. Schließlich seufzte sie erleichtert auf und hielt ihre Tochter fest. Torben stand mit hängenden Schultern daneben.

»Du könntest alle beide in die Arme schließen«, schlug Nella vor. Sie wusste, es war falsch, sich einzumischen. Dabei kam nie etwas Gutes heraus. Aber sie konnte nicht anders. Diese Familie hier sollte perfekt und glücklich sein. Sie wünschte es sich für Karen und Torben, für Katharina und für Maximilian, aber auch für sich selbst.

»Was weißt du schon …« Im nächsten Augenblick besann er sich eines Besseren. »Verzeih mir, Nella. Ich bin ganz durcheinander. Danke, dass du unsere Kleine heil zurückgebracht hast.«

In seiner Stimme schwang keinerlei Vorwurf mit. Offenbar hatte Karen ihm nicht verraten, dass Nella sich indirekt für schuldig an Katharinas Verschwinden hielt. Sie dankte im Stillen ihrer Schwester dafür und ließ die Familie nun allein. Sie sah noch, wie nun auch Torben seine Tochter in die Arme nahm, und war froh darüber.

»Lass uns zurückgehen und sie gründlich untersuchen«, sagte er zu seiner Frau. »Nicht, dass sie unterkühlt ist.« Karen nickte.

Nellas Beine waren auf einmal bleischwer, und sie zitterte am ganzen Körper. Das ist nur der überstandene Schreck, sagte sie sich. Trotzdem hatte sie große Mühe, den Weg bis zum Friesenhaus zurückzulegen. Dort angekommen sah sie, wie Feuerwehr und Polizei wieder abrückten. Alle schienen erleichtert zu sein und wirkten geradezu ausgelassen. Ein paar Männer riefen einander zu, man wolle sich noch auf einen Absacker am Gerätehaus einfinden.

Nella wollte direkt in ihr Zimmer gehen, so hundemüde war sie. Als sie jedoch aus der Küche Stimmen hörte, beschloss sie nachzusehen. Außerdem, so überlegte sie, würde ihr ein heißes Getränk jetzt guttun. Am liebsten ein starker Tee.

Hinter ihr betraten Karen und Torben die Diele. Torben trug Katharina, und gemeinsam nahmen sie die Treppe nach oben.

In der Küche saßen Opa Otto und Neffe Maximilian einträchtig auf dem Fußboden. Neben Maximilian stand ein alter Zinkeimer, der zwar ausgeleert worden war, aber dennoch bestialisch stank. Nella ging zu einem der Fenster und öffnete es.

»Was ist mit der Lütten?«, fragte Opa Otto. In seinen alten Augen stand die große Sorge um seine Urenkelin.

»Ist wohlbehalten wieder da.«

»Sorry«, jammerte Maximilian. »Es ist meine Schuld, dass sie weggelaufen ist.«

»Versprich, dass du in Zukunft netter zu ihr bist«, verlangte Nella.

»Hoch und heilig.«

»In Ordnung. Mit deinen Eltern musst du aber allein klarkommen.«

Maximilian stöhnte auf. Er ahnte wohl, dass er das drohende Donnerwetter wie ein Mann aushalten musste.

»Geht's dir wieder besser?«, fragte Nella.

Maximilian grinste kläglich. »Nee. Mir war in meinem ganzen Leben noch nicht so schlecht. Uropa ist echt cool, aber sein Zeug ist voll heftig.«

Opa Otto grinste zufrieden. Maximilian würgte schon wieder, und sein Uropa hielt ihm hilfsbereit den Eimer hin. Nella kniff sich die Nase zu.

»Ich habe noch nie so was Starkes geraucht«, murmelte Maximilian, als er den Kopf wieder hob.

»Du hast überhaupt noch nie Gras probiert, stimmt's?«, wollte Opa Otto wissen.

»Stimmt«, gab der Junge zu. »In Blankenese ist echt schwer dranzukommen.«

»Wenn du willst, kann ich dir was mitgeben und dich regelmäßig beliefern.«

Maximilians Gesichtsfarbe wechselte erneut ins Grünliche, und er brauchte dringend den Eimer.

Nella war der Durst vergangen, aber sie grinste in sich hinein, als sie die Küche verließ. Opa Otto war ein listiger alter Fuchs. Anstatt wie Maximilians Eltern dem Jungen mit Verboten und Predigten zu kommen, unterzog er ihn einer Rosskur. Wahrscheinlich war Maximilian für den Rest seines Lebens von jeglichen Drogen kuriert.

In ihrem Zimmer fiel sie aufs Bett, fand aber keinen Schlaf, obwohl sie todmüde war. Zu viele Fragen wirbelten in ihrem Kopf herum wie ein Schwarm aufgeschreckter Möwen.

War mit Katharina wirklich alles in Ordnung? Würde sie so etwas noch einmal tun? Schafften Torben und Karen es, ihrer Tochter die Sicherheit zu geben, die sie so dringend brauchte? Denn im Grunde, das ahnte Nella, war Katharina nicht nur wegen des Lamms weggelaufen. Unbewusst hatte sie von einer Familie fortgewollt, in der es zu viele Spannungen gab.

Würden die Eltern ihre Probleme in den Griff kriegen?

Ihr kam der Gedanke, dass sie vielleicht doch etwas tun musste. Zwar hasste sie es, sich in anderer Leute Angelegenheiten einzumischen, aber dies hier waren nicht andere Leute. Dies war ihre Familie.

Vielleicht musste Torben nur mal von anderer Seite zu hören bekommen, wie glücklich er sich schätzen durfte.

Sie dachte dabei an Opa Otto und musste schmunzeln. Seine Methoden waren zwar definitiv unkonventionell, aber wirksam.

Allerdings fragte sie sich, welche Bombe Otto am nächsten Tag platzen lassen würde. Ein ungutes Gefühl sagte ihr, dass dabei die Karten für alle Thiessens und von Tannenbergs neu gemischt werden würden.

An Hauke dachte sie nicht. Sie musste sich dafür zwar ziemlich anstrengen, aber es gelang ihr.. In ihrem letzten wachen Augenblick spürte sie jedoch wieder seine Lippen auf ihren.

15

Schietwedder

Der Ostersonntag begann mit strahlendem Sonnenschein. Die Temperaturen waren frühsommerlich hoch, der Himmel strahlte weit und blau. Nur weit draußen über dem Meer war eine dunkle Wolkenwand zu erkennen.

»Zieh nicht so ein besorgtes Gesicht«, sagte Friederike und stieß Hauke spielerisch den Ellenbogen in die Seite. »Das Wetter ist herrlich. Komm, lass uns fahren.«

Er wollte ihr widersprechen, ihr erklären, dass eine solche Wand sehr schnell näher kommen und ihre Regenladung über sie ausschütten konnte. Außerdem kam der leichte Wind aus Nordwesten und trieb die Wolken vor sich her. Aber er sagte nichts, lief nur noch einmal zurück ins Haus, holte zwei Regencapes und verstaute sie in den Satteltaschen seines Fahrrads.

Sie lachte ihn aus. »Oller Pessimist.«

Friederike hatte sich eine Radtour kreuz und quer durch das Dithmarscher Land gewünscht. Sie müsse unbedingt mal den Kopf durchpusten lassen, hatte sie beim Frühstück gesagt. Hauke war sofort einverstanden gewesen. Auch er brauchte Ablenkung, auch er wünschte sich, klarer denken zu können. Bernd wurde nicht groß gefragt, aber er hüpfte vor Freude im Kreis, als er bemerkte, dass sein Herrchen erst das eigene und dann ein Damenrad aus dem Schuppen holte.

Sie fuhren aus Friedrichskoog heraus Richtung Südosten und wechselten dann hin und wieder die Himmelsrichtung, um die schönsten Stellen des Marschlandes zu sehen. Die Luft war frisch und sauber, der sonst so beständig wehende Wind hatte sich gelegt. Auf den Rapsfeldern gab es noch keine gelben Blüten, und so wogte um die Radfahrer herum eine endlose grüne Weite. Hauke erzählte seiner Freundin, dass die Menschen in dieser Gegend traditionell schon immer Bauern gewesen seien. Besonders mit dem Anbau von Kohl waren sie zu Wohlstand gekommen. Die Friesen weiter im Norden hingegen waren vorwiegend Fischer gewesen.

»Und warum stehen hier Deiche mitten auf den Wiesen?«, fragte Friederike. »Die sind doch unnütz. Das Meer ist einige Kilometer weit weg.«

Hauke lächelte. Er liebte es, wenn sie ihn über seine Heimat ausfragte. Dann konnte er hoffen, dass sie wirklich daran interessiert sei und ihre Berlin-Pläne noch einmal überdenken würde.

Da sie ein gemächliches Tempo eingeschlagen hatten, antwortete er ohne Hast. »Sie sind die Überbleibsel einer grandiosen Leistung des Menschen.«

Friederike wandte nur kurz den Kopf und konzentrierte sich dann wieder auf den Radweg.

»Es stimmt«, sagte Hauke. »Sie legen Zeugnis darüber ab, wie vor vielen hundert Jahren das Land der Nordsee abgetrotzt und mit der Zeit fruchtbar gemacht wurde.«

»Wie denn?«

Er wartete einen Moment mit der Antwort, pfiff Bernd herbei, der irgendwo im Gebüsch verschwunden war, und sprach erst wieder, als der Hund brav an seiner Seite trottete.

»Zunächst wurden in regelmäßigem Abstand kleine Dämme ins Meer gebaut, Lahnungen genannt. Dazu wurden Pfähle in den Boden gerammt und miteinander verdrahtet. Die Zwischenräume füllte man mit Reisig und Buschwerk. Bei Flut wurden sie überspült, aber das Wasser lief dann langsamer ab. Anschließend bauten die Menschen weitere Dämme quer zu den ersten und teilten so ein mehrere Hektar großes Gebiet ab.«

»Klingt nach einer Menge harter Arbeit«, warf Friederike ein.

Hauke nickte. »Und nach viel Geduld. In dem abgeteilten Gebiet machten sich nun die Gezeiten nicht mehr so stark bemerkbar. Das Meer beruhigte sich, im Laufe der Jahre verschlickte das Land immer mehr und stieg regelrecht an. Schließlich wurde es nicht mehr vom Wasser erreicht, Wind und Sonne trockneten den Boden immer stärker aus. Auf diese Weise wurde Marschland gewonnen.«

»Und wie lange dauerte das?«, fragte sie in einem Ton, der ihm sagte, dass sie das Interesse verlor. Wahrscheinlich, weil ihr Handy schon zum vierten Mal seit ihrer Abfahrt ein paar schnelle Töne von sich gab. Sie wusste jedoch nur zu gut, dass es ihn ärgern würde, wenn sie wieder nur ihre Augen aufs Display richtete.

»Gute dreißig oder gar vierzig Jahre. Ein solches Gebiet wird übrigens Koog genannt. So entstand auch Friedrichskoog. Erst, wenn das Land eingedeicht ist, kann es urbar gemacht werden. Hier an der Westküste entstanden auf diese Weise neunzig Köge.«

Sie waren vor den Toren von Marne angelangt, und Hauke deutete auf die ersten Häuser. »Kannst du dir vorstellen, dass diese Stadt einmal am Meer gelegen hat?«

Verwundert schüttelte Friederike den Kopf. »Im Leben nicht.«

»Ich weiß«, sagte Hauke. »Ist schwer zu verstehen, wenn man rundherum nur fruchtbares Land sieht. Aber es stimmt. Noch im späten zwanzigsten Jahrhundert hat man weiterhin mithilfe von Kögen dem Meer getrotzt, inzwischen hat man sich aber von dem Gedanken der Landgewinnung verabschiedet.«

»Warum?«

Er hob kurz die Schultern. »Denke, es lohnt den Aufwand nicht mehr.«

Wieder dieses Handypiepsen, jetzt klang es wie Vogelgezwitscher. Hauke stutzte.

»Das ist deins«, sagte da auch schon Friederike. Sie war es gewesen, die ihm diesen Klingelton eingerichtet hatte. »Hoffentlich kein Notfall.«

Sie bremsten beide und stiegen ab.

Die Nachricht war von Tamme Töning. »Lange warten wir nicht mehr«, schrieb er.

Hauke rief ihn an. »Was ist passiert?«

Aus den Augenwinkeln sah er, dass Friederike bereits eifrig auf ihrem eigenen Handy herumtippte. Als hätte sie nur auf diese Gelegenheit gewartet.

»Heute Vormittag nichts«, tönte Tammes Stimme, die

nicht ganz nüchtern klang. Im Hintergrund war eine laute, ausgelassene Männergesellschaft zu hören. »Wir warten hier mit dem Frühschoppen auf dich.«

»Nach Warten klingt das aber nicht. Ich habe doch gesagt, ich kann nicht. Aber was soll das heißen – heute Vormittag nicht?«

»Moment mal.« Offenbar suchte sich Tamme ein ruhiges Eckchen, denn als er endlich wieder sprach, hatte er die Stimme gesenkt. »Ehrlich gesagt, uns hat das Abenteuer gestern Abend mit der verrückten Familie Thiessen völlig gereicht.«

Hauke erschrak. »Was war los?«

Hoffentlich musste er dem Mann nicht jedes Wort einzeln aus der Nase ziehen. Tamme war ein echter Küstenbewohner, er schnackte nur, wenn er Lust dazu hatte.

»Die Lütte ist weggelaufen. Katharina.«

»Herrgott! Wohin? Warum? Geht es ihr gut?«

Tamme lachte. »Na, die Leute liegen dir ja ziemlich am Herzen. Kann ich verstehen, wenn ich die heiße Nella so vor mir sehe. Andererseits ist deine langbeinige Freundin auch nicht zu verachten …«

»Jetzt sag schon, was los war!«

Sein Ton war scharf, und endlich kam Tamme zur Sache. »Warum die Lütte weggelaufen ist, wissen wir nicht genau. Angeblich hatte das was mit einem Osterlamm zu tun. So etwas kann auch nur in der Familie des verrückten alten Otto vorkommen …«

»Tamme!«

»Ja, ja, schon gut. Jedenfalls ist sie direktemang über den Deich gegangen.«

»Um Himmels willen!«

»Tja, war nicht mehr lang hin bis zur nächsten Flut. Also, meine Kollegen und ich sind fluchend durchs Watt gestapft. Uns stand das Wasser schon bis zu den Knöcheln, als es hieß, die Deern sei gefunden worden. Auf dem Deich, versteckt unter ein paar Handtüchern. Und da kommt deine süße Nella ins Spiel.«

»Tamme!«

»Kein Scheiß, Mann! Die hat ihre Nichte nämlich gefunden. War eine echte Heldentat.«

Hauke stieß heftig die Luft aus. Erst jetzt merkte er, dass er den Atem angehalten hatte. Nella. Spätabends unterwegs und voller Angst um ihre Nichte. Ihr hätte sonst was passieren können, so allein auf dem Deich.

Nicht Nella, beruhigte ihn eine leise Stimme. Nella kannte sich aus, auch wenn sie länger nicht mehr da gewesen war. Er selbst hatte ihr beigebracht, wie man sich in der Natur verhielt.

Trotzdem. Vor lauter nachträglicher Sorge wackelten ihm die Knie. Er ließ sein Rad fallen und setzte sich neben dem Weg ins Gras.

»Und alle sind wohlauf?«, versicherte er sich.

»Wenn sich keiner von denen eine neue Katastrophe ausgedacht hat, ja«, erwiderte Tamme. »Was ist, kommst du vorbei?«

»Ich kann nicht«, sagte Hauke wieder und erklärte, er befände sich auf einer ausgedehnten Radtour durchs Dithmarscher Land.

»Na, dann dreh mal lieber um. Da ist 'n Schietwedder im Anzug.«

Hauke beendete das Gespräch mit einem kurzen Gruß und blickte sich um. Der vormals blaue Himmel hatte einen bleiernen Farbton angenommen, der Wind war aufgefrischt und fegte kühl durch das Geäst der niedrigen Bäume.

»Wenn wir nicht nass werden wollen, sollten wir jetzt zurückfahren«, sagte er zu Friederike.

Sie hörte ihn nicht, sondern blieb mit gerunzelter Stirn über das Display ihres Handys gebeugt. Von seinem Gespräch hatte sie offenbar nichts mitbekommen, denn sie fragte nicht, warum er sich so aufgeregt hatte.

»Lass uns umdrehen, Friederike.«

Nur unwillig hob sie den Kopf und sah ihn an. Ein Blick wie aus weiter Ferne.

»Probleme im Hotel?«, fragte er.

»Ja … nein. Jedenfalls nichts, womit Laurens nicht fertigwerden könnte.«

»Wer?«

»Laurens Hofmeister, der zweite Direktor. Habe ich seinen Namen noch nie erwähnt?«

»Nein, jedenfalls nicht seinen Vornamen.« Hauke wunderte sich. Er hätte gedacht, zwischen Chefin und Untergebenem herrsche ein weniger freundschaftliches Verhältnis.

»Wie alt ist denn dieser Laurens?«, fragte er aus einer Laune heraus.

Friederike lachte, doch es klang nicht so unbeschwert wie sonst. »Hast du ein Problem?«

Hatte er eins? Er wusste es selbst nicht. »Nein, entschuldige, ich benehme mich wie ein Teenager.«

»Stimmt. Laurens ist übrigens neunundzwanzig und somit zwei Jahre jünger als ich.«

Und sechs Jahre jünger als ich, dachte Hauke. Vielleicht sollte er doch ein Problem damit haben.

Während er sein Rad wendete und Friederike bedeutete, es ihm gleichzutun, fragte er wie beiläufig: »Und ihr versteht euch gut?«

Täuschte er sich, oder überzog jetzt eine leichte Röte ihre Wangen? Ach, Unsinn, sagte er sich. Friederike hatte eine sehr empfindliche Haut. Die salzhaltige Luft und der zunehmende Wind hatten ihr zugesetzt. Trotzdem. Etwas störte ihn, aber er bekam es nicht richtig zu fassen.

Bin ich eifersüchtig?, fragte er sich im Stillen. Dann schimpfte er sich selbst einen Narren. Diese Sache mit Laurens war bestimmt ganz harmlos.

»Er ist sehr tüchtig«, erwiderte Friederike unbestimmt. Dann zeigte sie zum Horizont, der jetzt bedrohlich schwarz war. »Glaubst du, wir schaffen es trocken nach Hause?«

»Ich fürchte nicht«, meinte er. »Zumal wir jetzt Gegenwind haben.«

Er fischte die Regencapes aus der Satteltasche, reichte ihr eins und zog das andere selbst über. Dann fuhren sie los, die Köpfe tief über das Lenkrad gebeugt und bald vor Anstrengung keuchend.

Bernd, der schon vor einer Weile das heraufziehende Unwetter gewittert hatte, lief mit eingeklemmtem Schwanz vorneweg, kam zurück, schüttelte sich, lief wieder voraus, um sie zu einem höheren Tempo anzutreiben. Doch sie traten schon so heftig in die Pedale, wie sie konnten.

Friedrichskoog war noch ein paar Kilometer entfernt, als das Gewitter mit lautem Getöse auf sie niederging. Bernd jaulte vor Angst, Friederike kippte mit dem Rad in den Grasstreifen, Hauke hielt an und sah sich um. Durch den dichten Regenschleier konnte er kaum etwas erkennen, aber er meinte, links auf der Wiese ein flaches Gebäude gesehen zu haben.

»Komm«, sagte er und nahm Friederike bei der Hand. Sie ließen die Räder liegen, er schnappte sich nur die Satteltaschen. Rasch krochen sie durch den Holzzaun und rannten über die Weide. Ein lauter Donner ließ sie zusammenzucken.

Bernd rannte wieder vorneweg. Diesmal kam er nicht zurück. Als Hauke mit Friederike das Gebäude erreichte, erkannte er, dass es sich um einen halb offenen Schafstall handelte. Nicht optimal, aber er bot ihnen einigen Schutz. In der hintersten Ecke raffte Hauke einigermaßen sauberes Stroh zusammen und schichtete es auf.

»Hier stinkt's«, beschwerte sich Friederike.

»Tja, das haben Schafe so an sich.«

»Mir ist kalt.«

»Kommt, zieh die nassen Sachen aus und kuschele dich ins Stroh.« Trotz der Capes waren sie beide bis auf die Haut durchnässt.

»Bist du verrückt?«, fragte Friederike. »Und was ist, wenn jemand kommt?«

»Das ist eher unwahrscheinlich.« Er griff in eine der Taschen und legte ihr eine Wolldecke um. »Hier, die ist trocken geblieben.«

Dann zog er sich selbst bis auf die Unterwäsche aus

und setzte sich mitten ins Stroh. Er zauberte eine Flasche Wein, Weißbrot und Käse hervor.

»Dann machen wir unser Picknick eben im Stall«, meinte er.

Friederike, die jetzt wie eine rotblonde Indianerin aussah, setzte sich vorsichtig im Schneidersitz hin. »Empfang habe ich auch keinen.«

»Kann bei so einem Unwetter schon mal vorkommen.«

»Wie lange wird das anhalten?«

Hauke merkte, dass er langsam die Geduld verlor. »Tut mir leid, das weiß ich nicht.«

»Zu dumm.«

»Ja, zu dumm, dass du nicht in deinem zivilisierten Berlin bist. Stattdessen musst du es mit einem Viehdoktor in einem Schafstall aushalten. Allerdings kann ich dich beruhigen. Die Welt geht davon nicht unter.«

Friederikes Augen wurden groß, aber statt etwas zu sagen, trank sie vom Wein, brach sich dann ein Stück Brot ab und knabberte daran.

Verwundert wartete Hauke noch eine Weile ab, aber sie sagte nichts mehr. Dabei hatte er ihr die perfekte Steilvorlage geliefert, um mit dem Thema Berlin anzufangen.

Merkwürdig, dachte er. Jetzt war sie schon den zweiten Tag hier und hatte immer noch nicht damit begonnen, ihn zu bearbeiten. Nachdenklich kraulte er Bernds Quadratschädel. Der Hund hatte sich auf der Suche nach Wärme dicht an ihn geschmiegt.

Das Prasseln des Regens wirkte einschläfernd auf Hauke. Bevor er sich's versah, lehnte er den Kopf an die raue Stallwand und schloss die Augen. Er träumte, er läge in einem Priel, und an seiner Seite räkelte sich Nella. Das Wasser war ungewöhnlich warm, wie in einem Whirlpool.

Als er wieder zu sich kam, wunderte er sich über die Stille.

»Wann hat der Regen aufgehört?«, fragte er Friederike.

Sie steckte schnell ihr Handy weg. »Schon vor einer ganzen Weile, aber du hast so schön geschlafen, da wollte ich dich nicht stören.«

»Ziemlich viele Nachtdienste in den letzten Wochen«, gab er zu und ließ die schlaflosen Stunden der vergangenen Nacht unerwähnt. »Wenigstens hast du wieder Netz.«

»Ja«, sagte sie knapp. »Wollen wir jetzt zurückfahren?«

»In Ordnung.«

Er verstand nicht so recht, was gerade zwischen ihnen passierte. Er hatte nur so ein unangenehmes Gefühl, als hätte er es mit einer völlig Fremden zu tun.

Sie schlüpften fröstelnd in ihre nach wie vor nassen Kleider, rannten über die Weide zu ihren Rädern und fuhren dann in schnellem Tempo nach Hause, um sich nicht zu erkälten.

Hauke ließ Friederike den Vortritt unter der Dusche, rubbelte kräftig den Hund ab und wärmte sich mit einem heißen Grog, während Bernd in seinem Riesenkorb auf der Stelle einschlief. Friederike brauchte sehr lange im Bad, und er widerstand mit einiger Mühe der Versuchung, beim alten Otto anzurufen. Was hätte er sagen sollen? Ich wollte nur mal hören, ob es euch allen gut geht? Damit würde er sich doch nur lächerlich machen. Außerdem saß die Familie im Augenblick bestimmt einträchtig beim Osteressen zusammen. Lamm würde es zwar keines geben, aber bestimmt hatte Nellas Schwester etwas Leckeres gekocht, das allen schmeckte. Friederike hatte ihm erzählt, sie sei eine ausgezeichnete Köchin.

Er würde sich dieser Familie nicht aufdrängen.

Endlich kam seine Freundin aus dem Bad. Sie trug einen weißen Bademantel und hatte ein Handtuch um den Kopf geschlungen. Langsam nahm sie Hauke das halb leere Grogglas aus der Hand und trank einen Schluck.

»Oha! Schon wieder so eine starke Mischung.« Dazu lächelte sie ihn an.

Normalerweise hätten seine Sinne jetzt auf sie reagiert. Der Duft ihrer Haut, das Blitzen in ihren Augen, das rechte Bein, das nackt unter dem Bademantel hervorlugte. Doch seltsam, in ihm regte sich nichts.

»Ich gehe dann auch mal schnell duschen«, sagte er und wandte sich ab.

»Okay.« In diesem einen kleinen Wort schwang Enttäuschung mit, aber vielleicht bildete er sich das auch nur ein.

Tatsächlich ließ er sich auch sehr viel Zeit im Badezimmer und war regelrecht erleichtert, als er später sah, dass Friederike auf dem Sofa eingeschlummert war.

16

Alles ist gut – oder?

Sorgsam beobachtete Nella ihre Nichte. Katharina schien nach ihrem Abenteuer noch ein wenig müde zu sein, aber ansonsten war sie fröhlich wie immer. Sie ging neben ihrem Uropa in die gute Stube und lachte über irgendeinen Witz, den er ihr zuraunte.

»Nee!«, rief sie fröhlich. »Ich glaube schon ewig lange nicht mehr an den Osterhasen. Auch nicht an den Weihnachtsmann oder den Nikolaus. Das ist nämlich immer Papa. Er trägt sogar jedes Mal dasselbe Kostüm. Nur einmal hat er einen braunen Sack mit Geschenken und einmal einen schwarzen.«

Nella wunderte sich. Als warmherzigen Vater, der sich seinen Kindern zuliebe verkleidete, hatte sie Torben nie gesehen. Andererseits – was wusste sie schon über sein Familienleben? Im Grunde war Torben ein prima Kerl, der gut mit Kindern umgehen konnte. Schließlich hatte er als Kinderarzt täglich mit ihnen zu tun.

»Aber ich habe vorhin trotzdem die Schokoladeneier im Garten gesucht«, fuhr Katharina fort. »Er hat sich so viel Mühe mit dem Verstecken gemacht. Ich hoffe nur, ich habe alle gefunden.«

Ein Kloß bildete sich in Nellas Hals. Wenn es ihr bisher vielleicht noch nicht hundertprozentig klar gewesen war, so wusste sie jetzt mit absoluter Sicherheit: Diese Familie gehörte zusammen. Hoffentlich überwanden Torben und Karen ihre Probleme.

Katharina lachte erneut, sie war tatsächlich völlig wiederhergestellt.

Gott sei Dank, dachte Nella. Alles war gut. Sie selbst war in der vergangenen Nacht bald jede halbe Stunde aus einem unruhigen Schlaf aufgeschreckt. Immer wieder hatte sie sich ausgemalt, was hätte passieren können, wenn sie nicht rechtzeitig zur Stelle gewesen wäre. Katharina hätte tiefer hinein ins Wattenmeer gehen können, die Flut hätte höher steigen können als gewöhnlich …

Am Morgen war Nella nur mit Mühe aus dem Bett gekommen, hatte sich aber gezwungen, den Tag in Angriff zu nehmen. Sie hatte sich klargemacht, dass an diesem Ostersonntag etwas Entscheidendes in ihrer Familie geschehen würde, und sie durfte nicht fehlen. Otto würde mit seinem Anliegen herausrücken. Was immer das sein mochte, es verhieß bestimmt nichts Gutes.

In der Küche stieß sie auf Karen, die offenbar schon seit Stunden das Essen zubereitete. Ohne auf deren verblüffte Kommentare zu achten, machte sie sich daran, ein eigenes Gericht zu kochen. Ganz einfach, weil sie sich sicher war, dass Katharina seit dem Drama um das Lamm jegliches Fleisch ablehnen würde. Daher wollte sie für eine Alternative sorgen.

Als sie eine entsprechende Bemerkung machte, runzelte Karen ärgerlich die Stirn. »Katharina liebt meine gefüllte Kalbsbrust. Sie ist nämlich nicht wie andere Kinder, die bloß Nudeln, Pommes und Burger wollen, sondern eine echte Feinschmeckerin. Ich bereite dazu eine Farce aus Schalotten, Eiern, Gehacktem und verschiedenen Kräutern zu. Darauf ist sie ganz wild.«

Nella enthielt sich lieber eines Kommentars.

Als das heftige Gewitter niederging, zuckte sie mehrmals zusammen, arbeitete aber verbissen weiter. Ihre Gedanken rasten zurück zum Vorabend, und ein Schauder lief ihr den Rücken hinunter. Was wäre geschehen, wenn es gestern schon so stark geregnet hätte? Wie hätte sie Katharina unter solchen Bedingungen finden sollen?

Karen dachte offenbar in dieselbe Richtung, denn sie kniff die Augen zusammen und starrte durchs Küchenfenster nach draußen. Dann tauschten die Schwestern einen langen Blick, und Karen formte tonlos das Wörtchen »Danke«.

Inzwischen waren die Vorbereitungen abgeschlossen, das Gewitter hatte sich verzogen, und die Familie war zum Essen gerufen worden.

Nella wollte den anderen gerade folgen, als von der Eingangstür her laut »Hallo!« gerufen wurde. Eine glückliche und zugleich erschrockene Sekunde lang glaubte sie, es wäre Hauke, doch die Stimme war zu hell.

Sie wandte sich um und entdeckte zwei Frauen, die eilig auf sie zukamen. Sie hatten sich nicht die Mühe gemacht zu klingeln, sondern waren einfach in die Diele spaziert. Das war durchaus üblich in dieser Gegend, wie Nella wusste. Der Zeitpunkt jedoch wunderte sie. Um die Mittagszeit am Ostersonntag blieb die Familie normalerweise unter sich. Die Frauen waren um die vierzig, beide blond mit hellen Augen und mehr Fältchen, als eine Städterin in ihrem Alter gehabt hätte.

»Du bist Nella Thiessen, richtig?«, sagte die etwas größere der beiden. »Ich bin Julia Peters, und das hier ist meine Freundin Simone Sturm. Wahrscheinlich kennst du uns nicht mehr, aber wir haben früher manchmal zusammen gespielt.« Womit sich erklärte, warum sie Nella einfach duzte.

Zwar konnte Nella sich nicht an die beiden Frauen erinnern, sagte aber höflich: »Freut mich.«

Sie schüttelte zwei von der Feldarbeit rau gewordene Frauenhände. »Was kann ich für euch tun?«

»So einiges, hoffentlich«, sagte Simone und kicherte.

Ihre Freundin warf ihr einen tadelnden Blick zu. »Eins nach dem anderen.« Sie wandte sich wieder an Nella. »Wir haben gehört, du verkaufst gewisse Dinge.«

Hui, dachte Nella. Das hatte aber schnell die Runde gemacht! Es gab nur eine mögliche Quelle. Maximilian musste Opa Otto von seinem Fund berichtet haben, und der hatte die Kunde flugs im Ort verbreitet.

Unsicher blickte sie von einer Frau zur anderen. Sie wusste nicht, was sie von den beiden zu erwarten hatte. Womöglich eine Moralpredigt? Eine unrühmliche Vertreibung aus Friedrichskoog? Na gut, das war vielleicht ein bisschen übertrieben. Trotzdem fühlte sie sich unwohl.

Zu ihrer Erleichterung bemerkte sie in Julia Peters' Mundwinkeln ein belustigtes Zucken.

»Stimmt es also?«, fragte sie.

»Ja«, gab Nella vorsichtig zu. »Ich präsentiere und verkaufe Reizwäsche und Spielzeug für Erwachsene. Das ist ein ganz seriöser Job.«

Die Augen der beiden Frauen leuchteten auf.

»Das wird endlich mal eine vernünftige Eiersuche zu Ostern«, bemerkte Simone und lachte los. Ihre Freundin stimmte in ihr Lachen ein, und Nella musste sich anstrengen, ernst zu bleiben.

»Wir haben uns hin und wieder was im Internet bestellt«, berichtete Simone in vertraulichem Tonfall. »Aber das war nix Ordentliches. Wir haben auch nicht immer verstanden, wie die Dinger funktioniert haben.«

»Dafür bin ich ja da.« Nella war erleichtert, dass die beiden ihr nicht an den Kragen wollten, und nun war sie gern bereit, ihnen zu helfen.

»Super«, sagte Simone. »Mit der Post ist das nämlich sowieso schwierig. Einmal hat mein Schwiegervater so ein Päckchen aufgemacht, weil er auf Ersatzteile für die Melkmaschine gewartet hat. Das war echt peinlich.«

»Was war denn drin?«, erkundigte sich Nella.

»Zum Glück nur Reizwäsche und ein rotes Lackleder-kleid. Aber mein Schwiegervater steckt mir bis heute immer mal wieder fünfzig Euro zu, damit ich bloß nicht anschaffen gehen muss.«

Nella prustete los, und auch die anderen beiden konnten nicht mehr an sich halten. Erst als sie alle drei wieder ruhig atmeten, fragte Julia Peters: »Wann?«

»Na ja«, meinte Nella vorsichtig. »Normalerweise brauche ich ein bisschen Vorlauf. Die Verkaufsveranstaltungen finden im Wohnzimmer einer Gastgeberin statt.

Sie bekommt dafür dreißig Prozent Rabatt auf sämtliche Artikel. Sofern es ihr gelingt, mindestens fünfzehn interessierte Kundinnen für den Abend einzuladen. Üblicherweise dauert das ein paar Tage oder auch Wochen. Dann muss sie Getränke und Snacks bereitstellen. Ich brauche eine Kleiderstange mit Rollen und …«

Mit erhobener Hand wurde sie von Julia unterbrochen. »Heute Abend punkt sieben Uhr bei mir. Und es werden mehr als fünfzehn Frauen da sein. Darauf kannst du dich verlassen.«

Überrumpelt nickte Nella. Wenn sie ohnehin morgen abreiste, überlegte sie schnell, konnte es ihr auch egal sein, ob sie einen Skandal auslöste. Ein bisschen mulmig wurde ihr nur, als sie an Hauke dachte. Aber sie schob den Gedanken schnell zur Seite. Hauke war nicht ihr Freund, es hatte ihn nicht zu interessieren, was sie tat.

»In Ordnung«, sagte sie und ließ sich die Adresse geben. Julia bestand noch darauf, dass sie nicht nur die dreißig Prozent Rabatt bekommen würde, sondern sich zusammen mit Simone auch zuerst etwas aus dem Angebot aussuchen dürfe.

»Dein Zeug wird bestimmt weggehen wie warme Semmeln, und wir wollen nicht warten, bis die Bestellungen irgendwann per Kurier eintreffen. Unsere Kinder werden zu den Großeltern verfrachtet, und unsere Kerle sollen heute Nacht mal an was anderes als an Kohlköpfe, Raps und die Schafschur denken.«

Lachend verabschiedeten sie sich und verschwanden, um bei ihren Familien wieder als treu sorgende Ehefrauen und Mütter aufzutreten.

Kopfschüttelnd betrat Nella schließlich die »groot Döns«. Es war wie ein Sprung zurück in der Zeit. In dieser großen Stube sah es noch genauso aus wie in den Jahren, als Johanna mit ihren Eltern in diesem Haus gelebt hatte. Mal abgesehen von einem langen Tisch aus dunkel gebeizter Eiche, der einen Großteil des Raums einnahm. Aber die niedrige bemalte Holzdecke war zweihundert Jahre alt, und dort, neben dem Kamin, stand die schmucklose Sitzbank, unter der einst die Stubenküken aufgezogen worden waren. So hoch war sie, dass die Füße nicht den Boden erreichten, wenn man darauf saß. So konnte kein Küken zertreten werden.

»Komische Bank«, murmelte Maximilian, der dicht hinter ihr war. Sein Gesicht wirkte grau, er hatte offensichtlich die Kopfschmerzen seines Lebens.

Geschieht ihm recht, dachte Nella mitleidslos und klärte ihn dann auf. »Hier brannte früher in den Wintermonaten den ganzen Tag ein Feuer im Kachelofen. Selbst nachts ging die Glut nie aus. So war die Stube neben der Küche der einzige warme Raum im ganzen Haus.«

»Aha«, meinte ihr Neffe lustlos. »Und was hat das mit der Sitzbank zu tun?«

Nella sah sich nach Torben um. Vielleicht wollte er ihr ja wieder zuvorkommen und seinen Sohn mit dem eigenen Wissen beeindrucken. Aber er schien abgelenkt, ging nur in der Diele auf und ab und warf seiner Frau, die zwischen Stube und Küche hin und her eilte, lange nachdenkliche Blicke zu.

Also fuhr sie fort: »Das ist eine Hühnerbank.«

»Was?«

Sie grinste. »Schon mal was von Stubenküken gehört?«

»Nee.«

»Im Unterteil dieser hölzernen Sitzbank am Ofen konnten die Glucken ihren Nachwuchs ausbrüten«, erklärte sie ihrem Neffen. »In der kalten Jahreszeit hätten die Küken im Stall nicht überlebt. Sie waren sehr wertvoll und wurden von den Bauern gehätschelt.«

Maximilian verzog angeekelt das Gesicht. Offenbar stellte er sich vor, er müsse nun ebenfalls sein Zuhause mit Nutztieren teilen.

Nella grinste und fuhr fort: »Deine Urgroßmutter Johanna hat mir mal erzählt, sie und ihre Geschwister hätten als Kinder immer scharf aufpassen müssen, damit sie nicht auf eins der Küken traten, die zu Dutzenden in der Döns herumliefen. Dann setzte es was mit der Suppenkelle. Die Küken wurden mit kleinen Sprotten gefüttert oder auch mit Krebs- und Muschelfleisch. Das gab es früher im Wattenmeer in Hülle und Fülle.«

Bei der Erwähnung von Nahrung wurde Maximilian noch ein bisschen grauer im Gesicht und schluckte schwer.

Nella gluckste vergnügt und ließ ihn für den Augenblick in Ruhe.

Opa Otto hatte bereits am Kopfende des Tisches Platz genommen. Die große Tischdecke war mit traditionellen bunten Ostermotiven bestickt. Hasen hoppelten mit Körben voller Eier darüber, hübsche Schäferinnen hüteten ihre Lämmchen. Nella erinnerte sich, dass dies eine Arbeit ihrer Urgroßmutter Reeke gewesen war. Auch das

Porzellangeschirr war schon viele Jahre alt, hie und da wiesen ein Teller oder eine Schüssel kleine Sprünge auf. Das Besteck war versilbert und von Generation zu Generation weitergegeben worden. Die Kristallgläser hatten ebenfalls die Jahrhunderte überlebt, wenigstens die meisten von ihnen. Führer waren die Bauern im Dithmarscher Land wohlhabende Leute gewesen. Mochten ihre Vorfahren dem Meer in harter Arbeit ihre Wiesen, Weiden und Äcker abgetrotzt haben – den Kindern und Kindeskindern ging es später ausgesprochen gut auf ihren fruchtbaren Schollen. Sie konnten kaum so schnell ernten, wie die Äcker ihre Früchte hergaben.

Eine große Blumenvase in der Mitte des Tisches war mit einem herrlichen Strauß Osterglocken bestückt. Das musste Karens Werk sein, und Nella wollte ihr einen Dank zurufen. Allerdings war ihre Schwester schon wieder in Richtung Küche verschwunden.

Sie sah sich weiter um und erinnerte sich an die vielen Tage, die sie früher hier verbracht hatte, wenn das Wetter zu schlecht gewesen war, um draußen zu spielen. An einer Seite des Raumes waren zwei Alkoven eingelassen, in denen die Bauersleute einst geschlafen hatten. Johanna hatte darin gemütliche Sitzecken mit weichen Kissen und dicken Wolldecken geschaffen. Und die Wände waren noch immer etwas ganz Besonderes.

»In welchem Jahrhundert bin ich denn gelandet?«, erkundigte sich Maximilian staunend. Seine schlechte Laune schien wie weggewischt. »Und wieso sieht es an der Wand da aus wie in einem Badezimmer?«

Nella grinste. »Das ist eine alte Tradition«, erklärte

sie dann. »Die Stubenwände wurden mit weiß-blauen Kacheln aus Holland belegt, um den Raum trocken zu halten. Und schau mal«, sie streckte den Arm aus, »auf denen dort wird die Schöpfungsgeschichte dargestellt. So waren nämlich die Bauern, die häufig nicht lesen konnten, sprichwörtlich im Bilde.«

»Cool«, sagte Maximilian. »Olle Kacheln statt Streaming. Hat was.«

Nella bemerkte, dass einige der Kacheln beschädigt waren. Sie wiesen Risse auf, oder es fehlten ganze Stücke. Vielleicht fand sich ja ein Handwerker, der die kaputten Stellen reparieren konnte. Es wäre schade um das Erbe ihrer Vorväter, fand sie. Gleichzeitig wunderte sie sich über sich selbst. Seit wann lag ihr etwas am Erhalt des alten Friesenhauses?

Seit du dir den schicken Tierarzt angeln willst, sagte eine kleine fiese Stimme in ihrem Kopf. Nella klopfte sich gegen die Schläfen und brachte sie zum Schweigen. Möglicherweise gab es auch einen anderen Grund. Ihr fehlte das Gefühl, irgendwo wirklich zu Hause zu sein. Und wo hätte sie es besser finden können als in Friedrichskoog?

Nella begriff, dass es ein Fehler gewesen war, so lange fortzubleiben. Dies war der einzige Ort auf der Welt, an dem sie sich wirklich wohlfühlte.

Katharina hatte sich über Eck zu ihrem Urgroßvater gesetzt und betrachtete nun neugierig die verschiedenen Schüsseln auf dem Tisch. Kartoffeln, grüne Bohnen und Salat waren ihr natürlich bekannt, aber eine mit einem Deckel geschlossene Auflaufform erregte ihre Neugierde.

»Was ist denn da drin?«, fragte sie.

Maximilian, der ihr gegenüber Platz genommen hatte, grinste boshaft. Aber bevor er etwas sagen konnte, verpasste Nella ihm eine Kopfnuss, ging um den Tisch herum und setzte sich neben Katharina. »Das habe ich zubereitet«, erklärte sie. »Ist eine Überraschung.«

Die Kleine blieb misstrauisch. »Wird mir das denn schmecken?«

»Oh ja. Da bin ich mir ziemlich sicher.«

Karen kam mit dem großen Fleischtopf herein und stellte ihn auf den Tisch. Prompt zog Katharina die Mundwinkel nach unten.

»Ich esse keine Tiere.« Und, als sie das Gericht anhand seines Duftes und seiner Form erkannte, fügte sie hinzu: »Und besonders keine Tierkinder.«

Verblüfft ließ sich Karen auf den Stuhl neben Maximilian sinken und sah hilfesuchend ihren Mann an. Torben, der in diesem Moment am anderen Ende des Tisches Platz nahm, blickte seinerseits zu Opa Otto.

»Was hast du dem Kind eingeredet?«

»Ich?« Otto machte ein unschuldiges Gesicht. »Überhaupt nichts.«

»Das glaube ich nicht. Erst schenkst du ihr das blöde Lamm, und dann machst du sie zur Vegetarierin.« An seiner Schläfe pulsierte eine Ader.

»Irrtum, junger Mann. Ich habe nichts dergleichen getan. Und das Lamm habe ich ihr nicht schenken dürfen, weil du es nicht willst.«

Bevor ihr Schwager explodieren konnte, mischte sich Nella ein: »Für alle, die heute auf Fleisch verzichten möchten, habe ich einen Paranussbraten zubereitet.«

»Wat is dat?«, fragte Opa Otto.

»Blätterteigpastete mit einer Füllung aus gehackten Paranüssen, Zwiebeln, Brotkrumen und Gewürzen. Dazu gibt es eine Preiselbeersoße.«

»Ich verzichte«, erklärte Opa Otto schnell.

Typisch, dachte Nella ein wenig beleidigt. Er tat gern weltoffen, aber letztlich handelte er nach dem Motto: Wat de Buur nich kennt, dat frett he nich.

Prompt ließ er sich von Karen großzügig von dem Fleisch auftun, aber sowohl Katharina als auch Maximilian wollten unbedingt Nellas Nussbraten probieren. Maximilian aß vorsichtig und seufzte erleichtert, als die paar Happen nicht wieder hochkamen. Katharina war begeistert, Karen nun auch beleidigt, einzig Torben aß neutral von beiden Gerichten und wirkte, als würde er überhaupt nicht schmecken, was er da zu sich nahm. Er schien mit seinen Gedanken weit weg zu sein. Um ihre Schwester zu besänftigen, nahm sich Nella von der Kalbsbrust.

Das Gewitter draußen ließ endlich nach, und bald hörte es auch auf zu regnen.

»Vielleicht können wir nachher alle einen Spaziergang machen«, schlug Karen vor. In ihrer Stimme schwang die Hoffnung mit, dass dies am Ende ein ganz normales Osterfest im Kreise der Familie sein würde. Maximilian wollte etwas sagen, wurde von seinem Vater aber mit erhobenem Zeigefinger sogleich zum Schweigen gebracht. Das Donnerwetter seiner Eltern musste heftig gewesen sein, erkannte Nella. Noch war der Junge ordentlich eingeschüchtert.

»Darf ich Wolf mit auf den Spaziergang nehmen?«, fragte Katharina.

Karen schüttelte den Kopf. »Lieber nicht. Das Lamm hat für genug Aufregung gesorgt.«

In Katharinas Augen sammelten sich Tränen.

Nella legte ihr schnell einen Arm um die schmalen Schultern.

»Ich kann es ja mitnehmen«, schlug sie vor. Karens scharfen Blick ignorierte sie.

Letztlich aber war es Opa Otto, der den Spaziergang vereitelte. Am Ende dieses Mittagessens war nämlich niemand mehr in der Stimmung, gemeinsam loszulaufen.

Es begann ganz harmlos. Opa Otto behauptete, das Lamm sei nicht ganz auf der Höhe.

»Vielleicht sollten wir den Tierarzt anrufen.« Dabei zwinkerte er Nella zu.

Sie verstand nicht. Was sollte das? »Willst du mich etwa mit Hauke Johannsen verkuppeln?«

Das Zwinkern wurde stärker, hatte fast schon etwas Zwanghaftes.

»Vergiss es, Opa. Das hat Papa schon versucht, aber daraus wird nichts.« Sie hätte einfach erklären können, dass sie keinerlei Gefühle für Hauke hegte, aber das bekam sie nicht über die Lippen. Sie wusste, sie war eine miserable Lügnerin. Also erinnerte sie die Anwesenden daran, dass der Tierarzt eine feste Freundin habe.

Katharina und Maximilian hörten zum Glück nicht zu. Das Mädchen war mit Essen beschäftigt, der Teenager schien vor sich hin zu dösen.

»Eben deshalb musst du ihn dir schnell schnappen«, sagte Opa Otto ungerührt. »Ich habe nämlich gehört, er will uns verlassen.«

Nella verspürte einen heftigen Stich in der Magengegend. Ihr Herz setzte einen Schlag aus, es stand offenbar unter Schock. »Was soll das heißen?«

»Unser Tierarzt wird von Friedrichskoog nach Berlin zu seiner Freundin ziehen. Das wird ein herber Schlag für unseren Ort sein. So einen wie ihn finden wir so schnell nicht wieder. Mir wird er ganz besonders fehlen. Wenn ich Glück habe, bekomme ich nämlich auch mal eine Spritze von ihm …« Er verlor den Faden, während seine vom Alter getrübten Augen sehnsuchtsvoll schimmerten.

Nella war es, als täte sich der Boden unter ihren Füßen auf.

Dieser Schuft!, dachte sie. Küsst mich und hält mich im Arm, dabei weiß er schon, dass er fortgehen wird. Sie fühlte sich belogen und betrogen. Keine Sekunde zweifelte sie am Wahrheitsgehalt von Ottos Worten.

»Dir kann das doch egal sein«, sagte Karen zu ihr. »Was interessiert dich der Mann?«

Nella zwang sich, eine neutrale Miene aufzusetzen. »Ganz genau. Morgen bin ich wieder weg.« Dummerweise schwang ein hysterischer Ton in ihrer Stimme mit, den sie sogar selbst hören konnte.

Torben sah sie eine Weile an. »An deiner Stelle würde ich mir deshalb keine großen Sorgen machen«, sagte er ruhig.

»Wieso?«

Aber er gab keine weitere Erklärung dazu ab. Ob er ihr nur etwas Nettes sagen wollte, weil sie gestern seine Tochter gerettet hatte, oder ob er über irgendwelche Erkenntnisse verfügte, war nicht auszumachen.

Nella fühlte sich jedenfalls kein bisschen getröstet, sondern wäre am liebsten auf der Stelle abgereist. Ihr wurde bewusst, was sie seit dem gestrigen Kuss zu verdrängen versucht hatte: Schon im ersten Moment, bei ihrem Zusammenprall im Café, hatte sie sich Hals über Kopf in Hauke verliebt. Leugnen war zwecklos.

Das Schicksal hatte sich ziemlich viel Mühe gemacht, sie beide zusammenzubringen. Zwei ungeplante Begegnungen hatte es arrangiert. Zu dumm, dass das Schicksal auch ein gemeiner Verräter war.

Nella unterdrückte ein Schluchzen. So sehr war sie mit ihrem Kummer beschäftigt, dass sie erst nach einer Weile wieder dem Tischgespräch folgte. Sie verstand nicht, worum es ging.

»Sei du mal lieber still«, sagte Opa Otto soeben streng zu Karen. »Das hier geht dich gar nichts an.«

Niemand sagte mehr etwas. Alle starrten Otto an.

17

Torben versteht

Karen fand zuerst ihre Stimme wieder. »Was soll das heißen?«, herrschte sie Opa Otto an. »Wenn es hier etwas Wichtiges zu besprechen gibt, geht mich das sehr wohl etwas an.« Sie starrte von Opa zu Nella. »Immerhin habe ich alle zusammengehalten, und ich habe eine neue, frische Generation auf die Welt gebracht.« Es klang wie eine Waschmittelwerbung.

Nella war zwar ein bisschen beleidigt, blickte aber interessiert zu Maximilian und Katharina. Ihr Neffe wirkte alles andere als frisch, aber ihre süße Nichte hatte das Zeug dazu, die neue Generation zu vertreten. Nur im Augenblick sah sie sich ängstlich um und wünschte sich offenbar weit weg. Nella konnte sie gut verstehen. Die Zänkereien zwischen ihren Eltern hatten der Kleinen schon genug zugesetzt.

»Wenn du willst«, flüsterte sie ihr zu, »kannst du in den Stall zu deinem Lamm gehen. In der Küche steht ein frisches Fläschchen bereit.«

»Muss ich nicht Mama oder Papa um Erlaubnis bitten?«

»Ach was, die sind mit was anderem beschäftigt.«

Dankbar rutschte Katharina vom Stuhl und schlich sich nach draußen. Ihr Bruder war der Einzige, der ihren Abgang bemerkte. Neidisch sah er ihr nach. Gleichzeitig schien er neugierig auf Ottos Enthüllungen. Schließlich siegte jedoch die Müdigkeit nach der gestrigen Haschisch-Sause, und er verkündete: »Mir ist nicht gut. Ich glaube, ich muss mich hinlegen.«

Niemand außer Nella beachtete ihn, also nickte sie ihm kurz zu, und auch er verschwand. Gut so, dachte sie. Sie wusste zwar immer noch nicht, worum es ging, aber ein sicheres Gefühl sagte ihr, dass die Kinder besser außer Hörweite waren.

»Antworte mir!«, schrie Karen im nächsten Augenblick.

Erschrocken zuckte Nella zusammen, aber ihre Schwester war noch immer auf Opa Otto konzentriert. Der schien mit sich zu ringen, schüttelte aber schließlich so heftig den Kopf, dass sein weißes Haar wie eine Wolke um sein Gesicht flog.

»Hab schon zu viel geschnackt.«

»Das liegt an den Drogen«, sagte Torben ruhig. »Die zerstören die Gehirnzellen. Nach so vielen Jahren dürften nicht mehr viele übrig sein. Und für Schrumpfhoden sorgen sie übrigens auch.«

Letzteres war eindeutig an die Adresse seines Sohnes gerichtet. Maximilian stand noch in der Tür, fasste sich bei den Worten unwillkürlich in den Schritt und flüchtete dann. Torben zeigte ein zufriedenes kleines Lächeln.

Opa Otto blinzelte überrascht, donnerte jedoch gleich darauf los: »Meine Hoden gehen dich einen feuchten Kehricht an, junger Mann!«

Allerdings stand ihm die Sorge ins Gesicht geschrieben. Nella fragte sich, um welchen Körperteil er sich wohl mehr sorgte, um den im Kopf oder den weiter unten. Letztlich entschied er dann offenbar, dass es in seinem Alter auf beide nicht mehr so besonders ankam, denn er feixte fröhlich vor sich hin.

Karen hatte den Wortwechsel ignoriert. Sie starrte weiterhin Opa Otto an. »Bin ich etwa unsichtbar?«

»Na ja, in gewissem Sinne schon.«

»Was?«

Aber jetzt presste der alte Mann fest die Lippen zusammen. Es war klar, dass er nichts mehr preisgeben würde.

Karen sprang so heftig auf, dass der Stuhl hinter ihr mit lautem Klappern umfiel. Es kümmerte sie nicht.

»Ich gehe spazieren!«, sagte sie, und es klang wie eine Drohung. »Wenn ich zurückkomme, erwarte ich, vollständig aufgeklärt zu werden.«

Logisch war das nicht, fand Nella. Ihre Schwester hätte sofort auf einer Erklärung bestehen sollen. Aber dann sah sie die Panik in Karens Augen und begriff, sie war nicht sie selbst. Kurz überlegte Nella, ob sie mit ihr gehen sollte, aber ihr fehlte die Energie dazu. Alles wurde ihr auf einmal zu viel, und sie wünschte, sie wäre nie hergekommen. Sie könnte zu Hause in ihrer Wohnung sitzen, ein paar Serien schauen und ihre Ruhe haben. Sie müsste sich nicht mit den diversen Problemen ihrer Familie auseinandersetzen, und ihr Herz würde in ruhigem Takt schlagen.

Aber da sie nun einmal hier war und ihre Schwester

offensichtlich überfordert war, verlangte sie mit klarer Stimme: »Kann mir mal einer sagen, was hier eigentlich genau los ist?«

Opa Otto erhob sich nun auch. »Kinners, lasst uns nachher weiterreden. Ich gehe man 'n büschen auf 'n Dachboden.« Was er dort oben vorhatte, war klar.

»Antworte mir!«, rief Nella.

»Später.«

Sie gab auf. Otto war stur. Im Augenblick würde sie nichts aus ihm herausbekommen.

»Wehe, du nimmst Maximilian mit«, drohte Torben.

»Nicht nötig. Der Junge ist kuriert. Ein bisschen Dankbarkeit hätte ich schon erwartet.«

Bevor Torben sich eine Antwort überlegen konnte, war er fort.

Auch Nella wollte sich verdrücken, aber zu ihrer Überraschung bat Torben sie zu bleiben.

»Es gibt da etwas, das du erfahren solltest«, begann er und spielte mit seinem unbenutzten Dessertlöffel.

Ihr fiel ein, dass im Kühlschrank eine große Schüssel Rote Grütze stand. Bei dem Stress hatten sie die Nachspeise völlig vergessen.

»Ich weiß nicht«, gab sie zurück. »Vielleicht sollte ich mich in eure Eheprobleme lieber nicht einmischen.« Außerdem brannte sie im Augenblick nur darauf, hinter Ottos Geheimnis zu kommen.

Torben zog die Brauen zusammen. Einen Moment lang hatte sie den Eindruck, er habe über etwas ganz anderes mit ihr reden wollen, aber nun sah er sie aufmerksam an.

»Was hat Karen dir erzählt?«

»Torben, ehrlich, ich finde …«

»Bitte, Nella. Sprich mit mir. Du bist der einzige Mensch, dem sie vertraut.«

»Echt jetzt?« Sie überlegte, ob sie geschmeichelt oder entsetzt sein sollte. »Ich dachte, das wärst du.«

Sein Mund verzog sich zu einem schmerzhaften Lächeln. »Das war einmal. Ist lange vorbei.«

»Oh.«

»Überrascht dich das?«

»Ähm, ja.«

»Wirklich?« Er schien ungläubig.

»Ja«, sagte sie mit Entschiedenheit. Was glaubte er eigentlich? Dass Karen und sie täglich stundenlang telefonierten und sich all die großen und kleinen Geheimnisse ihres Lebens anvertrauten? Dass sie sich mindestens einmal pro Woche trafen, um ihr wunderbares schwesterliches Verhältnis zu pflegen? Lebte er auf dem Mond?

»Lebst du auf dem Mond?«

Upps, das hatte sie nicht laut sagen wollen.

»Wie bitte?«

Ach, egal, dachte Nella. Wenn das hier die Stunde der Wahrheit werden würde, dann sollte es ihr recht sein.

»Karen und ich haben uns nicht immer gut verstanden. Ist dir das noch nie aufgefallen?«

»Nein. Karen spricht nur in den höchsten Tönen von dir.«

Das machte sie glücklich, und sie sagte: »Unser Verhältnis hat sich sehr gebessert.« Den Zeitraum von wenigen Tagen, indem dies geschehen war, behielt sie für sich.

»Und sie bewundert dich«, fügte Torben hinzu.

»Im Ernst?«

»Ja. Manchmal glaube ich sogar, sie beneidet dich ein wenig.«

Nella geriet ins Grübeln. Diesen Eindruck hatte sie auch schon gehabt. Trotzdem. Es passte nicht in ihre Rollenverteilung. Hier die strebsame Perfektionistin Karen, dort die rebellische Chaotin Nella.

Torben stieß mit dem Dessertlöffel gegen sein Wasserglas. Fast so, als wollte er eine Rede halten.

»Um ehrlich zu sein, weiß ich auch nicht, was ihr fehlt. Sie hat alles, was sie sich immer gewünscht hat. Aber ausgerechnet dich beneidet sie. Worum auch immer.«

Eingeschnappt gab Nella zurück: »Vielleicht um meine Freiheit, um die tollen Männer, die mir über den Weg laufen, und um die Überraschungen, die das Leben mir jederzeit bietet.«

Hm, dachte sie, das klingt viel besser als gescheiterte Existenz und fremdgehende Ex-Freunde.

»Das wird es sein«, erwiderte Torben ruhig. »Bitte entschuldige, ich wollte dich nicht verletzen.«

»Hast du nicht.« Hatte er doch, brauchte er aber nicht zu wissen.

»Bitte«, hob er wieder an. »Was hat Karen dir erzählt? Ihr habt doch bestimmt in diesen zwei Tagen hier miteinander gesprochen.«

»Wieso interessiert dich das so sehr?« Nella war immer noch eingeschnappt.

»Ich muss es wissen«, beharrte er.

»Vielleicht solltest du ihr einfach ein wenig Privatsphäre gönnen.«

»So viel sie will. Aber ich will vorbereitet sein, falls sie vorhat, mich zu verlassen.«

Nella musste an Katharina und deren Ängste denken. Sie schluckte einen Kloß im Hals hinunter.

»Du solltest mir erst mal erzählen, was mit dir und Charlene ist.«

»Mit wem?« Die Überraschung in seinen Augen war echt. Das konnte niemand spielen.

Nella schwieg trotzdem und wartete mit bangem Herzen, was Torben dazu zu sagen hatte. Als er beharrlich schwieg, hakte sie nach. »Charlene ist eine eurer Sprechstundenhilfen.«

»Das weiß ich natürlich. Aber ich verstehe den Zusammenhang nicht.«

»Ach nein?«

»Absolut nicht.«

»Ich helfe dir mal auf die Sprünge. Karen sagt, sie hat euch oft dabei beobachtet, wie ihr miteinander redet, fröhlich seid und euch tief in die Augen seht.« Sie stutzte. Letzteres hatte sie hineininterpretiert.

Torben sah sie überrascht an, dann lachte er los. Es war kein fröhliches, ausgelassenes Lachen, wie sie es vorhin von den beiden Landfrauen gehört hatte. Es klang vielmehr, als hätte er verlernt, wie man lachte, und müsste es erst wieder üben.

Prompt wurde er wieder ernst und sagte: »Wir schauen einander nicht tief in die Augen. Das ist Blödsinn. Aber

Charlene ist außerordentlich amüsant, und es tut mir gut, manchmal fröhlich zu sein und einfach eine Runde zu plaudern. Zu Hause ist das in letzter Zeit nämlich nicht mehr möglich.«

Nella ließ die Information einen Moment sacken, bevor sie nachfragte: »Du bist also nicht in Charlene verliebt? Du hast kein Verhältnis mit ihr? Du triffst sie nicht heimlich in einem Hotelzimmer? Du entfesselst mit ihr nicht deine heimliche Leidenschaft? Du spielst mit ihr keine wilden erotischen Spiele?«

Torbens Augen wurden schmal. »Ich fürchte, dein neuer Job färbt auf dich ab, Nella.«

Tja, erwischt, dachte sie. Ob er es von Opa Otto oder von seiner Frau gehört hatte, war eigentlich egal. Sie fragte sich, was Hauke wohl dazu gesagt hatte, als er es erfuhr. Denn natürlich wusste auch er nun Bescheid, so wie der ganze Ort. Aber er ging ja fort. Nach Berlin. Da konnte ihr seine Meinung gleich sein.

Weil Nella schwieg, fuhr Torben fort: »Ich tue nichts dergleichen mit einer fünfundzwanzigjährigen Angestellten.«

»Okay, aber vielleicht ist sie ja in dich verknallt. Der gut aussehende Doktor und so weiter.«

»Unsinn. Charlene ist verlobt und wird demnächst heiraten. Sie liebt ihren Zukünftigen über alles, außerdem erwartet sie Zwillinge.«

»Oha!«

Selten hatte sich Nella so alt gefühlt wie in diesem Augenblick. Wenn ihre ältere Schwester einen Ehemann und Kinder hatte, war das eine Sache. Sie konnte sich einreden, sie selbst hätte ja noch reichlich Zeit. Aber von einer Mittzwanzigerin zu hören, die schon fast mitten im bunten Familienleben stand, war niederschmetternd. Selbst wenn sie mit dieser Charlene gar nichts zu tun hatte und ihr alles Glück der Welt wünschte – es traf sie tief.

Endlich konzentrierte sie sich wieder auf das eigentliche Thema. »Und Karen weiß davon?«

»Nein. Ich wollte ihr nach Ostern sagen, dass wir uns bald nach einer Aushilfe umsehen müssen.«

»Vielleicht hättest du es ihr schon früher erzählen sollen. Sie hätte sich weniger Sorgen gemacht.«

Torben rieb sich über das Kinn. »Erstens weiß ich es selbst erst seit gut zehn Tagen, zweitens hatte ich keine Ahnung von dem, was Karen sich da zusammengereimt hat.«

»Ach so«, meinte Nella lahm. Sie schämte sich ein bisschen, weil sie Karen in ihrem Verdacht auch noch bestärkt hatte.

»Es ist ganz einfach«, erklärte Torben. »Mit Charlene kann ich fröhlich sein. Das vermisse ich in meiner Familie. Außer Katharina habe ich zu Hause niemanden, mit dem ich mal ein bisschen lachen kann.«

Das klang so traurig, dass Nella sich ganz niedergeschlagen fühlte.

»Es wird immer schlimmer mit ihr«, fuhr Torben fort. »Bis vor ein paar Jahren ging es bei uns noch recht locker zu. Klar, Karen hat immer darauf geachtet, dass die Kinder ordentlich angezogen waren und sich zu benehmen wussten. Auch unsere Villa war stets picobello, aber es bedeutete nicht gleich den Weltuntergang, wenn es mal ein paar Dreckspuren im Flur gab oder wenn Maximilian mit seinen Kumpels im Garten beim Zelten Rabatz machte. Seit der Fehlgeburt erträgt Karen jedoch keinerlei Unordnung mehr. Wehe, ich hinterlasse mit meinem Weinglas mal einen Ring auf dem Sofatisch. Wehe, wenn Katharina mit einem der Tiere fröhlich durchs Haus tobt. Und selbst die fleißige Rosa kann ihr neuerdings nichts mehr recht machen. Sie ist immer so …«

Seine Worte rauschten an Nella vorbei. *Fehlgeburt?* Ihre Schwester hatte eine Fehlgeburt erlitten? Wann? Letztes Jahr? Vorletztes Jahr? In der wievielten Woche? Und warum hatte sie nichts davon gewusst?

Etwas in ihrem Innern knackte. Es fühlte sich an, als würde ihr Herz brechen.

Ach, Karen, dachte sie. Arme, arme Karen. Warum hast du mir nichts davon erzählt? Wir sind doch Schwestern. Ich wäre für dich da gewesen.

Wirklich?, fragte sie sich im nächsten Moment. Wäre sie wirklich für Karen da gewesen? Oder hätte sie die Flucht ergriffen vor ihrer großen Schwester, wie sie es in den letzten zwanzig Jahren meistens getan hatte?

Damit Torben nicht merkte, wie erschrocken sie war, stand sie auf und stellte sich vor die Wand mit den Kacheln. Sie tat, als studierte sie die Schöpfungsgeschichte, und zwang ihre Schultern, nicht zu zucken. Erst nach einem langen Moment wandte sie sich wieder zu ihrem Schwager um.

Torben durfte nicht merken, dass sie von Karens Unglück nichts gewusst hatte. Sie hatte jetzt nämlich einen

Plan, und der konnte nur aufgehen, wenn er weiterhin glaubte, die Schwestern hätten eine innige Beziehung zueinander.

Zwar überlegte sie immer noch, ob es klug wäre, sich einzumischen, aber sie erkannte auch, dass irgendjemand beschlossen hatte, sie sei für die Rettung dieser Ehe zuständig. Na ja, das war vielleicht ein bisschen übertrieben. Aber offenbar sollte sie ihren Teil dazu beitragen, dass die Familie von Tannenberg zusammenblieb.

Sie wandte sich um und packte Torben an seinem vermutlich wundesten Punkt: »Katharina hat große Angst, dass ihr euch trennt.«

Er fuhr zusammen. »Um Himmels willen! Wann hat sie das denn gesagt?«

»Gestern in der Seehundstation.«

Kurz wischte er sich über die Augen. »Meine Kleine. Sie soll nicht traurig sein.«

»Und Maximilian scheint mir auch nicht besonders glücklich zu sein.«

»Das ist die Pubertät.«

»Nein«, entgegnete Nella fest. »Das ist mehr. Der Junge ist wahrscheinlich genauso unglücklich wie seine kleine Schwester. Aber er kann es nicht so zeigen, weil er unbedingt cool sein will.«

»Verdammt!« Torben raufte sich die Haare. »Was soll ich bloß tun? Ich will nicht, dass Karen mich verlässt, und ich will sie auch nicht verlassen. Aber derzeit ist unser gemeinsames Leben kaum noch auszuhalten. Ich hatte gedacht, hier draußen kommen wir alle ein wenig zur Ruhe, aber es passiert ja eine Katastrophe nach der anderen.«

»Versuch doch mal, deine Frau besser zu verstehen.«

»Wie meinst du das?« In seinen Augen hielten sich Hoffnung und Resignation die Waage.

»Du musst endlich hinter Karens Maske schauen. Sie ist nämlich immer gezwungen gewesen, den hohen Erwartungen besonders unseres Vaters Walter zu entsprechen, und das ist sicher ganz schön hart gewesen. Ich selbst hingegen konnte problemlos die Rolle der Rebellin einnehmen. Als ich jung war, habe ich so etwas wie Narrenfreiheit genossen, und von unserem Vater bin ich immer verwöhnt worden.«

»So ist das«, meinte er nachdenklich.

»Ganz genau. Ich habe keine Ahnung, warum, aber ausgerechnet ich bin immer sein Liebling gewesen, obwohl Karen sich so sehr angestrengt hat, um in seinen Augen zu bestehen.«

Torben blickte sie lange an, bevor er etwas sagte. »Das habe ich nicht gewusst.«

»Wahrscheinlich, weil Karen nie etwas in der Richtung geäußert hat.«

»Richtig.«

»Und aus dieser Rolle ist sie auch später nicht mehr rausgekommen. Die … Fehlgeburt war sicher niederschmetternd für sie, und nicht nur wegen des Verlusts. Auf einmal war sie nicht mehr vollkommen, sondern ein fehlbares Wesen. Das hat ihr den Boden unter den Füßen weggezogen.«

»Hat sie dir das gesagt?«

»Hm, mehr oder weniger.«

»Manchmal glaube ich«, sagte er langsam, »sie entwickelt zwanghafte Züge. Ich habe mich während meines Studiums auch für Psychiatrie interessiert und ...«

»Nun mach mal halblang!«, rief Nella erschrocken aus. »Meine Schwester ist kein Psycho! Du musst nur ein wenig Geduld mit ihr haben und vielleicht dafür sorgen, dass sie auch mal wieder ein bisschen Spaß hat.«

Erneut schwieg er lange, dann sagte er: »Das werde ich tun. Für sie, für uns, für die Kinder.«

Nella stieß einen Seufzer der Erleichterung aus. Erschöpft sank sie wieder auf ihren Stuhl. Eheberatung war um einiges anstrengender als eine fünfstündige Wattwanderung!

»Ich gehe mal nach ihr schauen«, sagte Torben und stand auf. »Danke, Nella. Du bist eine wunderbare Schwägerin.«

Sie spürte, wie sie rot wurde, und lächelte verlegen. Im Stillen nahm sie sich fest vor, ihn nie mehr spöttisch den »tollen Torben« zu nennen.

Torben war schon halb draußen, als er sich noch einmal zu ihr umdrehte. »Weißt du vielleicht, was mit eurem Großvater los ist?«

»Kein Stück«, erwiderte Nella.

»Ich fürchte, er redet schon wirr.«

»Glaube ich, ehrlich gesagt, nicht.« Opa Otto mochte manchmal so tun, als wäre er ein wenig senil, besonders, wenn es seinen Zwecken diente, aber auf Nella hatte er in diesen Tagen einen ausgesprochen wachen und geradezu durchtriebenen Eindruck gemacht.

»Was hat er eigentlich genau zu dir gesagt?«

»Nur sinnloses Zeug. Als Mediziner fürchte ich ...«

»Jetzt hör aber mal auf!«, unterbrach sie ihn. »Du bist Kinderarzt, kein Facharzt für Geriatrie. Du weißt auch nicht mehr als wir.«

Torben ließ das unbeantwortet und wandte sich zum Gehen.

Als Nella allein war, begann sie den Tisch abzuräumen. Das Gefühl der Erleichterung wich bald tiefer Traurigkeit. Ein Kind zu verlieren musste grauenvoll sein.

18

Bleib doch

Während Nella mit dem letzten Stapel Teller durch die Diele in Richtung Küche ging, klingelte ihr Handy. Sie stellte ihre Last auf einer Truhe ab und meldete sich. Sie hörte selbst, wie niedergeschlagen sie klang, konnte aber nichts dagegen tun.

»Wo bleibt ihr denn?«, schrie Walter Thiessen. »Wir waren für halb zwei auf Skype verabredet. Ich bin jetzt seit zwanzig Minuten online, aber von euch ist niemand da!«

Nella wunderte sich darüber, wie schnell die Zeit verflogen war, und bat ihren Vater um Verzeihung.

»Das haben wir total vergessen, sorry. Hier war ziemlich viel los.«

»Ach ja? Was denn? Ist der verrückte Alte endlich mit seinem großen Geheimnis herausgerückt?«

»Nein, er … hat nur etwas Seltsames gesagt, das sich keiner erklären kann. Ansonsten war ich damit beschäftigt, die Ehe von Karen und Torben zu retten.«

»Braves Kind. Du hast das Herz auf dem rechten Fleck.«

Sein Lob rührte Nella, und sie fühlte sich schon ein wenig besser.

Dann hakte er nach: »Was genau hat Otto gesagt?«

»Ach, sie haben über irgendwas geredet, und er hat Karen das Wort verboten, weil es sie nichts anginge. Völlig verrückt, oder?«

Ihr Vater antwortete nicht. Wahrscheinlich gab es eine Störung über dem Atlantik. Nella sprach einfach weiter. Es tat ihr gut, über die Spleens des Großvaters zu reden. Das war bekanntes Terrain, dort lauerte keine Gefahr.

»Torben meint, seine Gehirnzellen seien vom vielen Hasch zerstört worden. Wahrscheinlich hat er recht. Aber Karen war ziemlich aufgebracht. Sie meinte so etwas wie, sie sei die Säule der Familie. Dann ist sie wütend aus dem Haus gestürmt, und Torben ist ihr jetzt endlich nachgegangen. Übrigens …«

Nella zögerte. Höchstwahrscheinlich hatte Walter genauso wenig von Karens Fehlgeburt gewusst wie sie selbst, also erübrigte es sich, ihn danach zu fragen. Das Verhältnis zwischen Karen und ihrem Vater war noch schwieriger geworden, seit er nach Teneriffa gezogen war. Oder nein, korrigierte sich Nella im Stillen. Von einem Verhältnis konnte man kaum noch reden. Die zwei schienen praktisch keinen Kontakt mehr miteinander zu haben. Walter zumindest beklagte sich oft bei ihr, dass er viel zu selten etwas von den Enkelkindern höre.

Da sie immer noch lediglich ein fernes Rauschen vernahm, fragte sie ihn danach. Dabei stellte sie fest, dass es sich gut anfühlte, eine Friedensstifterin zu sein.

»Du und Karen, ihr solltet endlich besser miteinander auskommen«, hörte sie durch das Rauschen hindurch. Auf einmal klang die Stimme ihres Vaters vollkommen klar. »Halte dich aus Dingen raus, von denen du nichts verstehst.«

Er beendete das Gespräch, bevor sie etwas erwidern konnte. Nachdenklich hockte sich Nella neben dem Tellerstapel auf die Truhe.

Vielleicht war das gar keine Störung gewesen, und Papa hatte einfach nur geschwiegen. Aber warum? Was hatte ihn an Opas Bemerkung so gestört?

Und was sollte das heißen – Dinge, von denen sie nichts verstand? Sie verstand ganz schön viel, fand sie. Immerhin hatte sie mit ziemlicher Sicherheit gerade eben eine Ehe gerettet. Den Rest würde sie auch noch hinkriegen. Sie musste nur aus Opa Otto das Geheimnis herauskitzeln und dann Karen mit ihrem Vater versöhnen.

Nella konnte regelrecht spüren, wie der Heiligenschein um ihren Kopf herum wuchs.

Okay, Hauke würde sie nach wie vor am liebsten ermorden, was kein sehr frommer Gedanke war. Und angesichts der bevorstehenden Veranstaltung am Abend würde sie vielleicht auch nicht von allen Einwohnern Friedrichskoogs gleichermaßen verehrt werden. Dennoch tat es gut, sich wichtig und nützlich zu fühlen. Sogar ihr Herz schlug gleichmäßig und stark. Es ließ sich von nichts mehr aus der Ruhe bringen.

Ungefähr noch zehn Sekunden lang.

Dann hörte sie draußen Haukes Stimme: »Ich habe doch gesagt, dass es mir leidtut. Wir reden, wenn ich wieder zurück bin, in Ordnung?«

Da keine Antwort zu vernehmen war, nahm sie an, er telefonierte. Vermutlich mit der schönen Friederike.

»Ich weiß«, fuhr er fort. »Es klingt verrückt, ein Osterlamm zu kurieren. Aber die Lütte hat nun mal ihr Herz an das Tier verloren.«

Sie hörte, wie er sich verabschiedete, und wusste, gleich würde er hereinkommen. Fieberhaft überlegte sie, ob ihr Zeit blieb zu flüchten. Nein. Sie könnte sich höchstens in der Truhe verstecken. Schnell sprang sie auf und riss mit einem Ruck den Deckel auf. Es schepperte gewaltig. Mist! Sie hatte die Teller vergessen!

Schon wurde die Tür aufgedrückt, und Hauke stürmte herein. »Was ist passiert?«

Bernd war schneller. Er galoppierte auf Nella los, warf sie fast um, leckte ihr das Gesicht ab und widmete sich dann den Soßenresten auf den Tellern.

»Aus!«, sagte sie streng. So eine lange Hundezunge konnte sich an den Scherben leicht verletzen.

Brav hob Bernd den Quadratschädel, wich dann ein Stück zurück und setzte sich auf sein Hinterteil.

»Wie machst du das bloß?«, fragte Hauke staunend. »Normalerweise hört er nur auf mich.«

»Ich kann mit Tieren ganz gut umgehen«, erwiderte sie bescheiden.

»Das sehe ich. Hoffentlich störe ich nicht euer Osteressen, aber Otto hat mich eben noch mal angerufen und gesagt, es sei dringend.«

Sie schüttelte den Kopf. »Der spinnt heute total.«

»Aha.«

Während ihr Herz Kapriolen schlug, stellte sie fest, dass Hauke dicht vor ihr stand. Viel zu dicht. Sie brauchte nur ein wenig den Arm auszustrecken, um ihn zu berühren. Sie konnte seinen herben Duft einatmen, sie sah die Bartstoppeln an seinem Kinn, sie bemerkte, wie seine breite Männerbrust sich schnell hob und senkte.

Bernd reckte den Hals und stupste sein Herrchen an. Hauke kam Nella noch näher.

Hilfe!, dachte sie. Erst wollte ihr Vater sie verkuppeln, dann ihr Opa und nun ein Monsterhund. Ein hysterisches Kichern stieg in ihrer Kehle auf, und sie konnte es nur mit Mühe hinunterschlucken. Im nächsten Moment wurden ihre Augen feucht.

Ich werde dich verlieren, sagte sie stumm zu Hauke. Bitte geh, bevor du mir das Herz brichst. Er schien ihre Gedanken zu lesen, denn er nickte knapp und wandte sich dann um. Nella wollte aufatmen, aber zu ihrem Entsetzen hörte sie sich schluchzen. Sofort wirbelte er wieder herum und schloss sie in seine Arme.

Ach, verdammt!, sagte sie sich. Hier will ich sein, hier bin ich zu Hause. Und wenn es auch nur für diesen Moment ist. Was ist schon Zeit? Alles, was zählte, war, dass sie in dieser Sekunde glücklich war.

Sie machte sich etwas vor, das wusste sie, dennoch nahm sie alles mit ihren Sinnen auf, um es nie zu vergessen. Und wenn ich hundert Jahre alt werde, dachte sie, werde ich mich immer daran erinnern, wie es sich anfühlt, in Haukes Armen zu liegen.

Sie wusste nicht, was als Nächstes geschehen wäre, wenn sie nicht gestört worden wären. Vielleicht hätten sie sich geküsst, vielleicht hätte Nella ihn geohrfeigt, vielleicht hätte er zugegeben, dass er nach Berlin ziehen würde.

Aber dann stand Katharina in der Diele, hielt das Lamm auf dem Arm und machte große Augen.

»Seid ihr am Knutschen?«

Nella und Hauke lösten sich voneinander.

»Nein, natürlich nicht«, sagte Nella schnell.

Katharina ließ sich nicht beirren. »Früher haben Mama und Papa das auch gemacht. Heißt das, ihr liebt euch?«

»Wir sind nur alte Freunde«, entgegnete Nella. »Wir haben nicht geknutscht, und auch Freunde können sich umarmen, weißt du?«

»Aber warum habt ihr Teller zerschlagen? Als eine Cousine von Papa geheiratet hat, da haben die Leute am Abend vorher auch Porzellan kaputt gemacht.«

Nella blieb kurz die Luft weg. Sie war froh, als Hauke für sie einsprang. Seine Mundwinkel zuckten, aber er hatte sich schnell wieder in der Gewalt.

»Das ist nur ein Zufall. Die Teller sind Nella aus der Hand gerutscht, und ich wollte ihr gerade helfen, die Scherben aufzulesen.«

»Ach so.« Katharina verlor das Interesse. »Wie geht es den Heulern?«

»Sie sind alle wohlauf. Aber was macht dieser kleine Patient?«

»Wolf? Der hat nichts. Ich habe ihm die Flasche gegeben, und jetzt hat er ein ganz rundes Bäuchlein.«

Hauke warf Nella einen fragenden Blick zu, doch sie hob nur die Schultern. Er musste nicht wissen, was Opa Otto im Schilde führte.

»Und Herr Schmidt ist auch ganz gesund«, fuhr Katharina mit ernsthafter Miene fort. »Vielen Dank noch mal, dass Sie ihn untersucht haben.«

Hauke grinste. »Gern geschehen. Nun, dann gehe ich mal wieder.«

Bleib doch, wollte Nella sagen. Umarm mich noch einmal, küss mich, lieb mich.

Sie biss sich fest auf die Lippen und rang sich ein kurzes Nicken ab.

Katharina baute sich währenddessen vor Bernd auf und erklärte ihm in ernsthaftem Tonfall: »Ich verzeihe dir, dass du Herrn Schmidt im Maul gehabt hast. Du bist ja nur ein Tier und hast es nicht besser gewusst.«

Zum Dank bekam sie eine nasse Riesenzunge übers Gesicht gezogen. Sogar das Lamm bekam etwas ab. Es rollte panisch mit den Augen. Alle seine Instinkte sagten ihm wohl, dieses Vieh wolle es fressen.

»Wir gehen besser«, sagte Hauke, pfiff nach Bernd und durchquerte die Diele mit langen Schritten. Schon waren sie fort, und das große Haus wirkte auf einmal furchtbar leer und trist.

»Er ist nett«, stellte Katharina fest, als er fort war. »Und der Hund ist lustig.«

Nella antwortete nicht. Sie war damit beschäftigt, Ordnung in ihren Kopf und in ihr Herz zu bringen. Was schwierig war, wenn sämtliche Gefühle und Gedanken durcheinanderpurzelten wie Schaumköpfe auf den Wellen bei Windstärke fünf.

Katharina erklärte, sie wolle das Lamm mit Herrn Schmidt bekanntmachen. »Sie müssen ja Freunde sein, wenn wir Wolf mit nach Hamburg nehmen.«

Nella überlegte, ob irgendjemand Katharina bereits erlaubt hatte, das Lamm von hier fortzubringen. Eher nicht, dachte sie. Sie hatten in diesen Tagen allesamt die Köpfe voll mit anderen Dingen gehabt.

»Glaubst du denn«, begann sie vorsichtig, »das Lamm wäre glücklich in der Großstadt?«

Katharina runzelte die kleine Stirn. »Wir leben ja nicht richtig in der Großstadt. Bei uns ist alles grün, und wir haben doch einen großen Garten. Außerdem kann Wolf auf die Elbe schauen. Dann fühlt er sich bestimmt fast wie an der Nordsee.«

»Klingt gut«, sagte Nella langsam. »Ich könnte mir aber vorstellen, dass er sich hier auf dem Land wohler fühlt. Wo seine Artgenossen leben. Wo er das Meer riechen kann, wo der Himmel hoch und weit ist, wo …« Sie brach ab, bevor sie noch weiter abschweifen würde. Als Nächstes hätte sie am Ende noch einen gewissen Tierarzt erwähnt.

Katharina wirkte nachdenklich. »Ich will nicht, dass Wolf unglücklich wird.« Sanft strich sie ihrem vierbeinigen Freund über die kurze Wolle. Wolf war in ihren Armen eingeschlafen. Die Flasche Milch und die Angst vor dem Riesenhund hatten ihn erschöpft. Sein Köpfchen war zur Seite geknickt, die kleine Zunge hing ihm aus dem Maul.

»Du musst es ja nicht jetzt gleich entscheiden«, sagte Nella. »Bis morgen ist noch genug Zeit.«

»Okay.« Katharina verschwand mit dem Lamm in Richtung Treppe.

Kurz überlegte Nella, ob sie ihr nachrufen sollte, dass ihre Eltern womöglich nicht begeistert sein würden, wenn sie ein Nutztier im Zimmer ihrer Tochter fänden. Aber Torben und Karen hatten derzeit ganz andere Probleme.

Aus einer Kammer holte sie Kehrblech und Besen und begann, das zersprungene Geschirr zusammenzufegen.

Wie beim Polterabend, schoss es ihr durch den Kopf. Unvermittelt musste sie aufschluchzen. Auf einmal wurde ihr alles zu viel. Sie ließ sich wieder auf die Truhe sinken und weinte vor sich hin.

»Was soll das denn?« Karen stand plötzlich vor ihr, hatte die Fäuste in die Hüften gestemmt und starrte auf sie herab.

»Heulst du etwa wegen dem bisschen Porzellan?«

»Es gehört zum Service von Urgroßmutter Reeke«, gab Nella immer noch schluchzend zurück. »Jetzt wird es nie wieder vollständig sein. Ein Teil ist für immer kaputt. Genau wie ich.«

»Wie du?« Karen hockte sich neben sie. Ihr Gesicht war gerötet von der frischen Luft, und sie roch nach Salz und Seetang. »Was ist denn los mit dir?«

Nella wollte ihrer Schwester schon das Herz ausschütten, aber dann presste sie die Kiefer zusammen. Selbst in ihren eigenen Ohren klang es verrückt, dass sie sich in einen Mann verliebt hatte, dem sie nur ein paar Mal begegnet war. Außerdem war sie es nicht gewohnt, sich Karen anzuvertrauen. Was auf Gegenseitigkeit beruhte.

Besser war es also, sich abzulenken. Dann würde sie ihre Fassung schon wiederfinden.

»Ich habe vorhin mit deinem Mann gesprochen«, begann sie daher.

»Warum? Wann? Wie kommst du dazu?« Karen schoss die Fragen auf sie ab wie kleine spitze Pfeile, doch Nella spürte dahinter die große Angst ihrer Schwester.

»Das hat sich einfach so ergeben. Hat er dich nicht gefunden?«

»Nein, wieso? Sucht er mich?«

Nella nickte. »Er wollte dir hinterher und mit dir reden.«

Karen faltete die Hände und verschränkte fest die Finger ineinander. »Ich wüsste nicht, worüber.«

»Über Charlene, zum Beispiel.«

»Oh Gott.« Jetzt stand die nackte Angst Karen ins Gesicht geschrieben. »Es stimmt also? Er hat eine Affäre? Er will mich und die Kinder verlassen?«

»Nein, nein und nein.«

»Drück dich deutlicher aus, Nella!«

»Nein, es stimmt nicht. Nein, er hat keine Affäre. Nein, er will euch nicht verlassen.«

Karen stieß die Luft aus und klang dabei wie ein prall gefüllter Ballon, dessen Außenhaut eingeritzt worden war.

»Ist das auch wirklich wahr?«

»Absolut.«

»Ich kann es nicht glauben.«

»Du musst. Du hast dich da in etwas verrannt.«

»Und das hat er dir gesagt? Einfach so? *Dir?*«

Nella knirschte mit den Zähnen. Offenbar brauchte Karen noch Zeit, bis sie verstehen würde, dass ihre kleine Schwester einiges mehr draufhatte, als ihr bisher bewusst gewesen war.

»Ja«, gab sie zurück. »Torben wollte mit mir reden. Ich glaube, eigentlich wollte er mir etwas anderes sagen, aber dann sind wir auf Charlene zu sprechen gekommen.«

Sie überlegte, wie viel sie Karen sagen sollte. War es klug, ihr zu verraten, dass sie über die Fehlgeburt Bescheid wusste? Nein, entschied sie, eher nicht. Karen sollte ihr selbst davon erzählen. Eines Tages, wenn sie bereit dazu wäre. Also berichtete sie von der bevorstehenden Hochzeit der Sprechstundenhilfe. Als sie die Zwillingsschwangerschaft erwähnte, verzog Karen schmerzlich den Mund, sagte aber nichts.

»Torben und Charlene schäkern nur hin und wieder miteinander«, fuhr Nella fort. »Das ist alles. Tut mir echt leid, dass ich dich gestern auch noch in deinem Verdacht unterstützt habe.«

»Du warst sehr überzeugend.«

Nella schwieg einen Moment, bevor sie fortfuhr. Sie wollte es unbedingt wiedergutmachen.

»Torben hat aber auch gesagt, dass er zu Hause keine Freude mehr empfindet.«

In abgeschwächter Form schilderte sie, was ihr Schwager ihr erzählt hatte.

Karens Fingerknöchel traten weiß hervor, so fest presste sie die Hände zusammen.

»Es war schwierig in letzter Zeit«, sagte sie. »Mir ist irgendwie alles zu viel geworden.«

Nella schwieg, wartete ab. Erst als Karen nichts mehr hinzufügte, sagte sie: »Ich bin wahrhaftig keine Expertin in Beziehungen, aber ich glaube, dass er dich immer noch liebt.«

Ein winziger Hoffnungsschimmer zeigte sich in Karens Augen. »Meinst du wirklich?«

»Ja. Ich finde, ihr solltet um eure Ehe kämpfen. Und wenn ich kann, helfe ich.«

»Wie denn?«, kam es skeptisch zurück.

»Na, ich könnte zum Beispiel den Babysitter für Katharina spielen, damit ihr hin und wieder mal etwas zu zweit unternehmen könnt.«

Karen nickte, als zöge sie den Vorschlag ernsthaft in Erwähnung. Bisher hatte sie Angebote dieser Art rigoros abgelehnt. Sie verfüge bereits über ein englisches Mädchen als Babysitter, das den Kindern die Sprache beibringen konnte, hatte sie mehrfach hochnäsig erwähnt. Unausgesprochen hatte auch die Meinung in der Luft gehangen, eine Person wie Nella könnte schädlichen Einfluss auf Maximilian und Katharina haben.

»Unser Sohn weigert sich schon seit Jahren gegen jegliche Form von Betreuung. Aber Katharina freut sich bestimmt, wenn du öfter mal vorbeikommst«, sagte sie jetzt.

»Gut, dann ist es abgemacht. Und jetzt solltest du herausfinden, wo sich Torben herumtreibt. Nicht, dass er sich noch im Watt verläuft.«

Erschrocken schaltete Karen ihr Handy ein. »Ich wollte meine Ruhe haben«, sagte sie entschuldigend zu Nella. Dann zeigte sie ihr das Display: Fast ein Dutzend verpasste Anrufe, allesamt von Torben.

Sie rief ihn an, lauschte einen Moment und versprach ihm: »Ich bin gleich da.« Dann wandte sie sich an Nella. »Er hat mich überall im Dorf und auf dem Deich gesucht. Jetzt ist er bei der Hochzeitsmühle.«

»Geh nur«, erwiderte Nella. Bei sich dachte sie: Und ich verkrieche mich an irgendeinem Ort, wo mich für ein paar Stunden mal niemand findet.

Karen umarmte sie unbeholfen. »Danke. Ich wusste gar nicht, dass du so eine tolle Schwester sein kannst.« Mit diesen Worten verließ sie die Diele, und Nella überlegte, wohin sie selbst gehen konnte. Ihr Zimmer war nicht sicher. Dort konnte jeder sie vermuten.

Dann fiel ihr ein besonderer Ort ein, und sie seufzte erleichtert. Schnell lief sie in die Küche, holte sich eine Flasche Wasser und ging durch die Hintertür nach draußen.

Der rückwärtige Garten war seit Jahren verwildert. Linker Hand befand sich der alte Stall, der auch schon bessere Zeiten gesehen hatte, rechts ragte eine große Weide auf. Aber direkt vor ihr, ganz am Ende des Gartens, erhob sich eine alte Rotbuche über einer Hecke. Dort war früher ihr Geheimversteck gewesen. Urgroßmutter Reeke hatte ihr erzählt, die Buche sei von ihren Vorfahren gepflanzt worden und hätte sich ungeachtet aller Unkenrufe prächtig entwickelt. Inzwischen überragte sie sämtliche anderen Bäume und spendete an heißen Sommertagen kühlen Schatten.

Nella hatte es auf einmal eilig, dort hinzukommen. Wie schon in ihrer Kindheit stand ein massiver Holztisch vor der Buche, und direkt am Baumstamm entdeckte Nella die alte gusseiserne Bank mit den kunstvollen Reben und Blättern in der Rückenlehne. Oma Johanna hatte sie vor vielen Jahren angeschafft. Fünf starke Bauern waren damals nötig gewesen, um das Prunkstück unter den Baum zu verfrachten. Auf dieser Bank hatte Nella Stunde um Stunde gesessen und mit Hauke über die großen und kleinen Ereignisse in ihrem Leben geredet.

Vor der Bank blieb sie nun stehen und verlor sich in ihren Erinnerungen. Ein Sonnenstrahl blendete sie. Sie setzte sich und spürte das kalte Eisen durch den Stoff ihrer Hose. Dann legte sie sich hin, und obwohl sie alles andere als bequem lag, schlief sie auf der Stelle ein.

Irgendwann wurde Nella von lauten Rufen geweckt, die aus dem Haus zu ihr nach draußen drangen. Sie konnte die Stimmen nicht unterscheiden, aber es klang nach der nächsten Katastrophe. Seufzend setzte sie sich auf.

Im späten Nachmittagslicht schimmerten die Blätter der Rotbuche golden, und ein leiser Wind raschelte durchs Geäst. Nella wünschte, sie könnte in dieser friedlichen Stimmung verweilen, doch die Rufe wurden lauter und kamen näher.

19

Wir müssen reden

»Das wird schon wieder«, sagte Hauke und zog die Bandage fest zu. Sie reichte vom rechten Huf des Wallachs über das halbe Bein. »Du musst den Verband alle sechs Stunden erneuern und das Bein mit essigsaurer Tonerde kühlen. Außerdem braucht Max mindestens eine Woche absolute Ruhe.«

Tamme Töning stieß eine Art Grunzen aus. »Verdammt! Ausgerechnet zu Ostern.«

Hauke richtete sich auf. In Tammes Stall roch es nach warmen Pferdeleibern, frischem Heu und zermahlenem Hafer. Es herrschte eine ungewöhnliche Ruhe an diesem Nachmittag. Nur zwei Fuhrwerke waren unterwegs, die meisten Kutscher hatten darauf bestanden, den Tag mit ihren Familien zu verbringen. Die Pferde im Stall genossen ihre unverhoffte Freizeit. Max' Besitzer hingegen war auf hundertachtzig.

»Wenn das so weitergeht, kann ich meinen Laden bald zumachen!«

Hauke lachte. »Übertreib man nicht. Du fährst mit deinen Kutschfahrten im Wattenmeer seit Jahren mächtige Gewinne ein.«

»Schon, aber die Konkurrenz schläft nicht. Ich warte nur drauf, dass sich bald die ersten Chinesen in meinem Geschäft breitmachen. Kannst du dir das vorstellen? Chinesen auf dem Kutschbock im Wattenmeer.«

Hauke zögerte einen Moment, bevor er lachte. Tamme war ein oller Rassist, daran würde sich wohl nichts mehr ändern.

Er klopfte dem Wallach freundlich auf den breiten Hals. Max war ein fuchsfarbener Schleswiger. Diese Rasse war nicht so groß, stark und mächtig wie zum Beispiel die Belgischen Kaltblüter, die Tamme ebenfalls einsetzte, aber sie verfügte über mehr Temperament und war genauso wenig aus der Ruhe zu bringen. Unglücklicherweise war Max am Vortag in eine Vertiefung im Schlick geraten und hatte sich vertreten. So etwas kam im Watt öfter mal vor, und manchmal ging es nicht so glimpflich ab. Allerdings bedeutete es, dass das Gespann mit den beiden Wallachen Max und Moritz eine Woche kein Geld einfahren würde. Hauke wusste, wie hart das Geschäft war, aber Tamme verfügte über insgesamt sechs Gespanne, die am nächsten Tag wieder fuhren, und würde den Ausfall schon verkraften.

»Sei froh, dass nichts gebrochen ist«, fügte er mahnend hinzu.

Tamme kratzte sich am Kinn. »Bin ich ja. Aber der Moritz geht mit keinem anderen Zossen im Gespann. Außerdem sind die beiden meine Stars. Die Kinder sind verrückt nach ihnen, weil sie wie Zwillinge aussehen.«

»Ist ja nur eine Woche.«

»Jo. In den Osterferien.«

Hauke lachte wieder. Sein alter Feind neigte nicht zum Optimismus. Dagegen war er selbst ja die Zuversicht in Person, auch wenn Friederike das Gegenteil behauptete. Er packte seine Tierarzttasche, verließ die Box und zog den grünen Kittel aus.

»Vielen Dank, dass du sofort gekommen bist«, sagte Tamme.

Hauke grinste. »Du weißt doch, ein Tierarzt kennt keine Feiertage.«

»Ein Kutschunternehmer auch nicht.«

Nun feixten beide. Wenn das so weitergeht, dachte Hauke amüsiert, werden wir am Ende noch Freunde. Sofern ich nicht bald fortziehe. Der Gedanke vertrieb seine gute Laune, und er knüllte den Kittel zusammen, als wäre der schuld an der ganzen verfahrenen Situation.

Er verriet Tamme nicht, dass sein Anruf genau zum richtigen Zeitpunkt gekommen war. Er hatte das alte Friesenhaus der Thiessens verlassen und war auf dem Weg nach Hause gewesen. Nella hatte in seinem Kopf herumgespukt, und sein Wunsch, zu ihr zurückzulaufen und sie noch einmal fest in die Arme zu nehmen, war beinahe übermächtig gewesen. Aber er hatte gewusst, es wäre nicht bei einer Umarmung geblieben, wenn er seinem Wunsch nachgegeben hätte. Er hätte sie küssen, hätte die goldenen Pünktchen in ihren Augen zählen, hätte an ihrem Ohrläppchen knabbern und ihr süße Worte der Liebe zuflüstern wollen. Kurzum: Er hätte vollkommen den Verstand verloren.

Tammes Anruf hatte ihn gerettet. Rasch war er nach Hause gelaufen, hatte Bernd bei Friederike gelassen und war in seinen alten Kombi gesprungen, um die kurze Distanz nach Dieksanderkoog zurückzulegen, wo der Kutschunternehmer seinen Stall hatte.

Er war mit Tamme hart ins Gericht gegangen, weil er ihn erst einen Tag nach dem Unfall benachrichtigt hatte. Inzwischen war Max' Bein dick angeschwollen. Zum Glück hatte er mit seinem tragbaren Röntgengerät feststellen können, dass der Wallach sich nichts gebrochen hatte.

»Trinkst du 'nen Lütten mit?«, fragte Tamme nun und leckte sich unwillkürlich über die Lippen.

Hauke war versucht, seine Regel zu brechen. Ein Lütter war nichts anderes als ein klarer Schnaps. Oft handelte es sich um Weizenkorn, aber viele Küstenbewohner bevorzugten den guten Aquavit aus Dänemark. Zu ihnen gehörte Tamme, und sein Flaschenvorrat war auf der gesamten Halbinsel legendär.

Ein Gläschen mit Hochprozentigem hätte Hauke vielleicht geholfen, Nella aus seinen Gedanken zu verbannen, doch er ahnte, bei dem einen Gläschen würde es nicht bleiben. Wer sich von Tamme einladen ließ, musste damit rechnen, in den nächsten Stunden nicht mehr wegzukommen.

Ob Küsse mit Nella oder Aquavit mit Tamme: Alles war heute zu gefährlich.

»Besten Dank, aber lieber nicht«, sagte er daher mit leisem Bedauern. »Ich habe gleich noch einen weiteren Termin.«

»So?« Sein alter Feind grinste anzüglich und sagte dann: »Na, denn grüß man schön deine hübsche Freundin. Hoffentlich hat sie sich nicht auch ein Bein verstaucht.«

Hauke lächelte ein wenig gezwungen und schwieg vorsichtshalber.

»Aber wenn doch«, fuhr Tamme fort, »kannst du auf die heiße Nella zurückgreifen. Die soll ja voller Überraschungen sein.«

»Was willst du damit sagen?« Er hörte selbst, dass seine Stimme auf einmal zornig klang, konnte aber nichts daran ändern.

»Ruhig Blut, Alter. Ich will gar nichts behaupten. Aber Rosemarie, meine Angetraute, ist heute Abend zu einer besonderen Party eingeladen. Bei Julia Peters. Ehrengast ist deine Nella.«

»Sie ist keineswegs *meine* Nella«, gab Hauke automatisch zurück.

»Na, wie auch immer. Männer haben jedenfalls keinen Zutritt. Ist schon komisch, oder?«

»Finde ich nicht«, gab Hauke zurück, obwohl er sich insgeheim auch wunderte. »Ist wahrscheinlich so etwas wie ein Mädelsabend.«

»Okay, aber mit einer, die ewig nicht mehr hier gewesen ist? Rosemarie wusste noch nicht mal, wer sie ist, aber Julia hat behauptet, sie wären früher allesamt dick befreundet gewesen.«

»Tut mir leid, ich habe wirklich keine Ahnung, was eure Frauen vorhaben.« Hauke machte, dass er fortkam.

Auf der Rückfahrt dachte er darüber nach, was das wohl für ein besonderer Abend für die Landfrauen sein mochte, aber er kam zu keinem Ergebnis. Normalerweise erfuhr er schnell sämtliche Gerüchte, doch in diesen Tagen war er wohl zu sehr mit sich selbst beschäftigt und hatte sich wenig mit anderen Leuten unterhalten.

In seinem kleinen Haus hing noch der Knoblauchgeruch eines einfachen Nudelgerichts in der Luft, das er zu Mittag gekocht hatte. Friederike gegenüber hatte er gesagt, es mache ihm nichts aus, am Herd zu stehen, in Wahrheit hatte er nichts Angebranntes oder Versalzenes mehr essen wollen.

Die Tür zum Wohnzimmer war zugezogen. Als er einen Blick hineinwarf, sah er nur Bernd brav in seinem großen Korb liegen. Der Hund hob kurz den Kopf, wedelte mit der Rute und schlief dann weiter.

Friederike erwartete ihn in der Küche. Sie saß an dem klobigen Tisch aus Kiefernholz, der viel zu groß für den Raum war. Erst jetzt wurde Hauke bewusst, dass er diesen Tisch nur angeschafft hatte, weil er ihn an jenen im Friesenhaus der Thiessens erinnerte. Eine ähnliche Eckbank hätte nicht mehr hineingepasst, sonst hätte sich niemand mehr in der Küche bewegen können.

»Warum liegst du nicht gemütlich auf dem Sofa?«, fragte er seine Freundin. Ihr Rücken war angespannt, der Blick aus dem Fenster gerichtet. Ihr Handy und ihr Tablet lagen vor ihr. Ausgeschaltet, was einem mittleren Wunder gleichkam.

»Weil im Wohnzimmer dein Hund ist, der mich jedes Mal anknurrt, wenn ich nur einen Fuß hineinsetze«, gab sie mürrisch zurück.

Nella, dachte Hauke, würde sich ein solches Benehmen von Bernd nicht gefallen lassen.

»Wenn du willst, scheuche ich ihn raus in den Garten«, bot er an.

»Nicht nötig. Komm, setz dich. Wir müssen reden.« Ihr Tonfall war hart, fast feindselig.

Hauke wünschte sich augenblicklich, er hätte mit Tamme doch einen Lütten getrunken. Nun nahm er sich stattdessen ein Bier aus dem Kühlschrank, ignorierte Friederikes missbilligenden Blick und setzte sich ihr direkt gegenüber. Jetzt ist es so weit, dachte er, plötzlich ebenfalls schlecht gelaunt. Nun wird sie mir ein Ultimatum stellen.

Seine Freundin hatte den Blick fest auf die Tischplatte geheftet, so konnte er sie unauffällig beobachten, während er die ersten paar Schlucke trank. Das rotblonde Haar fiel ihr ins Gesicht, dennoch bemerkte er die tiefen Schatten unter ihren Augen und die herabgezogenen Mundwinkel. Eine Woge der Zärtlichkeit überkam ihn, und er griff über den Tisch nach ihrer Hand.

»Es tut mir leid.«

Sie hob den Blick. »Was denn?«

»Dieses Osterfest ist nicht ganz so gelaufen, wie du gehofft hast.«

»Das kannst du laut sagen!« Der Vorwurf in ihrer Stimme klang bitter, und Hauke zog unwillkürlich seine Hand zurück. Ärger stieg in ihm auf. Was hatte sie eigentlich erwartet? Dass er die Feiertage mit ihr im Bett oder auf Ausflügen verbringen würde? Sie wusste doch um seine Verpflichtungen.

»Lass uns nicht streiten«, bat er leise.

»Streiten? Das will ich ganz bestimmt nicht. Du machst dir überhaupt keine Vorstellung …«

Er ließ ihre Worte an sich vorbeirauschen, während er sich im Stillen ein paar gute Antworten zurechtlegte. Ich werde auf Zeit spielen, nahm er sich vor. Ich muss ihr verständlich machen, dass ich nicht so ohne Weiteres meine Zelte hier abbrechen kann. Erst musste er einen Nachfolger finden, und das konnte Wochen, wenn nicht Monate dauern. Viele Tierärzte bevorzugten genau wie Humanmediziner die wesentlich leichtere Arbeit in der Großstadt. Kaum einer war bereit, sich für eine kalbende Kuh oder ein an Kolik erkranktes Pferd die Nächte um die Ohren zu schlagen. Dazu kamen die weiten Fahrten übers Land, der schlechtere Verdienst, der Umgang mit den nicht immer einfachen Bauern.

Im Stillen zählte er all die Gründe auf, die es schwer machen würden, von Friedrichskoog nach Berlin umzuziehen, doch auf einmal war sein Kopf leer gefegt. Bis auf einen einzigen Gedanken: Ich will hier nicht weg.

So deutlich hatte Hauke es sich bisher nicht eingestanden, doch nun, wo er diese Erkenntnis einmal zugelassen hatte, wusste er, so war es, und so würde es bleiben.

Nichts und niemand konnte daran etwas ändern. Wieder sah er Friederike an, deren Mund sich immer noch bewegte, ihre Worte jedoch verflüchtigten sich an der Küchendecke wie Wasserdampf, bevor sie ihn erreichen konnten.

Hauke rieb sich kräftig über die Ohren. Da war ein fernes Brausen, das alle anderen Geräusche übertönte. Als ob das Meer ihn rufen würde – das bei Sturm aufgewühlte Meer. Es befahl ihm, in Friedrichskoog zu bleiben, er wurde hier gebraucht.

Mitleid mit seiner Freundin überkam ihn. Er hoffte, es würde sie nicht allzu schwer treffen, wenn er ihr nun die Wahrheit sagen würde. Aber bevor er etwas erklären konnte, erstarb plötzlich das Brausen in seinem Kopf, und er hörte Friederikes Stimme glasklar.

»Deswegen müssen wir Schluss machen.«

»Was?« Vor Schreck riss er die Augen auf, obwohl er dabei bestimmt lächerlich aussah. Das war in der Kindheit seine Art gewesen, auf Ängste und Überraschungen zu reagieren, und Nella hatte sich jedes Mal über seinen komischen Gesichtsausdruck schlapp gelacht.

Friederike kniff die Augen zusammen. »Hast du mir nicht zugehört?«

»Doch«, log er. »Aber ich verstehe trotzdem nicht …« In seinem Innern trugen Enttäuschung und Erleichterung einen Kampf aus. Er dauerte nur ein paar Sekunden. Die Erleichterung gewann haushoch, obwohl er auch traurig war. Ein ziemliches Gefühlswirrwarr für einen Mann, der es ganz gern beschaulich und übersichtlich hatte im Leben.

»Es ist, wie es ist«, sagte Friederike langsam. »Ich habe wirklich geglaubt, dich zu lieben, Hauke. Ziemlich lange sogar. Aber in den vergangenen Tagen ist mir endgültig klar geworden, dass ich nicht mehr genug für dich empfinde. Du bist ein ganz besonderer Mensch, und ich mag die Gegend hier sehr gern. Aber wir waren meistens getrennt, und ich fühlte mich einsam in Berlin. Und Laurens und ich … nun, wir kommen nun mal aus derselben Welt. Wir verstehen einander.«

Laurens? Wer zum Teufel war Laurens?

Dann fiel es ihm ein. Ihr Stellvertreter im Hotel. Laurens Hofmeister, der Mann, mit dem sie seit zwei Tagen quasi dauerhaft in Kontakt stand. Am Vormittag, während ihrer Radtour, hatte sie von ihm erzählt, und Hauke hatte sich noch gewundert, dass sie ihn beim Vornamen genannt hatte.

Friederike grinste schief. »Du kannst dir deinen Kommentar sparen. Ich weiß genau, was du sagen willst. Eine Chefin sollte sich von ihren Untergebenen fernhalten …«

Nein, dachte er. Das war so ziemlich das Letzte gewesen, das ihm jetzt eingefallen wäre.

»Aber wir wollen nicht mehr ohne einander sein, und außerdem übernimmt Laurens schon im September die Leitung eines anderen Hotels. Dann sind wir einander ebenbürtig.«

Seltsam, dachte er, was anderen Menschen wichtig war im Leben.

»Du liebst ihn wirklich?«, vergewisserte er sich.

»Ja«, kam es schlicht zurück. »Von ganzem Herzen.«

»Dann solltest du dir über nichts anderes Gedanken machen. Weder über seine Stellung noch über sein Alter.« Ihm war wieder eingefallen, dass der Mann zwei Jahre jünger war als Friederike, was sie zu beschäftigen schien.

»Oh, Hauke.« Sie sprang von ihrem Stuhl auf, kam um den Tisch herum und umarmte ihn ungeschickt, indem sie sich zu ihm herunterbeugte. »Danke. Tausend Mal danke.«

»Wofür denn nur?«, murmelte er. Der Duft von Chanel N° 5 stieg ihm in die Nase. Er hatte immer geglaubt, dieses Parfüm sei ein bisschen zu altmodisch für sie.

Seine Mutter hatte es schon benutzt. Aber nun dachte er, es passte gut zu Friederike. Sie war ein traditioneller Mensch und hatte die Dinge im Leben gern geregelt. Darin waren sie und seine Mutter sich sehr ähnlich. Eine Haarsträhne kitzelte ihn an der Wange, ein plötzliches Bedauern überkam ihn. Und er wünschte sich, sie noch einmal in seinen Armen zu halten, sie noch einmal zu lieben.

»Wir hatten eine tolle Zeit, nicht wahr?«, fragte er.

Friederike, die seine seltsame Stimmung zu spüren schien, löste sich von ihm, richtete sich auf und kehrte dann zu ihrem Stuhl zurück.

»Die hatten wir«, erklärte sie sachlich. »Aber nun ist sie vorbei.«

»Wie lange geht das schon mit dir und diesem Laurens?«

Eine feine Röte zeichnete sich auf Friederikes Wangen ab. »Noch nicht lange, vielleicht zwei Monate.«

Er fand, das war eine lange Zeit, in der sie ihn im Glauben gelassen hatte, alles wäre bestens zwischen ihnen. Aber er verkniff sich einen Kommentar.

Immerhin hatte sie den weiten Weg auf sich genommen, um persönlich mit ihm zu sprechen. Das rechnete er ihr hoch an. Nun war es an ihm, ihr den Abschied leicht zu machen.

»Alles okay mit dir?«, fragte sie.

Wieder nickte er und trank sein Bier aus. Er war ein Idiot, wenn er glaubte, er würde sie wirklich noch einmal lieben wollen. Es gab nur eine Frau, die er begehrte, seit zwei Tagen über alles begehrte. Am liebsten hätte er sich gleich auf den Weg zu ihr gemacht, doch er fürchtete, alles zu verderben, und blieb, wo er war.

»Weiß … weiß dieser …« Wie zum Teufel hieß der Kerl noch gleich?

»Laurens?«, half Friederike. »Ob er von uns weiß? Ja, natürlich, wir haben keine Geheimnisse voreinander. Ich habe ihm alles über dich erzählt.«

Es störte Hauke ein bisschen, dass es da in Berlin einen Mann gab, dessen Namen er sich nicht merken konnte und der mit seiner Lebensgeschichte herumlief. Doch er verkniff sich eine entsprechende Bemerkung.

»Aha.«

»Es tut mir leid«, sagte Friederike leise. »Aber du und ich – wir wissen beide, dass wir nicht zusammenpassen. Ich könnte niemals in Friedrichskoog leben, und du würdest in Berlin nicht glücklich werden.«

»Das stimmt allerdings. Ich hatte nur gehofft …«

»Was? Dass ich aus Liebe zu dir mein Leben aufgeben würde?«

»Hm.«

»Tja, das macht wohl niemand so schnell.«

Hauke musste an Nella denken. Wäre sie bereit, ihr Leben in Hamburg hinter sich zu lassen?

Verdammt! Warum musste er ständig an Nella denken?

Friederike stand auf.

»Was hast du vor?«, fragte er, obwohl er es ahnte.

»Ich fahre heim.«

»Heute noch? Es ist bald Abend. Ist es klug, jetzt die lange Fahrt anzutreten?«

Sie lächelte. »Das macht mir nichts aus. Ich habe eine

gute Stunde geschlafen, als du vorhin unterwegs warst, und ich fühle mich frisch und ausgeruht. Außerdem wird heute wenig Verkehr sein, während morgen wahrscheinlich die Autobahnen verstopft sind.«

»In Ordnung«, gab er nach.

Sie hatte sogar schon ihre Reisetasche gepackt, sie brauchte nur noch aus dem Haus zu gehen.

Bernd gab im Wohnzimmer keinen Laut von sich, obwohl er feine Antennen für die Stimmungen der Menschen hatte. Vielleicht wusste der kluge Hund wieder einmal, dass es so am besten für sein Herrchen war.

»Rufst du mich an, wenn du angekommen bist?«, fragte er.

Friederike legte den Kopf schief. »Ich denke, das wäre keine gute Idee. Aber ich schicke dir eine Nachricht, damit du dir keine Sorgen machst.«

»Danke.«

Sie trat auf ihn zu und gab ihm einen Abschiedskuss. Dazu musste sie sich nicht wie Nella auf die Zehenspitzen stellen. Nella. Schon wieder Nella. Es war zum Verrücktwerden!

Hauke brachte Friederike zum Auto.

»Ach, übrigens«, sagte sie noch, als sie schon hinter dem Steuer saß. »Deine Freundin aus Kindertagen …«

»Ja?«, fragte er alarmiert. »Was ist mit ihr?«

»Ich finde sie ganz reizend. Sie würde viel besser zu dir passen.«

Hauke kratzte sich am Kopf, aber während er überlegte, was er darauf sagen konnte, fuhr sie davon. Er stand lange an der Straße und sah ihrem Wagen nach, auch, als er längst verschwunden war.

20

Neue Wege

Noch bevor Nella von der gusseisernen Bank aufgestanden war, sah sie, wie Karen und Torben mit schnellen Schritten durch den Garten auf sie zukamen. Torben trug ein undefinierbares graubraunes Bündel auf dem Arm. Beide wirkten wie ein Paar, das in wichtiger Mission unterwegs war.

Tatsächlich, dachte Nella staunend. Ein Paar. Nicht unbedingt wie ein glückliches Paar, aber nicht mehr wie zwei einzelne Personen, die sich zufällig am selben Ort aufhielten. Sie lächelte und stand auf. Wenigstens für Karen und Torben brachte dieses Osterfest eine positive Wendung im Leben.

»Da«, sagte Torben und reichte ihr das Bündel. Nella sah es an und erkannte sogleich, worum es sich handelte.

»Was soll ich mit einer halb verhungerten Katze?«

Weil Torben die Arme ausstreckte und das arme Tier vor Angst zitterte, nahm sie es schnell an sich, hielt es mit sicherem Griff und wiegte es ein wenig hin und her. Die Katze kämpfte damit, die matten Augen offen zu halten.

»Die haben wir in der Mühle gefunden«, erklärte

Karen. »Sie war in einer Kammer. Wahrscheinlich ist sie da reingeschlüpft und aus Versehen eingeschlossen worden. Niemand dort kannte die Katze. Wir sind beim Tierarzt vorbei, aber der war nicht da. Friederike hat gesagt, er sei zu einem lahmenden Pferd gerufen worden. Sie wusste nicht, wann er zurückkäme. Da haben wir an dich gedacht.«

»Wieso an mich?«, fragte Nella.

Ihre Schwester lächelte. »Du kannst gut mit Tieren umgehen. Guck doch nur. Die arme Katze ist bei Torben vor lauter Angst fast gestorben, aber jetzt ist sie völlig entspannt.«

Karen hatte recht. Das magere Tier war in Nellas Armen erschöpft eingeschlafen. Es war so dünn, dass die Rippen unter dem stumpfen Fell hervorstachen.

»Aber ich bin keine Veterinärin«, protestierte sie dennoch.

»Du hast aber mal eine Ausbildung zur Tierarzthelferin begonnen«, gab Karen ungerührt zurück. »Von uns allen verstehst du am meisten davon.«

Dass sie sich daran noch erinnerte! Nella dachte an die Praxis des alten Doktor Gerkens zurück, am Hammer Steindamm gelegen, wo die Leute sich keine teuren Kinkerlitzchen für ihre Haustiere leisten konnten. Der Veterinär hatte ihr eine Chance gegeben, und als sie ein knappes Jahr später die Ausbildung abgebrochen hatte, weil sie so rastlos gewesen war und vorgehabt hatte, nach Südspanien auszuwandern, da hatte er alles versucht, um sie zu halten. Sie dürfe ihr Leben nicht einfach wegwerfen, hatte er argumentiert. Sie sei die beste Pflegerin, die er bisher ausgebildet habe. Sie besitze magische Hände, die jeden verängstigten kleinen Patienten sofort beruhigten. Außerdem habe sie ein Gespür dafür, was den Tieren fehlte. Wenn sie wollte, könnte sie sogar Tiermedizin studieren.

Ihre Antwort war geradezu gemein ausgefallen. Er sei nicht ihr Vater und solle sich gefälligst um seinen eigenen Kram kümmern. Außerdem habe sie nicht einmal Abitur, da könnte es mit dem Studium schon mal schwierig werden. Doktor Gerkens war ruhig geblieben und hatte ihr nur gesagt, wenn sie es sich eines Tages anders überlegen würde, dürfe sie ihre Ausbildung jederzeit bei ihm fortsetzen. Ihr fehle nur noch ein knappes Jahr.

Ohne sich zu verabschieden, war sie gegangen. Das lag jetzt fast fünf Jahre zurück. Mit Südspanien war es nichts geworden, weil der Mann, mit dem sie hatte auswandern wollen, ohne sie gegangen war. Sie hatte damals mehr als einmal überlegt, Doktor Gerkens anzurufen, aber sie hatte sich zu sehr geschämt, um es zu tun.

Dann war es zu spät gewesen.

Warum eigentlich?, fragte sie sich plötzlich, während sie über das Fell der Katze strich. Nur weil sie Mitte dreißig war? Warum versuchte sie es nicht einfach? Bestimmt hatte er sie längst vergessen. Oder? Und was, wenn er in Rente gegangen war? Wie alt war er damals gewesen? Lebte er überhaupt noch?

»Kannst du mal eben was für mich googeln?«, bat sie ihre Schwester, bevor sie wieder den Mut verlor. »Ich habe keine Hände frei.«

»Was soll denn ein Tierarzt in Hamburg ausrichten?«,

fragte Karen zurück, als Nella ihr den Namen genannt hatte.

»Ich … ich will nur seine Meinung hören.«

»Am Ostersonntag.«

»Doktor Gerkens ist verwitwet und hat keine Kinder. Ich glaube nicht, dass wir ihn stören.«

Karen tauschte einen schnellen Blick mit Torben, tat jedoch, wie ihr geheißen, und ließ ihr Handy kurz darauf eine Nummer wählen. Dann stellte sie auf Lautsprecher.

»Gerkens«, erklang die altvertraute Stimme.

Nella hatte einen Kloß im Hals und brachte kein Wort heraus.

»Hallo? Wer spricht da bitte? Handelt es sich um einen Notfall?«

»Doktor Gerkens«, presste sie hervor. »Ich bin es. Nella Thiessen.«

Er brauchte keine zwei Sekunden, dann sagte er: »Nella, meine talentierteste Auszubildende. Wie schön, von Ihnen zu hören. Wie geht es Ihnen? Haben Sie es sich überlegt? Sie können jederzeit wieder bei mir anfangen. Obwohl, nein, tut mir leid.«

Sie fühlte sich, als hätte ihr jemand in den Magen geboxt. Die Hoffnung, ihr Leben doch noch einmal auf die Reihe zu bringen, verpuffte.

Aber was habe ich denn erwartet?, fragte sie sich im Stillen. Eine Art Wunder zu Ostern? Die gab's ja nicht mal zu Weihnachten. Sie war eine Närrin.

Da hörte sie, wie der alte Tierarzt weitersprach: »Wir müssten bis Juni warten. Dann endet die Ausbildungszeit meines derzeitigen Lehrlings.«

»Juni?«, krächzte sie.

»Ja, passt Ihnen das?«

»Wunderbar, ganz wunderbar.«

»Prima, dann ist es abgemacht., Kommen Sie nächste Woche in der Praxis vorbei, dann erledigen wir den Papierkram.«

»Ja, das mache ich. Danke, vielen, vielen Dank.«

Doktor Gerkens lachte. »Keine Ursache. Wenn Sie wüssten, mit was für Pfeifen ich mich in den vergangenen Jahren herumschlagen musste. Nun gut, bis bald, liebe Nella.«

»Moment!«, rief sie. »Bitte legen Sie noch nicht auf!«

»Ja?«

Schnell berichtete sie ihm von der Katze, beschrieb den mageren Körper, das stumpfe Fell, die Erschöpfung, die matten Augen.

»Sie ist ausgehungert und dehydriert«, sagte er, als sie geendet hatte. »Geben Sie ihr zuerst nur Wasser. Am besten lauwarm und nicht zu viel auf einmal. Wenn sie es gut zu sich nimmt, wiederholen Sie das ungefähr alle dreißig Minuten, und versuchen Sie es nach etwa zwei Stunden mit ein wenig gekochter und pürierter Hühnerburst. Aber höchstens einen Teelöffel voll. Nach einer längeren Pause können Sie ihr etwas mehr geben. Zur Sicherheit sollten Sie aber noch den örtlichen Tierarzt hinzuziehen. Er kann dann auch feststellen, ob sie einen Mikrochip trägt, und den Besitzer ausfindig machen.«

»So mache ich es. Vielen Dank, Herr Doktor.«

»Wenn sie gar nichts zu sich nimmt, müssen Sie sofort zum Kollegen. Dann braucht sie eine Infusion.«

»In Ordnung. Danke.«

Karen drückte das Gespräch weg und starrte Nella an. Da war nichts Strenges in ihrem Blick, nur Überraschung.

»Wahnsinn! Du willst das wirklich machen?«

Nella fühlte sich selbst von den Ereignissen überrollt, aber nach einem zögerlichen Moment nickte sie. »Warum eigentlich nicht? Ich habe die Arbeit gern getan, und in den Tagen hier habe ich mich wieder daran erinnert, wie sehr ich Tiere mag.«

»Und mit Hauke hat das nichts zu tun?«

»Quatsch.«

»Wo ihr gerade von Hauke redet,«, begann Torben, »es gibt da etwas, das Nella vielleicht wissen sollte.«

Karen boxte ihn in die Seite. »Lass sie in Ruhe.«

»Aber es ist …«

»Klappe, Schatz. Meine kleine Schwester braucht mal eine Pause.«

Nella war eigentlich anderer Meinung. Sie hätte wirklich gern gewusst, was Torben über Hauke zu sagen hatte. Aber dann fiel ihr ein, dass die beiden bei der Hochzeitsmühle gewesen waren. Womöglich hatten sie dort die Ankündigung einer Trauung gesehen. Von Hauke und Friederike.

Ihr Herz vergaß vorübergehend, wozu es da war, und setzte aus. Davon wachte sogar die Katze auf und miaute kläglich. Nella kam wieder zu sich und brachte ihre kleine Patientin ins Friesenhaus. Sie sah noch, dass Karen und Torben sich auf die gusseiserne Bank setzten, offenbar nicht bereit, ihre Zweisamkeit so schnell wieder zu unterbrechen.

Nella ging mit der Katze zunächst in die Küche, wo sie ihr auf einer Untertasse etwas Wasser anbot. Das Tier trank zögernd, aber es trank. Nach einer zweiten Untertasse entschied Nella, dass es vorerst genug war. Sie blickte auf die große, altmodische Küchenuhr an der Wand und erschrak. Es war höchste Zeit, dass sie sich zu ihrer Verabredung mit den Landfrauen aufmachte. Eine Sekunde lang überlegte sie, ob sie diesen Job nicht aufgeben konnte, nun, da sie wieder ein Ziel im Leben hatte. Doch dann erinnerte sie sich an das magere Gehalt einer Auszubildenden. Vielleicht könnte sie später, wenn sie bei Doktor Gerkens erst mal wieder etabliert war, etwas als Hundesitterin dazuverdienen, aber vorerst brauchte sie diese Arbeit. Dann fragte sie sich, wie sich ihre Pläne damit verbinden ließen, dass sie auch ihre Schwester unterstützen und ab und zu abends auf Katharina aufpassen wollte. Ach, dachte Nella zuversichtlich, es würde schon gehen.

Der Gedanke an Katharina brachte sie auf eine Idee. Zwei Minuten später klopfte sie bei ihrer Nichte an die Tür. Katharina hatte sich auf ihrem Bett zusammengerollt und schlief friedlich. Offenbar wirkte ihr gestriges Abenteuer noch nach. Aber als Nella sie sanft am Arm berührte, sprang sie sofort auf.

»Was hast du da?«

»Eine Katze.«

»Oh, wie süß. Ist sie krank?«

»Nein, nur sehr müde. Kann ich sie für ein paar Stunden bei dir lassen? Sie braucht alle dreißig Minuten ein wenig Wasser.«

Katharina straffte vor lauter Stolz die Schultern. »Natürlich, ich werde mich gut um sie kümmern. Sie kann zu Wolf und Herrn Schmidt.«

Erst jetzt entdeckte Nella das Lamm und das Meerschweinchen. Sie lagen einträchtig nebeneinander im Auslauf und schliefen fest. Das Lamm sah dabei aus wie Gulliver im Land der Zwerge, passte aber gerade so hinein.

»In Ordnung«, meinte sie daher. »Mal sehen, wie die drei sich vertragen.« Sie legte eine alte Wolldecke aufs Bett und setzte das Tier darauf ab. »Vorerst hier oben.«

»Wie heißt sie denn?«, wollte Katharina wissen.

»Ich glaube, sie hat keinen Namen.«

Ihre Nichte strahlte: »Darf ich ihr einen geben?«

»Klar«, sagte Nella und ahnte Schreckliches.

»Ich muss aber ein bisschen darüber nachdenken«, entschied Katharina.

»Okay.«

Die Katze hatte inzwischen die beiden anderen Vierbeiner entdeckt und beäugte sie kritisch von oben herab. Nella hoffte, sie würde Herrn Schmidt nicht irrtümlich für eine Ratte halten, wie Bernd es getan hatte. Doch offenbar war sie viel zu erschöpft. Sie rollte sich zusammen und schloss die Augen.

»Nicht vergessen«, mahnte Nella. »Alle dreißig Minuten etwas lauwarmes Wasser.«

»Du kannst dich auf mich verlassen«, versprach Katharina mit großem Ernst in der Stimme.

Erleichtert verließ Nella daraufhin das Zimmer, sprang kurz unter die Dusche und zog sich dann passend für die

Party um. Sie wählte ein Set aus roten Dessous und zog ein hautenges rotes Minikleid darüber. Es war tief ausgeschnitten und so kurz, dass sie sich auf keinen Fall bücken durfte, aber dies war nun mal ihre Uniform. Dann streifte sie noch ein zeltartiges, hochgeschlossenes Strandkleid über. Sie wollte ja nicht schon auf dem Weg zu Julia Peters für Aufsehen sorgen.

Schließlich schminkte sie sich sorgfältig, steckte ihr Haar hoch und nahm den Präsentierkoffer. Über den anderen Arm hängte sie die beiden prall gefüllten Kleidersäcke, und mit der freien Hand schnappte sie sich ein paar High Heels. Die konnte sie erst vor der Haustür ihrer Gastgeberin anziehen, wollte sie keinen Beinbruch riskieren. Mit Flipflops an den Füßen schlich sie die Treppe hinunter, durch die Diele und aus dem Haus.

Julia Peters wohnte am oberen Ende der Nordseestraße. Nella brauchte für den Fußweg nur ein paar Minuten. Es war ebenfalls ein traditionelles Friesenhaus, allerdings nicht ganz so imposant wie das der Thiessens.

Lauter Partylärm drang nach draußen. Offenbar hatten sich die Frauen schon mit dem einen oder anderen Gläschen Sekt in Stimmung gebracht.

Nella trat durch die weit offen stehende Haustür in die Diele. Dort saßen rund eineinhalb Dutzend Frauen auf Stühlen und einem ausrangierten Sofa um die ehemalige Feuerstelle herum, knabberten Salzstangen und Nüsse, ließen sich nachschenken und erzählten einander schlüpfrige Abenteuer mit Ehemännern oder Freunden.

Simone Sturm entdeckte sie als Erste. »Na endlich! Wir warten schon!«

Prompt wanderten zwölf Augenpaare an Nella hinauf und hinunter.

»Moment«, sagte sie schnell. »Einmal alle kurz wegschauen, bitte.«

Die Frauen taten, wie ihnen geheißen, und als Nella ihnen wieder erlaubte, sie anzusehen, leuchteten ihre Gesichter auf. Sie hatte sich nur schnell das Zelt abgestreift und stand nun in ihrem gewagten Minikleid und auf High Heels da.

»Wenn ich so durchs Dorf laufen würde, wäre ich untendurch«, sagte eine kräftig gebaute Brünette in den Fünfzigern.

»Keine Sorge, Karla. Da passt du sowieso nur mit einem Bein rein«, antwortete eine blonde, etwa zwanzig Jahre jüngere Frau.

»Dafür musst du so ein Kleid mit zusammengeknüllten Handtüchern ausstopfen. Dein Brett mit Rosinen da vorn gibt kein Dekolleté her.«

»Wenn ich um eure Aufmerksamkeit bitten dürfte«, sagte Nella schnell, bevor der Wortwechsel in einen Streit ausarten konnte. Stille breitete sich aus. »Danke schön. Tatsächlich möchte ich mit unserem Sortiment an Dessous beginnen. Und ihr werdet sehen, es ist für jede Größe und Körperform etwas dabei.«

Wie aufs Stichwort rollte Julia Peters die Garderobenstange herbei, um die Nella vorab gebeten hatte. Nun öffnete sie die beiden Kleidersäcke und hängte die schönsten Stücke nächtlicher Fantasien daran. Sofort waren die Frauen auf den Beinen, befühlten die durchsichtigen Stoffe und Spitzen, bewunderten Schnitte und Farben.

Die brünette Karla nahm zweifelnd etwas in die Hand, das sie wohl an ein Korsett aus früheren Zeiten erinnerte. Sofort war Nella bei ihr. »Das wäre zum Beispiel genau das Richtige für dich. Die Korsage kaschiert Pölsterchen und formt eine wunderbare Figur.«

Karla nickte nachdenklich. »Und obenrum kommt alles so richtig schön zur Geltung.«

»Ganz genau.« Nella schenkte ihr ein aufmunterndes Lächeln.

»Auch bei mir?«, fragte die flache Blondine.

»Du wirst dich über den Effekt wundern«, versprach Nella. »Hier, diese müsste dir passen.«

Simone stupste Nella an. Sie hielt einen Slip hoch. »Echt jetzt?«, fragte sie und deutete auf eine Stelle, an der sich kein Stoff befand.

»Ja. So kannst du ihn beim Liebesspiel anlassen.«

»Bemerkenswert.« Simone ging zu ihren Freundinnen, um ihnen ihre Entdeckung zu zeigen.

Die Friedrichskooger Frauen fanden noch so einiges von Interesse. Besonders gefielen ihnen die Strapsgürtel und Netzstrümpfe.

»Unsere Männer haben einen eher traditionellen Geschmack«, erklärte Julia daraufhin Nella. »Und so was kennen sie aus dem Internet.«

Trotzdem fanden auch gewagtere Teile ihre Abnehmerinnen. Ein junge Frau namens Rosemarie Töning begeisterte sich für ein schwarzes Lederdress. »Darin sehe ich aus wie Catwoman. Das muss ich haben!«

»Vielleicht erst einmal anprobieren?«, schlug Nella vor.

Als hätten sie nur auf das Stichwort gewartet, verschwanden die Frauen kurz in verschiedenen Räumen des Hauses, um sich umzuziehen. Als sie zurückkamen, waren die Verwandlungen verblüffend. Die meisten trugen sogar Stöckelschuhe, hatten sich noch schnell die Lippen nachgezogen und veranstalteten eine spontane Modeschau in der Diele.

Nella applaudierte begeistert. Hier und da musste sie zwar etwas richten, und Karla lief dunkelrot an und hechelte, bis Nella ihr die Korsage etwas lockerte, aber im Großen und Ganzen war dieser erste Teil der Präsentation ein voller Erfolg.

»Wahnsinn!«, rief die flachbrüstige Blondine. »Zum ersten Mal in meinem Leben habe ich einen Busen. Und ganz ohne Operation. Wenn das mein Heiner sieht, flippt er aus.«

Alle weigerten sich vorerst, die Sachen auszuziehen, setzten sich wieder und warteten auf Teil zwei. Nella öffnete den Präsentierkoffer und ließ zunächst harmlose Dinge wie Massagesteine, Öle und Massagekerzen kreisen.

Prompt zeichnete sich auf den Gesichtern Langeweile ab. Also holte sie handfestere Spielzeuge heraus und hörte zu, wie sich die Frauen austauschten.

»Sieben Vibrationsstufen«, sagte Julia anerkennend. »Das gefällt mir.«

»Den hier kann man sogar über eine App fernsteuern«, meinte Simone.

Karla sah sie skeptisch an. »Und was hast du davon?«

»Na ja, die Hände frei.«

Alle brachen in lautes Gelächter aus.

»Und was ist das für ein komisches Armband?«, erkundigte sich Karla kurz darauf. Nella wollte ihr vorsichtig erklären, was es mit dem großen Ring auf sich hatte, aber Simone kam ihr zuvor.

»Das streifst du deinem Ollen an der richtigen Stelle über, und dann kann er stundenlang.«

Karla machte große Augen. »Ist nicht wahr!«

»Probier's einfach aus.«

»Nee. Der würde sich wie ein Ochse fühlen, dem ein Ring durch die Nase gezogen wird.«

Eine neuerliche Lachsalve hallte durch die Diele. Die Stimmung war so richtig schön aufgeheizt, als plötzlich eine Männerstimme rief: »Mensch, Hauke! Ich habe dir doch gesagt, da ist was faul! Guck dir das an! Die feiern eine Orgie!«

Panisch fragte sich Nella, wo sie ihr Zeltkleid hingelegt hatte. Dann traf sie auch schon Haukes Blick, und sie sah, wie ein Feuer darin aufblitzte, bevor sich ein Sturm zusammenbraute.

21

Die Partycrasher

Er hatte gleich gewusst, es war keine gute Idee, noch einmal zu Tamme nach Dieksanderkoog zu fahren. Aber an diesem Sonntagabend waren die Kneipen geschlossen, die Geschäfte sowieso, und Hauke hatte nach Friederikes Abfahrt das zweite und letzte Bier getrunken.

Es reichte nicht. Zwar hatte Friederike ihm nicht das Herz gebrochen, doch fühlte er auf einmal eine innere Leere in sich, die ihm Angst machte. Der Plan, nach Berlin zu ziehen, um dort mit Friederike eines Tages eine Familie zu gründen, war sicherlich nicht der beste gewesen, aber er war wenigstens *etwas.* Nun stand er wieder ganz allein da, und die Einsamkeit lauerte schon in seinem Herzen.

Bernd, der wie immer seine Stimmung spürte, gab kleine wimmernde Töne von sich und ließ sein Herrchen nicht aus den Augen.

»Danke, mein Großer«, sagte Hauke dumpf. »Leider bist du nicht mein Traumpartner.«

Bernd klemmte den Schwanz ein, und Hauke hätte schwören können, dass sein Hund schwer beleidigt aussah. Er grinste, dann lachte er und schlug mit der Faust auf den Tisch.

Bernd zuckte zusammen.

»Entschuldigung«, bat Hauke. »Ich fürchte, ich bin ziemlich durcheinander.«

Bernd verlegte sich wieder aufs Jaulen. Hauke öffnete den Mund, um noch etwas zu sagen, klappte ihn aber schnell wieder zu. Nein, befahl er sich im Stillen. Du wirst nicht anfangen, mit deinem Haustier zu reden. Du wirst hinausgehen in die Welt und dir eine neue Freundin suchen. Eine, die besser zu dir passt. Eine, die sich nicht einfach entliebt, bloß weil ihr eine Fernbeziehung führt. Eine, die möglichst aus der Gegend kommt, die Humor hat und ein Händchen für Tiere. Die das Leben an der Küste genauso liebt wie du. Die gern im Watt spazieren geht und mit dir um die Wette über Priele springt. Die …

An diesem Punkt sprach er doch lieber mit dem Hund.

»Was meinst du, werde ich noch einmal glücklich?«

Bernds Reaktion sah nach einem entschiedenen Nicken aus, aber vielleicht hatte er auch nur nach einer Fliege geschnappt.

»Herzlichen Dank«, sagte Hauke trotzdem. »Und für dich sollten wir auch eine Herzensdame finden. Wie soll sie denn sein?« Bernd runzelte die Stirn, als dächte er scharf nach. »Tu nicht so, Kumpel. Ich weiß genau, dass du jede Hundedame nimmst, die bei drei nicht auf dem Baum ist.«

Nun schien sein Hund schuldbewusst dreinzuschauen, und Hauke musste wieder lachen.

Also gut, sagte er sich dann. Bevor er noch durchdrehte, musste er hier raus. Obwohl er alles andere als ein großer Trinker war, dachte er die ganze Zeit an Tammes ausgezeichneten Aquavit. Das ging noch ungefähr eine halbe Stunde so weiter. Schließlich packte er Bernd ins Auto und fuhr los.

»Nanu?«, wunderte sich Tamme bei seiner Ankunft. Der Kutschunternehmer stand im Stall und schmierte essigsaure Tonerde auf das verletzte Bein des Wallachs.

»Willste etwa kieken, ob ich alles richtigmache?«

Hauke schüttelte den Kopf, während Bernd respektvoll Abstand zu dem Pferd hielt. Tiere, die größer waren als er selbst, waren ihm nicht geheuer.

»Quatsch«, sagte Hauke.

»Okay. Was kann ich sonst für dich tun?« Tamme richtete sich auf, ging zu einem Spülstein in der Ecke der Stallgasse und wusch sich die Hände. Dann kam er zurück und sah Hauke forschend an.

»Oha. Ich sehe schon. Du brauchst 'nen Lütten. Oder auch zwei. Komm mit.«

Hauke musste nichts erklären und war dankbar dafür. Er folgte Tamme nach draußen, nachdem Max wieder in seiner Box stand, setzte sich auf einen von zwei wackeligen Küchenstühlen neben der Haustür und wartete. Bernd ließ sich auf seine Hinterpfoten nieder, legte den massigen Kopf schief und beobachtete ihn aufmerksam.

»Keine Sorge, alter Junge, ich werd's nicht übertreiben.«

»Wenn du schon mit deinem Riesenköter redest, steht es schlimm um dich«, bemerkte Tamme, der in diesem Moment mit einem Tablett herauskam. Darauf standen ein Sektkühler mit einer Flasche Aquavit und zwei geeiste Gläser.

Hauke war heilfroh, dass der Kutschunternehmer ihn vorhin nicht zu Hause reden gehört hatte. Wahrscheinlich wäre er morgen das Dorfgespräch gewesen.

Bernd stupste ihn mit der Nase an. Hauke fasste dies als Aufforderung auf. »Sag mal, Tamme, wüsstest du eine Hündin für meinen Bernd?«

»Bist du deshalb hier?«

»Nein … ja … auch …«

»Soso. Na, also nein, ich wüsste keine Hündin, die zu ihm passt. Aber ich hätte da eine hübsche Ponystute, die ist auch kaum größer als er.« Dazu lachte er ein heiseres Männerlachen.

Hauke war stellvertretend für Bernd eingeschnappt.

»Komm schon«, sagte Tamme und puffte ihn gegen die Schulter. »War nur Spaß.« Er schenkte die Gläser bis zum Rand voll. »Nich' lang schnacken, Kopp in Nacken.«

Der erste Schnaps rann wie Feuer durch Haukes Hals, bevor er eine angenehme, entspannende Wärme im Magen verbreitete. Erst jetzt bemerkte er, wie kalt ihm gewesen war.

»Gleich noch einen«, verlangte er.

Tamme ließ sich nicht lange bitten. Nach dem zweiten Glas erzählte Hauke seinem alten Feind, Friederike habe sich von ihm getrennt. Nach dem dritten oder vierten behauptete er, sie liebe jetzt den Liftboy im Hotel. »Oder so ähnlich.«

Tamme sagte dazu nicht viel und machte nur mehrfach eine Bemerkung über Frauen, die in ihrer eigenen Welt lebten. Ein Mann könne sich noch so anstrengen, nie wisse er, was in seiner Liebsten vorgehe.

»Nimm meine Rosi, zum Beispiel. Wir sind seit zehn Jahren verheiratet und haben zwei Kinder. Ich dachte wirklich, ich kenne sie, und ich behaupte mal, dass wir glücklich sind. Aber heute kriegt sie plötzlich einen Rappel. Anstatt den Ostersonntag mit ihrer Familie zu verbringen, verfrachtet sie die Kinder zu ihren Eltern und fährt zu Julia. Mich lässt sie einfach allein.«

»Wer ist Julia?«, fragte Hauke, der nicht ganz mitkam und sich außerdem fragte, was das jetzt mit seinem eigenen Schlamassel zu tun hatte.

»Julia Peters, die Frau vom Jost.«

Ach ja. Hauke kannte ihren Mann und die Tiere des Hofes. Mit ihr selbst hatte er bisher noch nicht viel zu tun gehabt.

»Ich hab's dir vorhin schon erzählt. Die feiern da irgendeine Party, über die mir meine Rosi kein Wort verraten wollte. Und deine Nella ist auch eingeladen.«

»Sie ist nicht *meine* Nella«, antwortete Hauke automatisch.

»Könnte sie aber werden, jetzt, wo du wieder Single bist.«

»Seit gerade mal anderthalb Stunden.«

»Na und?«

»Tamme, lass gut sein.«

»Okay.«

Sie schwiegen eine Weile, bis Tamme wieder mit dem Thema anfing, das ihm offenbar keine Ruhe ließ. »Ich frage mich bloß, was die Frauen da treiben. Das ist doch nicht normal!«

An dem Punkt hätte Hauke wahrscheinlich Bernd zurück ins Auto verfrachten und heimfahren sollen. Bloß war er nicht mehr fahrtüchtig und nach einem weiteren Aquavit auch nicht mehr denktüchtig.

Ehe er sich's versah, saß er in Tammes Pick-up und brauste durchs Dorf. Bernd hockte auf der Ladefläche und bellte, was das Zeug hielt.

»Kannst du den mal abschalten?«, schrie Tamme.

Hauke versuchte es, aber sein »Aus!« fiel eher genuschelt aus. Tamme fluchte. Dann gewöhnte er sich an den Krach, sah, wie ein paar wenige andere Verkehrsteilnehmer erschrocken Platz machten, und rief über das Bellen hinweg: »Den leihe ich mir für den nächsten Einsatz mit der Füürwehr aus. Der sorgt schneller für freie Bahn als jede Sirene!«

Als sie ihr Ziel erreichten, stellte Tamme den Pick-up einfach mitten auf der Straße ab und stürmte ins Haus. Hauke folgte ihm. Es wäre vielleicht klüger gewesen, im Auto zu warten, aber das wäre ihm nur in nüchternem Zustand eingefallen. Bernd trottete hinterher. Wenigstens war er jetzt still.

In der Diele angekommen hörte Hauke nicht, was Tamme sagte. Er sah nur Nella. Nella in einem knallroten und schwindelerregend kurzen Kleid. Wunderschön, sexy. Gefühle regten sich in ihm, die nichts mit reiner, zärtlicher Liebe zu tun hatten, sondern ziemlich wild ausfielen.

Hauke musste hart schlucken. Im nächsten Augenblick erst merkte er, dass die anderen Frauen ähnlich gekleidet waren, manche waren so gut wie nackt. Und Nella hielt ein Armband in der Hand. Nein, es war ein …

Alles Blut wich ihm aus dem Gesicht, und er blickte sich nach Männern um. Aber da waren keine. Nur Tamme, der eine junge Frau im hautengen schwarzen Lederdress anstierte. Die Frau guckte frech zurück.

»Das ist keine Orgie«, sagte Hauke zu Tamme. »Ich glaube, das ist so etwas wie eine Verkaufsveranstaltung.«

Er wunderte sich, weil er noch so klar sprechen konnte, dann begriff er, dass Nella die Leiterin dieses Abends war. Plötzlich wurde er wütend. Er war nicht schockiert oder angeekelt, er war einfach nur stinkwütend. Warum hatte er nichts davon gewusst? Warum hatte sie ihm nicht erzählt, was sie beruflich machte? Wenn es nach ihm ging, konnte sie Eisschränke am Nordpol verkaufen oder eben Sextoys in Friedrichskoog. Aber er hatte gehofft, sie würde ehrlich zu ihm sein. Er versuchte sich zu beruhigen, schließlich hatten sie beide ja gar nicht viel miteinander geredet. Sie hatte kaum Gelegenheit gehabt, ihm von ihrem Beruf zu erzählen.

Trotzdem. Er war wütend, er war enttäuscht, und seine Gefühle standen ihm offensichtlich deutlich ins Gesicht geschrieben.

Nella wirkte erschrocken, dann wurde sie ganz ruhig. Sie ging ein Stück zur Seite, hob etwas vom Boden auf und streifte es sich über. Es war ein zeltartiges Gewand, in dem sie wie verwandelt aussah. Dann bat sie die Frauen, sich wieder umzuziehen. Anschließend könnten die Bestellungen ausgefüllt werden. Zu Tamme meinte sie, er solle vielleicht besser wieder verschwinden. Während dieser paar Minuten gönnte sie Hauke keinen Blick und kein Wort.

Ihm war klar, was sie dachte: dass er sie verachtete. Und das konnte sie ihm nicht verzeihen.

Aber es stimmte nicht, und das hätte er ihr gern gesagt. Er war nur überrascht und hätte es gern von ihr gehört. Vorher. Doch sie hatte bereits eine hohe Mauer um sich herum errichtet, und er wusste, er würde sie nicht erreichen.

Niemand achtete währenddessen auf Bernd. Bis er etwas im Maul hielt, das für ihn einem großen Knochen am nächsten kam. Als dieser Knochen anfing zu vibrieren, knurrte er und schüttelte heftig den Kopf. Nun war es für ihn eine Ratte. Einige Frauen kreischten auf, andere klopften sich lachend auf die Schenkel.

Nur Nella blieb gelassen, ging zu dem großen Hund, streckte ihm die flache Hand hin und sagte: »Aus!«

Brav ließ Bernd sein neues Spielzeug fallen.

»Nun«, sagte Nella zu ihren Kundinnen. »Dieses Teil werden wir wohl nachbestellen müssen.«

Hier und da wurde gekichert, aber dann verschwanden die Frauen eine nach der anderen. Kurz darauf kehrten sie in Alltagskleidung zurück, während Hauke immer noch hilflos dastand und nicht wusste, was er tun oder sagen konnte. Der Aquavit raste durch seinen Blutkreislauf und machte die Sache nicht einfacher. Er wollte Tamme bitten, ihn nach Hause zu fahren, aber sein alter Feind war auch nicht mehr ansprechbar. Er hatte keine Sekunde lang die Frau im Lederdress aus den Augen gelassen.

»Rosi«, sagte er mit rauer Stimme. »Lass das Ding an und komm mit mir nach Hause.«

Die beiden verschwanden unter lautem Gejohle und Geklatsche der anderen Frauen.

Nun war Hauke ganz allein. Nicht mal Bernd war an seiner Seite. Er stand mit heraushängender Zunge neben Nella und beobachtete, wie sie einen Gegenstand nach dem anderen zurück in einen großen pinkfarbenen Koffer legte. Wahrscheinlich hoffte er, dass noch ein Spielzeug für ihn abfallen würde. Als der Koffer geschlossen wurde, jaulte er enttäuscht auf. Nella tätschelte liebevoll seinen Quadratschädel, und einen unsinnigen Moment lang wünschte Hauke sich, er wäre an der Stelle seines Hundes.

»Du solltest jetzt gehen«, sagte Nella, und es dauerte ein paar Sekunden, bis er begriffen hatte, dass sie zu ihm sprach. »Und Bernd nimmst du mit. Ich habe noch zu arbeiten.«

Er nickte, pfiff nach seinem Hund, der nur widerwillig folgte, und machte sich zu Fuß auf den Heimweg. Ein sicheres Gefühl sagte ihm, er hatte endgültig alles vermasselt.

22

Eine Schande

Nella wollte nur noch weg. Das Gefühl hatte sie in diesen paar Tagen schon öfter gehabt, aber bisher war es nie so stark gewesen wie jetzt. Haukes Blick, nachdem er begriffen hatte, was sie da tat, hatte ihr Innerstes in Stein verwandelt.

Obwohl sie sich für nichts zu schämen brauchte, wäre sie am liebsten im Boden versunken. Wenn sie schon seine Liebe nicht haben durfte, so wollte sie sich doch wenigstens seiner Freundschaft und seiner Achtung als würdig erweisen.

Tja, das konnte sie nun vergessen.

Sie ließ die Schlösser des Koffers zuschnappen und packte die Dessous wieder in die Kleidersäcke.

»Moment mal«, sagte Julia Peters. »Nicht so schnell. Das Teil da will ich haben.« Sie griff sich ein Ensemble aus Spitzen-BH und Höschen, dazu Strapsgürtel und Strümpfe. »Und das Negligé hier auch.«

Andere drängten sich vor, nahmen sich die Stücke, die sie anprobiert hatten, und hielten sie wie Trophäen in die Luft.

Keine wirkte besonders erschrocken über das Auftauchen der beiden Männer. Ganz im Gegenteil. Sie schienen allesamt stolz zu sein.

»Mein Heiner kann jetzt richtig mit mir angeben«, erklärte die Blonde. »Auf dem Feuerwehrball nächste Woche trage ich das Korsett nämlich unter meinem Abendkleid. Da werden alle Männer Stielaugen machen!«

Karla lachte sie an. »Richtig so, Deern. Zeig's ihnen!« Die beiden so unterschiedlichen Frauen verstanden sich wieder prächtig.

Eine Mittzwanzigerin, die sich für rote Spitzenwäsche entschieden hatte, meinte: »Hoffentlich erzählen Tamme und Hauke schnell herum, was sie gesehen haben. Das erhöht meine Chancen ungemein.«

Nella schloss daraus, dass sie Single war, und lächelte trotz allen Kummers.

Andere äußerten sich ähnlich, nur Julia Peters sah Nella auf einmal besorgt an. »Du kriegst doch mit dem Hauke keinen Ärger wegen der Veranstaltung, oder?«

Nella tat gelassen, obwohl sie innerlich noch immer wie erstarrt war. »Ach was. Außerdem fahre ich morgen zurück nach Hamburg. Es kann mir also egal sein.«

So ganz schien die Gastgeberin nicht überzeugt zu sein, aber sie ließ die Sache auf sich beruhen.

»Können wir jetzt die Bestellungen aufgeben? Was du mitgebracht hast, behalten wir natürlich gleich, und den Dress von Catwoman bezahle ich mit.«

Nella wollte protestieren. Dies waren nur Schaustücke, die nicht für den direkten Verkauf gedacht waren. Doch sie ließ es bleiben.

Es dauerte dann noch zwei lange Stunden, bis alle Frauen zufriedenstellend beraten worden waren.

Einige wollten gleich in bar bezahlen, aber das lehnte Nella ab und gab ihre geschäftliche Kontonummer an. Schließlich sollte alles mit rechten Dingen zugehen.

Nicht jede Frau erwarb außer den Dessous auch Spielzeug. Mehr als eine erklärte, das sei nicht nötig, sie und ihr Mann hätten ein ausgeprägtes, fantasievolles Sexleben. Nella kämpfte schnell einen Anflug von Neid nieder.

Als sie endlich mit den fast leeren Kleidersäcken und dem leicht gewordenen Präsentierkoffer nach Hause ging, hatte sie das bisher beste Geschäft ihrer Karriere gemacht. Doch freuen konnte sie sich nicht. Ihr einziger Wunsch war, hoch in ihr Zimmer zu schleichen, die Decke über den Kopf zu ziehen und nicht mehr zu denken.

Leider kam sie nicht so weit. Karen fing sie in der Diele ab.

»Komm mit in die Küche. Opa will reden.«

Nella rieb sich über die Stirn. Sie war unendlich erschöpft.

»Muss das sein?«

»Ja. Wir warten schon den ganzen Abend auf dich. Wo warst du denn?« Karens Blick fiel auf den Koffer und die Kleidersäcke. »Ach so, na ja, egal. Los jetzt. Maximilian ist auf seinem Zimmer und guckt eine Horrorserie auf dem Laptop. Torben hat es ausnahmsweise erlaubt. Der wird uns nicht stören. Und Katharina schläft schon seit drei Stunden. Der Katze habe ich zu fressen gegeben.«

Also ergab sich Nella in ihr Schicksal und hoffte nur,

die Bekanntmachung ihres Großvaters würde nicht allzu viel Zeit in Anspruch nehmen.

Auf der Eckbank saßen bereits Opa Otto und Torben. Karen rutschte an die Seite ihres Mannes, Nella schlüpfte neben Opa auf die Bank und schnupperte an ihm.

»Lass das«, verlangte er. »Du bist kein Hund. Und ich habe nichts geraucht.«

»Dann ist ja gut. Ich wollte nur sichergehen, dass du klar im Kopf bist. Wer weiß, was du uns sonst für ein Märchen auftischen würdest.«

»So high könnte ich gar nicht sein, als dass ich die große Schande unserer Familie vergessen könnte.«

»Schande?«, fragte Karen spitz. »Was denn für eine Schande?«

Anstatt zu reden hob Opa Otto den Arm und deutete mit dem ausgestreckten Zeigefinger direkt auf Karen.

»Spinnst du?«, fragte sie. Ihr Blick war scharf, aber ihre Stimme zitterte.

Torben legte ihr einen Arm um die Schultern. »Das müssen wir uns nicht gefallen lassen. Der alte Mann ist nicht mehr zurechnungsfähig.«

»Bin ich wohl«, sagte Opa ruhig. »Haltet die Klappe und hört zu.«

Nella ahnte, dass gleich Worte fallen würden, die das Gefüge dieser Familie für immer aus dem Gleichgewicht bringen konnten. Sie hätte sich am liebsten die Ohren zugehalten, doch sie zwang sich, dem Großvater aufmerksam zu lauschen. Ihr Instinkt sagte ihr, dass sie stark bleiben musste. Für ihre Schwester.

»Eure Mutter«, begann er, »Thelma, sie hat unserem

Walter übel mitgespielt. Er war einfach zu gut für dieses hinterlistige Biest. Jahrelang hat sie ihn an der Nase herumgeführt, und er hat nichts gemerkt. Na ja, der Hellste ist er nie gewesen.«

Unwillkürlich schnappte Nella nach Luft. Thelma Thiessen war eine anerkannte Chirurgin. Sie als hinterlistiges Biest zu bezeichnen war schon starker Tobak.

»Wie kannst du es wagen, so über unsere Mutter zu reden!«, empörte sich Karen, wurde aber schroff zum Schweigen gebracht.

»Sei mal besser still, du … du Kuckuckskind!«

Wumms!

Es war, als hätte eine Bombe in der alten Bauernküche eingeschlagen. Alle Farbe wich aus Karens Gesicht. Nella vergaß zu atmen, Torben bekam ein hektisches Zucken unter dem rechten Auge.

Stille senkte sich über die vier Menschen, nur das Ticken der Wanduhr war zu hören. Opa Otto verlangte irgendwann von Nella, sie solle ihn durchlassen. Er müsse dringend auf den Dachboden.

»Vergiss es«, zischte sie und spürte, wie neue Energie in ihren Körper strömte. »Erst erklärst du uns, was du eben gemeint hast.«

»Ist ja wohl nicht so schwer zu kapieren. Thelma ist fremdgegangen, wurde schwanger von irgendeinem Studienfreund und hat unserem Walter weisgemacht, er sei der Vater. Fast zwanzig Jahre lang hat er das auch geglaubt, vertrauensvoll, wie er war. Dann hat sie ihm bei einem Streit die Wahrheit gesagt. Tja, das war's dann mit der mustergültigen Familie.«

Mit größter Mühe versuchte Nella, Ordnung in ihre Gedanken zu bringen.

»Willst du damit sagen, Karen ist nicht Papas leibliches Kind? Und somit auch nicht deine Enkelin?«

»Erraten.«

»Und ihre Kinder sind demnach nicht Papas Enkel? Und nicht deine Urenkel?«

»Ganz genau.«

»Was ist mit mir?«, fragte Nella auf einmal ängstlich. »Bin ich auch ein … ein …«

»Du bist dem Walter wie aus dem Gesicht geschnitten, keine Sorge.«

»Aber woher willst du das alles wissen?«

»Ganz einfach. Walter hat es mir und Johanna damals erzählt. Als er es endlich selbst erfahren hatte. Eurer Großmutter hat es fast das Herz gebrochen, aber dann hat sie etwas sehr Plietsches gesagt.«

»Was denn?«

»Dieses Geheimnis sollte niemals verraten werden, denn ihr Mädels könnt nichts dafür und würdet am meisten darunter leiden.«

Ein Gedanke kam Nella, der ziemlich ungeheuerlich war. Sie selbst hätte womöglich weniger gelitten, wenn sie nicht zwanzig Jahre lang in dem Glauben gelassen worden wäre, der Vater habe einzig und allein wegen ihres schlechten Benehmens die Familie verlassen.

Sie schob den Gedanken beiseite. Anderes war jetzt wichtiger. Ihre Schwester war noch immer kalkweiß. Deren Welt brach gerade zusammen. Alles, woran sie immer geglaubt hatte, stellte sich als gemeiner Scherz des Schicksals heraus. Nun, vielleicht nicht alles. Ihre eigene Familie war echt. Doch daran dachte sie im Moment vermutlich nicht.

»Wie hast du es geschafft, so lange zu schweigen?«, erkundigte sich Nella bei ihrem Großvater. »Du bist doch sonst die größte Tratschtante im Dorf.«

Das war vielleicht nicht die wichtigste Frage, aber sie fand es beruhigend, sich auf einigermaßen bekanntem Terrain zu bewegen.

Otto zog beleidigt die Mundwinkel nach unten. »Frechheit! Ich kann sehr wohl Geheimnisse für mich behalten. Außerdem habe ich den Wunsch meiner Frau erfüllt.«

»Aha, und warum jetzt auf einmal nicht mehr?«

»Weil ich einige Probleme sehe und weil es Dinge zu regeln gibt. Wichtige Dinge.«

»Zum Beispiel?«

»Es gefällt mir nicht, wie die Deern hier sich entwickelt hat.« Er deutete wieder auf Karen. »Sie kriegt langsam einen richtigen Tick und wird immer verbissener.«

Karen sog scharf die Luft ein, schwieg aber. Sie wirkte vollkommen überfordert.

Also ergriff Nella wieder das Wort. »Du übertreibst maßlos. Sie hat es nur gern übersichtlich und organisiert. Und überhaupt: Wieso fällt dir das erst jetzt auf?«

»So oft sehe ich sie ja nicht. Genauso wenig wie dich, übrigens. Meine Familie scheint mich in letzter Zeit vergessen zu haben.«

Nella ging nicht näher darauf ein. Wenn Otto in diesem Moment auf Mitleid hoffte, konnte er lange warten. »Und außerdem: Was hast du noch für Gründe?«

»Ich werde nicht ewig leben.«

»Ja, und?« Sie bemerkte, dass Torben Karen etwas zuflüsterte. Erst schien sie ihn nicht zu hören, doch dann kehrte ein Hauch von Farbe in ihr Gesicht zurück.

»Wie klar muss ich mich denn noch ausdrücken?«, fragte Opa Otto. »Das liegt doch alles auf der Hand.«

»Für mich nicht. Erkläre es mir.«

Ihr Großvater stieß einen leisen Fluch aus, bevor er antwortete: »Ich besitze ein schönes altes Friesenhaus, ein großes Grundstück und noch ein paar Wiesen. Ist zusammengenommen ein Vermögen wert.«

»Ja, und? Das erbt doch Papa.«

Der Gedanke an ihren Vater erinnerte Nella plötzlich an dessen seltsame Reaktion auf dieses Familientreffen. Jetzt verstand sie, warum er sich deswegen gesorgt hatte. Er wollte, dass das Geheimnis ein solches blieb.

»Nein«, sagte Opa Otto mit fester Stimme. »Ich habe ihn enterbt.«

Papa enterbt? Das musste ihn hart getroffen haben.

Erneut hatte Nella Schwierigkeiten mit dem Atmen. Wenn das so weiterging, endete der Abend mit einem gefährlichen Sauerstoffmangel. Sie erinnerte sich an ihr Telefongespräch mit Walter am Palmsonntag. Da hatte er eine Bemerkung über das Erbe gemacht.

»Er weiß das schon?«

»Jo. Hat ihm nicht gefallen.«

Deswegen, dachte Nella, war ihr Vater schon seit Längerem schlecht auf Opa Otto zu sprechen.

»Aber warum überhaupt? Er kann doch nichts für diese … diese Sache. Im Gegenteil, er hat sich vorbildlich benommen und Karen wie ein leibliches Kind geliebt. Und er dachte ja auch viele Jahre lang, sie wäre seine Tochter.«

»Das stimmt nicht ganz«, murmelte ihre Schwester, die endlich ihre Sprache wiederfand. »Er hat immer dich vorgezogen. Ich konnte mich noch so anstrengen, die besten Noten nach Hause bringen und eine brave Tochter sein. Es war nie genug. Niemals. Ich habe das gespürt. Aber den Grund kannte ich nicht – und er offensichtlich auch nicht. Bis er die Wahrheit erfuhr.«

Plötzlich traten Nella Tränen in die Augen. Über den Tisch griff sie nach Karens Hand. »Das ist wahr. Du hast dich wie verrückt abgestrampelt. Aber echtes Lob hast du nur mal von Mama bekommen. Nie von ihm. Es tut mir so leid.«

»Du konntest ja nichts dafür«, erwiderte Karen leise. »Aber ich war immer so eifersüchtig, wenn ich dich mit Papa habe lachen hören. Und als er uns verlassen hat, da … da … habe ich geglaubt, er könne mich nicht ausstehen und sei deshalb weg. Aber diesen Gedanken habe ich einfach nicht ertragen. Deshalb habe ich dir die Schuld in die Schuhe geschoben.«

»All dieses Reden über Verantwortlichkeiten ist sinnlos«, mischte sich Torben ein. »Die Vergangenheit ist vergangen und lässt sich nicht mehr ändern. Jeder in der Familie hat offenbar Fehler gemacht, aber ihr beide wart die unschuldigen Opfer.«

Karen und Nella sahen sich groß an.

»Du hast einen Philosophen zum Mann«, sagte Nella.

»Das war mir auch neu. Eben hat er mir sogar zugeflüstert, ich hätte ohne eine solche Vergangenheit niemals dieser wunderbare Mensch werden können, der ich bin.«

Nella grinste. »Er liebt dich wirklich.«

»Ja, und auf einmal versteht er, wieso bei mir immer alles so perfekt sein muss.«

»Da hat mich Nella drauf gebracht«, bemerkte Torben. »Nur den Teil mit dem untergeschobenen Baby kannte ich noch nicht.«

Er vermied das Wort »Kuckuckskind« und erntete einen dankbaren Blick von Karen. Sie entzog Nella ihre Hand und widmete sich ganz ihrem Mann.

Nella wunderte sich, wie schnell ihre Schwester den Schock ihres Lebens überwunden hatte. Aber vielleicht stimmte das ja gar nicht. Vielleicht verspürte sie nur das dringende Bedürfnis, sich normal zu benehmen, damit sie nicht in tausend Stücke zerfiel. Wer wusste schon, wie sie ohne Torben an ihrer Seite mit der Neuigkeit umgegangen wäre. Aber er war da, stand fest zu ihr wie ein Leuchtturm in nebliger Nacht.

Opa Otto hatte die Arme auf der Tischplatte gekreuzt und den Kopf darauf gelegt. Nun schnarchte er leise vor sich hin.

»Wie kann er es wagen!«, zischte Karen empört. »Einfach einschlafen, nachdem er ganz nebenbei mein Leben zerstört hat.«

Sie streckte den Arm aus, aber ihr Mann hielt sie zurück. »Lass mal. So können wir einen Moment in Ruhe reden. Und er hat dein Leben nicht zerstört. Dazu hat er nicht die Macht.«

Nella erhob sich halb von der Bank.

»Wo willst du hin?«, fragte Torben.

»Ich dachte, ich lass euch allein.«

»Du bleibst«, befahl er. »Du und Karen und ich und die Kinder, wir sind eine Familie. Egal, was der alte Mann zu sagen hat. Wir gehören zusammen.«

»Ja«, Nella nickte heftig. »Das sehe ich ganz genauso. Und mir ist es völlig wurscht, ob wir Halbschwestern, Viertelschwestern oder sonst was sind. Karen, du bist meine Schwester. Punkt.«

Karen lächelte zaghaft. »Und du meine. Und ich habe dich übrigens sehr lieb, auch wenn ich das nicht so zeigen kann.«

»Gut«, sagte Torben. »Nachdem das geklärt ist, sollten wir gemeinsam entscheiden, wie wir weiter vorgehen.«

»Was gibt es denn da groß zu entscheiden?«, wollte Karen wissen.

»Nun, da wäre zum Beispiel die Frage, ob wir dem Alten die Geschichte so einfach abnehmen.«

Kurz glomm Hoffnung in Karens Augen auf, aber dann schüttelte sie langsam den Kopf. »Ich glaube, es ist wahr. Tief im Innern habe ich immer gespürt, dass etwas nicht stimmt.«

Nella zückte ihr Handy. »Das lässt sich leicht feststellen.«

»Willst du Mama fragen?«, wollte Karen wissen.

»Nein. Wir hören uns so selten, da will ich jetzt nicht mit so etwas rausplatzen. Wir werden irgendwann in Ruhe mit ihr reden.«

»Okay.«

Schon stellte Nella die Verbindung zu Walter auf Teneriffa her, der sich gleich nach dem ersten Klingeln meldete. Diesmal schrie er nicht, diesmal war seine Stimme ganz leise.

»Ihr wisst es«, sagte er. Es war keine Frage.

Nella hatte auf Lautsprecher gestellt und das Handy auf den Tisch gelegt.

»Warum?«, rief Karen. »Warum hast du das getan?«

»Was genau meinst du?«, fragte Walter.

»Warum hast du uns einfach im Stich gelassen?«

»Ich konnte nicht mehr bleiben. Der Verrat eurer Mutter wog zu schwer.«

An seiner ruhigen Art zu sprechen erkannte Nella, dass er sich gut auf das Gespräch vorbereitet hatte.

»Ich möchte jetzt keine alten Geschichten ausgraben«, fuhr er fort, »aber Tatsache ist, ich konnte nicht bei einer Frau bleiben, die mich fast zwanzig Jahre lang angelogen hatte. Das Vertrauen war zerstört.«

»Das verstehe ich«, sagte Nella. »Wenn du jemandem nicht über den Weg trauen kannst, dann hat alles keinen Sinn mehr.« Unwillkürlich überlegte sie, ob Hauke ihr gegenüber so empfand. Vertraute er ihr nicht, weil sie ihm nichts von ihrem Job erzählt hatte? Nein, sagte sie sich. Das Problem war ein anderes. Er schämte sich für sie.

Sie unterdrückte ein Seufzen und konzentrierte sich wieder auf ihren Vater. »Und du hast vorher bestimmt nichts gewusst?«

»Nein, das schwöre ich. Im Nachhinein habe ich mich natürlich gefragt, ob ich nicht irgendwas geahnt haben müsste. Thelma stand damals mitten in den Prüfungen, und wir haben nicht sehr oft… nun, ihr wisst schon. Aber der Gedanke, sie könnte mich betrogen haben, war einfach absurd. Wie euch vermutlich bekannt ist, ist eure Mutter kein sehr leidenschaftlicher Mensch «

So genau hatte Nella es gar nicht wissen wollen, deshalb unterbrach sie ihn: »Und wenn sie es dir gleich gesagt hätte, was hättest du dann getan?«

»Oh, eine Was-wäre-gewesen-wenn-Frage. Ist unmöglich zu beantworten. Tut mir leid.«

Karen, die bisher kaum einen Ton herausgekriegt hatte, schluchzte auf. »Hast du mich denn je geliebt?«

»Natürlich, du Dummerchen. Du warst von Anfang an mein Augenstern. Ich habe dich als Baby herumgetragen, weil du dabei am besten geschlafen hast. Weißt du nicht mehr? Ach nein, wie solltest du. Nur später wurde es schwierig, als du denselben Ehrgeiz wie deine Mutter entwickelt hast Ich schätze mal, meine Liebe zu Thelma hatte sich damals schon verabschiedet. Deshalb entstand auch diese Distanz zwischen uns. Aber lass dir eins sagen: Du bist meine Tochter, egal, ob leiblich oder nicht, und ich liebe dich.«

Karen schluchzte noch lauter, aber ihre Schultern sackten herab, so als hätte ihr Walter ein großes Gewicht abgenommen.

Eine Weile war nur das Rauschen zwischen Teneriffa und Friedrichskoog zu hören, dann sagte Walter: »Und ich hoffe, dass meine Enkel auch meine Enkel bleiben. Ihr solltet ihnen nichts sagen.«

Nella zögerte. Noch mehr Lügen? Ob das besonders klug war?

Aber letztlich war es Torbens und Karens Entscheidung, und nachdem sie einen langen Blick getauscht hatten, sagte Torben: »Vorerst werden wir schweigen, damit sie nicht durcheinanderkommen. Aber wenn beide alt genug dafür sind, werden wir ihnen die Wahrheit nicht länger vorenthalten.«

»Gut«, sagte Walter. »Denn auch wenn wir uns nur selten sehen, so hänge ich doch sehr an euch allen.«

»Du könntest uns mal wieder besuchen kommen«, schlug Torben vor. »Dann sprecht ihr euch in Ruhe aus, und du verbringst Zeit mit deinen … nun ja … Enkeln.«

»Das ist eine fantastische Idee«, entgegnete Walter. »Nur leider bin ich derzeit finanziell …«

»Selbstverständlich gilt die Einladung auch für das Flugticket.«

Kurz schien Walter zu überlegen, ob er zu stolz war, um sich von seinem Schwiegersohn die Reise zahlen zu lassen. War er nicht.

»Dann bedanke ich mich schon mal. Leider kann ich nicht versprechen, dass ich mich in absehbarer Zeit wirtschaftlich verbessern werde. Da mich der alte Mann enterbt hat, sind die Aussichten nicht besonders gut. Ich hoffe nur, er setzt euch als Erben ein und vermacht nicht alles irgendeiner Hippie-Kommune. Zuzutrauen wär's ihm.«

Wie aufs Stichwort erwachte in diesem Moment Opa Otto aus seinem Nickerchen.

»Mein Sohn verfolgt mich in meine Träume«, sagte er mit zittriger Stimme.

Nella ließ schnell das Handy verschwinden. Sollte ihr Großvater ruhig ein bisschen Angst haben.

23

Kuddelmuddel

»Was machen wir mit eurer Mutter?«, fragte Torben nach einer Weile.

»Wie gesagt«, meinte Karen. »Nella und ich werden demnächst mit ihr reden.«

»Die Hexe kommt mir nicht ins Haus!«, rief Opa Otto prompt aus.

Karen starrte ihn an. »Sei du bloß still. Das ist eine Familienangelegenheit.«

Unwillkürlich musste Nella grinsen. Eine wütende, kämpferische Schwester war ihr tausendmal lieber als eine traurige, mutlose.

»Ich darf doch wohl bitten!«, ereiferte sich Opa Otto.

»Nein, darfst du nicht.« Karens Blick zwang ihn, sich ganz klein zu machen. »Du hast für heute genug Schaden angerichtet. Ich schlage vor, du gehst jetzt schlafen.«

Nella sah ihm an, dass er noch protestieren wollte, aber dann gab er nach, bat sie, ihn rauszulassen, und schlüpfte von der Bank.

»Der geht jetzt bestimmt einen Joint rauchen«, meinte sie, nachdem sie wieder auf die Eckbank gerutscht war.

Karen hob nur kurz die Schultern. »Ist mir egal.«

Das war es in Wahrheit nicht, ahnte Nella, aber im Augenblick war es für ihre Schwester leichter, die Gleichgültige zu spielen. Denn so sehr sie in all den Jahren Opa Ottos Lebenswandel kritisiert hatte, so sehr hatte sie ihn doch auch geliebt, genauso wie Johanna. Zu erfahren, dass auch ihre Großeltern gar nicht mit ihr verwandt waren, musste hart sein.

»Es geht schon«, sagte Karen, als Nella wieder ihre Hand nahm. »Ich brauche einfach eine Weile, um mich an den Gedanken zu gewöhnen.«

»Klar.« Nella nahm ihre Hand wieder weg und verschränkte ihre Finger ineinander. »Aber denk dran: Es ist nicht die Blutsverwandtschaft, die über die Liebe entscheidet.«

»Gut gesagt«, meinte ihr Schwager.

»Und Torben hat recht. Wir müssen überlegen, wann wir mit Mama sprechen.«

»Nicht jetzt über Ostern«, sagte Karen schnell. »Sie hat Dienst in der Klinik. Da können wir ihr unmöglich mit so etwas kommen.«

»Hm.« Nella suchte Torbens Blick. Ihr Schwager deutete ein Nicken an. Sie verstand. Es sollte Karen überlassen bleiben, wann sie sich mit ihrer Mutter auseinandersetzen wollte. Karen sollte entscheiden, ob sie nach ihrem leiblichen Vater fragen wollte, Karen musste sehen, wie sie mit dem großen Lügengebäude umgehen konnte.

»Mama ist kein schlechter Mensch«, gab Nella dennoch zu bedenken. »Ich glaube, sie hat es getan, um dich zu schützen.«

In Karens Augen standen Tränen. »Mag sein. Ich … ich

brauche Zeit. Wenn es dir recht ist, Nella, möchte ich jetzt gern etwas Zeit mit meinem Mann und meinen Kindern verbringen. Maximilian wird nur schimpfen, wenn wir ihn bei seiner Serie stören, und Katharina wird nicht aufwachen. Trotzdem. Ich muss sie sehen.«

»Klar, das verstehe ich vollkommen.«

Karen und Torben standen auf und verließen Hand in Hand die Küche.

Nella sah ihnen nach. Sie werden es schaffen, dachte sie. Sie werden diese Neuigkeit verarbeiten und damit fertigwerden. Denn sie haben einander und ihre Kinder. Sie sind eine Familie, und das kann niemand zerstören.

Eine Woge der Erschöpfung rollte heran, und Nella war versucht, es wie Opa Otto zu machen, die Arme auf dem Tisch zu verschränken und den Kopf darauf zu legen.

Aber nach einer Weile zwang sie sich, aufzustehen und hoch in ihr Zimmer zu gehen.

Karen und Torben hatten ihren kleinen Rundgang bei den Kindern offenbar schon beendet, denn alles war still.

Auf einmal verspürte auch Nella große Sehnsucht nach einer Familie, und sie wagte es, wenigstens bei Katharina hineinzuschauen.

Ein Nachtlicht brannte, und ihre Nichte lag eingekuschelt in ihrem Bett und schlief tief. Im Auslauf der Tiere war ebenfalls alles ruhig. Nella lächelte, als sie sah, wie sich die drei so unterschiedlichen Vierbeiner zu einer Schlafgemeinschaft zusammengefunden hatten. Meerschweinchen Herr Schmidt lag zwischen den Vorderpfoten der namenlosen Katze, die sich wiederum Rücken an Rücken mit dem Lamm ausgestreckt hatte.

Kurz überlegte Nella, ob sie der Katze noch einmal etwas zu fressen geben sollte, aber da sie so friedlich schlief, war morgen früh wohl auch noch Zeit dafür. Leise schloss sie die Tür, ging in ihr eigenes Zimmer, befreite sich von Zelt, Minikleid und Lingerie und ließ sich aufs Bett fallen.

Doch sie fand keinen Schlaf. So erschöpft sie auch war, so wild rasten die Gedanken durch ihren Kopf, und alles vermischte sich zu einem einzigen Kuddelmuddel. Papa, der nicht Karens Vater war, Mama, die ein Leben lang gelogen hatte, Opa, der die Bombe platzen ließ, Hauke, der sie verachtete. Der sie nicht liebte, nicht liebte, nicht liebte.

Irgendwann glitt sie aus reiner Erschöpfung ins Reich der Träume, doch als sie am nächsten Morgen aufwachte, fühlte sie sich, als hätte sie eine nächtliche Wattwanderung unternommen. Kein bisschen erholt, nur unendlich müde.

Katharina kam ins Zimmer geschlüpft, als Nella gerade aus der Dusche trat. Auf dem Arm trug sie die namenlose Katze.

»Strolch muss unbedingt wieder fressen, Tante Nella. Mama und Papa schlafen noch. Maximilian auch. Uropa ist nicht da. Ich weiß nicht, wen ich sonst fragen soll.«

Kurz überlegte Nella, wo Opa Otto sich wohl rumtrieb, aber dann schob sie den Gedanken beiseite. Er hatte sein Bestes gegeben, um allen das Osterfest zu verderben. Von ihr aus konnte er gern wegbleiben.

»Strolch?«, fragte sie lächelnd. Allein Katharinas Anwesenheit hob ihre Stimmung.

»Ja, weil sie doch rumgestrolcht ist, als Mama und Papa sie gefunden haben. Wie der Hund im Film *Susi und Strolch.* Ich finde, sie sieht ihm ein bisschen ähnlich. Außerdem passt der Name zu Struppi, unserem Hund. Ich weiß nur nicht, ob sie sich mit unserer Katze Missy vertragen wird.«

Aha. Katharina ging wie selbstverständlich davon aus, dass die Katze von der Hochzeitsmühle mit ihr nach Hamburg ziehen würde.

Sie überlegte, dass ihre Schwester derzeit ganz andere Probleme hatte, und sagte daher vorsichtig: »Das könnte schwierig werden. Manche Katzen kommen gut miteinander aus, vor allem wenn sie zusammen aufgewachsen sind. Andere nicht. Dann kann es zu üblen Kämpfen kommen.«

»Oh!«, rief Katharina erschrocken. »Ich will nicht, dass einer von beiden was passiert. Aber Strolch kann nicht hierbleiben, dann verhungert sie, wenn sich niemand um sie kümmert.«

Eine Idee kam Nella, vielleicht keine besonders gute, aber sie sprach sie trotzdem aus: »Zunächst müssen wir herausfinden, ob die Katze einen Besitzer hat. Wenn nicht, kann sie mit zu mir.«

Damit ich mich für immer an dieses katastrophale Osterfest erinnere, fügte sie in Gedanken hinzu.

Katharina strahlte. »Das wäre ganz, ganz toll. Dann kann ich sie auch immer besuchen.«

»Okay. So, nun lass uns schauen, was wir für sie zu fressen finden.«

Sie fand eine Plastikschale mit pürierter Hühnerbrust

und lächelte. Karen hatte sich gestern noch die Mühe gemacht, das Fleisch zu kochen und zu zerkleinern. Nella tat eine kleine Portion in einen Napf und stellte ihn der Katze hin. Sie fraß mit sichtlichem Behagen. Daraufhin rollte sie sich auf der Eckbank zusammen.

»Wenn Uropa das sieht, wird er bestimmt böse«, meinte Katharina sorgenvoll.

»Ach was. Er ist doch sowieso nicht da. Was möchtest du frühstücken?«

»Pfannkuchen«, kam es wie aus der Pistole geschossen zurück.

Nella grinste. Zu Hause bekam Katharina morgens wahrscheinlich gesundes Körnermüsli mit frischem Obst.

»In Ordnung.« Sie hatte selbst auf einmal einen Bärenhunger. Ihr fiel ein, dass sie seit dem gestrigen Mittagessen nichts mehr zu sich genommen hatte. Während der Verkaufsveranstaltung bei Julia Peters hatte sie keine Zeit gehabt, von den Snacks zu kosten. Später war ihr der Appetit vergangen.

Eier waren reichlich da, und sie fand auch Mehl und Zucker. Außerdem entdeckte sie ein Glas Apfelmus.

Sie machte sich an die Arbeit, kochte dazu Kaffee für sich selbst und für Katharina Kakao. Wenig später erfüllte ein herrlicher Duft die Bauernküche. Offenbar war er bis in den ersten Stock gezogen, denn ein verstrubbelter und gähnender Maximilian erschien in der Tür.

»Gibt's auch welche für mich?«

»Na klar. Setz dich.«

Nella war froh, dass sie eine große Menge Teig angerührt hatte, denn ihr Neffe verputzte allein fünf Pfannkuchen.

»Wo haben die denn alle Platz?«, fragte Katharina staunend. Sie selbst hatte gerade mal einen geschafft.

»Ich bin im Wachstum«, erklärte Maximilian grinsend.

»Ich auch.«

»Aber du bist eben noch ein Zwerg.«

Mit einer Hand streichelte er Strolch, die sich auf seinem Schoß zusammengerollt hatte. Nella lächelte. Er war genauso tierlieb wie seine kleine Schwester, zeigte es aber seltener. Es war ein Moment des Friedens hier mit den beiden in der Küche. Sie wünschte, er möge anhalten, aber das war natürlich illusorisch.

Nur ein paar Minuten später rutschte Maximilian von der Eckbank, stand auf und setzte Strolch liebevoll auf einem Kissen ab. »Danke für das Frühstück. So lange die Eltern noch schlafen, bin ich in meinem Zimmer.«

»Okay«, erwiderte Nella und hoffte, diese Horrorserie, die er da schaute, war nicht allzu grässlich.

»Wieso sind die denn überhaupt noch nicht auf?«, fragte er. »Ist was passiert?«

»Ähm … ist wohl spät geworden gestern«, gab Nella zurück. Im Stillen ärgerte sie sich. Mochte es auch Karens und Torbens Entscheidung sein, ob sie den Kindern von der unglaublichen Neuigkeit berichten wollten, sie, Nella, hatte keine Lust zu lügen. Nun, dachte sie, in Zukunft halte ich mich da raus.

Katharina stand auch auf. »Komm, Nella, wir müssen jetzt zum Tierarzt.«

»Was? Nein.«

»Doch. Er muss Strolch untersuchen, und vielleicht weiß er, wem sie gehört.« Ihre Nichte wirkte richtig streng. »Mama hat gestern gesagt, wir fahren vor dem Mittagessen. Deswegen müssen wir uns beeilen, damit du sie mitnehmen kannst.«

Mist!, dachte Nella. Hätte ich Katharina doch bloß nicht versprochen, mich um die Katze zu kümmern. Andererseits gefiel ihr der Gedanke, ein Haustier zu haben. Sie würde sich weniger einsam fühlen in Zukunft.

Während sie noch mit sich rang, besorgte ihre Nichte bereits einen großen Karton und setzte Strolch hinein.

»Vielleicht ist Doktor Johannsen gar nicht da«, wandte Nella noch ein.

»Dann warten wir eben, und du schreibst Mama eine Nachricht, wo wir sind. Damit sie sich nicht wieder Sorgen macht.«

»Also gut.« Nella wusste, sie kam nicht drumherum. Aber vielleicht war es ja ganz gut, überlegte sie. Vielleicht bekam sie die Chance, Hauke ihre ganze Abneigung spüren zu lassen. Genau! Er sollte sich genauso schlecht fühlen wie sie selbst gestern Abend.

Dummerweise gelang es Nella nicht, ein wütendes Gesicht zu machen, als Hauke die Praxistür öffnete. Stattdessen schoss ihr das Blut in den Kopf, und sie fühlte sich entsetzlich befangen.

Hauke selbst wirkte kühl und beherrscht. Früher hatte sie immer genau gewusst, was er dachte und fühlte. Das war nun nicht mehr so.

»Guten Morgen«, sagte er ruhig. Dann ging er neben

Katharina in die Hocke. »Wieder ein neuer Patient? Wenn das so weitergeht, muss ich mich dank dir bald nicht mehr langweilen.«

Sie nickte eifrig. »Eine Streunerin. Mama und Papa haben sie gestern in der Hochzeitsmühle gefunden. Sie heißt Strolch.«

»Ist es denn ein Kater?«

»Nein, aber der Name passt trotzdem.«

Hauke lächelte. »Finde ich auch.«

»Weißt du, dass Mama und Papa noch mal heiraten wollen? In der Mühle?«

»Tatsächlich?« Er sah zu Nella auf. »Das ist eine wunderbare Nachricht.«

»Ja, das ist es.« Nella war dies auch neu, aber sie freute sich für ihre Schwester und ihren Schwager.

»Wo ist denn das Auto von deiner Freundin?«, wollte Katharina nun wissen. Nella staunte. Ihre Nichte war eine gute Beobachterin. »Ich habe es nämlich gesehen, als ich mit Uropa hier war«, fuhr Katharina fort, »und er hat mir gesagt, dass das B auf dem Nummernschild für Berlin steht. Sie ist doch aus Berlin, oder?«

»Ja«, gab Hauke zurück und schien sich nicht wohl in seiner Haut zu fühlen. Mehr sagte er nicht.

Wahrscheinlich, dachte Nella, musste sie vorübergehend zurück nach Berlin und ist früh los, um die schlimmsten Verkehrsstaus zu vermeiden, und er grämt sich bereits seit Stunden.

»Kannst du die Katze jetzt untersuchen?«, fragte sie barsch.

Er hob die Brauen, nickte dann aber.

Zu dritt gingen sie ins Untersuchungszimmer, wo Hauke Strolch aus dem Karton hob. Er schaute ins Maul und in die Ohren, maß Fieber, horchte auf den Herzschlag und tastete den Körper gründlich ab.

»Ich könnte noch eine Blutuntersuchung machen, aber sie scheint mir soweit gesund zu sein. Nur zu mager. Ich werde dir ein Spezialfutter mitgeben und zusätzlich noch ein paar Mineraltabletten, die du ihr ins Wasser gibst.« Er sprach zu Katharina und wich Nellas Blick aus.

Dann rede eben nicht mit mir, dachte sie eingeschnappt.

»Aber wem gehört sie denn?«, fragte Katharina ängstlich. »Wenn sie keinen Besitzer hat, könnte sie mit nach Hamburg kommen. Das heißt, Tante Nella würde sie zu sich nehmen.«

Nur kurz sah Hauke sie an, bevor er wieder den Blick abwandte. »Ich habe da so einen Verdacht«, sagte er zu Katharina. »Aber warte mal.«

Er holte sein Mikrochiplesegerät aus einem Schrank und fuhr damit langsam über den Nacken der Katze.

»Wie ich es mir gedacht habe«, sagte er schließlich. »Der Name des Besitzers lautet Piet Lüttjens.«

Katharina hatte auf einmal Tränen in den Augen, und auch Nella war enttäuscht. Sie hatte sich bereits an den Gedanken gewöhnt, Strolch bei sich zu haben.

Hauke, der offenbar erkannte, was los war, fügte schnell hinzu: »Piet Lüttjens ist vor zwei Monaten im hohen Alter von fünfundneunzig Jahren verstorben. Ich habe mich schon gefragt, was aus seiner Katze geworden ist. Niemand hat sie mehr gesehen.«

»Hat er Verwandte?«, fragte Nella.

Hauke schüttelte den Kopf. »Nein. Wenn ihr wollt, könnt ihr Strolch mitnehmen. Wartet mal.«

Er ging zu einem Laptop, schaltete ihn ein und suchte eine Weile. Dann sagte er: »Hier ist sie. Ich habe sie regelmäßig untersucht und geimpft. Sie ist fünf Jahre alt und kerngesund. Allerdings stammt der letzte Eintrag von vor anderthalb Jahren. Wahrscheinlich war Piet zu schwach, um sie mir zu bringen. Und weil sie so abgemagert ist, habe ich sie nicht gleich erkannt.«

Was nicht unbedingt für ihn als Tierarzt sprach, dachte Nella böse. Wahrscheinlich vernebelte ihm der Abschiedsschmerz von Friederike das Gehirn.

Hauke fuhr fort: »Sie war die letzte einer langen Reihe von Katzen des alten Piet. Übrigens heißt sie eigentlich Bertha, wie alle ihre Vorgängerinnen.«

»Bertha!«, rief Katharina aus. »Das ist aber ein hässlicher Name. Sie soll weiterhin Strolch heißen!« Sie hüpfte vor Freude auf und ab. Nella hätte es ihr beinahe gleichgetan, aber dann bemerkte sie Haukes Blick und ließ es bleiben. Für einen kurzen glücklichen Moment hatte sie vergessen, dass sie ihn hasste, dass zwischen ihnen niemals etwas sein konnte. Dieser Moment war nun vorbei.

»Dann nehmen wir sie also mit«, sagte sie nur und wollte gehen. Doch es dauerte eine kleine Ewigkeit, bis Hauke das Futter und die Mineraltabletten zusammengesucht hatte. Man hätte fast meinen können, er wolle mit Absicht Zeit schinden. Sogar eine Transportbox für Katzen kramte er noch hervor.

Schließlich musste er sie jedoch ziehen lassen.

24

Sprich mit ihm!

Zurück beim Friesenhaus sahen sie, dass Torben bereits den Wagen packte.

»Hallo, ihr zwei«, sagte er, gab seiner Tochter einen Kuss auf die Stirn und schenkte Nella ein Lächeln. »Wart ihr noch einmal spazieren?«

»Nein, beim Tierarzt«, berichtete ihm Katharina. »Stell dir vor, Papa, Strolch hat einem alten Mann gehört, der gestorben ist. Jetzt darf sie mit nach Hamburg.«

Torben kratzte sich am Kopf und grinste. »Ich fürchte, ich bin noch nicht ganz wach. Wer ist gestorben? Und wer ist Strolch?«

Katharina klärte ihn auf, wobei sich sein Gesicht vorübergehend verfinsterte, dann jedoch schnell wieder aufhellte.

»Du nimmst die Katze mit zu dir?«, fragte er Nella.

Sie nickte. »Ein bisschen Gesellschaft kann ich gut gebrauchen.«

Torben öffnete den Mund, sah seine Tochter an und schloss ihn wieder. Während Katharina noch vom alten Piet erzählte, wartete Torben geduldig ab, doch als sie geendet hatte, bat er sie, ins Haus zu laufen und nach ihrem

Bruder zu sehen. Der solle endlich seinen gepackten Seesack runterbringen.

»Aber du redest Tante Nella nicht aus, Strolch mitzunehmen?«

»Nein, das verspreche ich.«

Als die Kleine fort war, wollte auch Nella ins Haus, um ihre Sachen zusammenzusuchen, aber Torben bat sie, noch einen Moment zu bleiben, er müsse ihr etwas Wichtiges mitteilen.

»Alles in Ordnung mit dir und Karen?«, fragte sie alarmiert.

»Doch, doch. Es wird nicht einfach sein für sie, mit allem fertigzuwerden, aber ich bin bei ihr, und gemeinsam schaffen wir das. Ich wollte mit dir über etwas anderes reden.«

»Schieß los.«

Doch statt die Gelegenheit zu ergreifen, kam er einfach nicht zur Sache. Er druckste herum, packte hektisch eine Tasche von einer Seite des Kofferraums zur anderen, sammelte Papiertaschentücher und Bonbontüten aus dem Wagen, rannte herum und trat gegen die Reifen.

»Torben«, mahnte Nella sanft. »Ich müsste dann mal hochgehen. Was gibt es denn?«

Er rang so sichtbar mit sich, dass sie schon grinsen musste. Irgendwas beschäftigte ihn sehr, aber offenbar wusste er nicht, ob es in Ordnung war, mit der Sprache rauszurücken.

»Ach,« sagte er. »Schon gut. Geh nur. Du freust dich doch, nach Hamburg zurückzukommen?«

»Ähm … ja, durchaus.« Es war nur eine halbe Lüge, so

wie eben auch eine Hälfte von ihr gern zurück in die Stadt fuhr und es kaum erwarten konnte, ihre Ausbildung bei Dr. Gerkens wiederaufzunehmen. Die andere Hälfte jedoch wollte die Zehen in den fruchtbaren Marschboden krallen und die Arme um den dicken Stamm der Rotbuche schlingen, um nur nicht von hier fortgebracht zu werden.

»Gut«, sagte er nach einem Moment des Schweigens. »Das ist gut. Und du bekommst eine zweite Chance bei diesem Tierarzt. Du wirst endlich das tun, was du am meisten liebst.«

»Ja«, sagte sie und fühlte sich irgendwie besser. »Ja, das werde ich.«

Und eines Tages, fügte sie in Gedanken hinzu, vielleicht in einem Jahr, komme ich nach Friedrichskoog zurück. Dann hat sich Hauke von seiner Friederike getrennt, weil er es in Berlin nicht aushalten konnte, und wir treffen uns wieder auf dem Deich. Ich werde ihm erzählen, dass ich jetzt Tierarzthelferin bin, und er wird vor lauter Bewunderung sagen: »Heirate mich, Nella.«

Okay, dachte sie, träum weiter.

»Also, ich muss dann wirklich mal rein. Sonst schimpft deine Frau, weil ihr auf mich warten müsst.«

Torben sah sie noch einen Moment zweifelnd an, dann kam er offenbar zu einer Entscheidung und nickte. »Gut, dann bis gleich.«

»Habt ihr eigentlich Opa Otto gesehen?«

»Ja, er ist heute ein bisschen wackelig auf den Beinen, aber er hat sich das Lamm geschnappt und ist damit zu Hauke gelaufen. Angeblich hat der versprochen, sich darum zu kümmern. Ihr müsstet ihm eigentlich begegnet sein.«

»Nein, wir haben uns verpasst.« Darüber war Nella sehr froh. Womöglich wäre Katharina in Tränen ausgebrochen, und sie selbst fühlte sich an diesem Morgen zu erschöpft, um andere zu trösten. Dafür traf sie ihre Nichte mit traurigem Gesicht in der Diele an.

Sie trug die kleine Transportbox mit dem Meerschweinchen darin und sagte mit Grabesstimme: »Wolf ist weg.«

Karen, die mit einem kleinen Koffer hinter ihr herkam, strich ihr liebevoll übers Haar. »Sei nicht traurig, meine Kleine. Du weißt doch, dein Lamm wird es beim Tierarzt gut haben.«

Katharina straffte die Schultern. »Ja, und ich darf es bestimmt besuchen?«

»Aber sicher. Vielleicht können wir Pfingsten alle herkommen.«

Schon strahlte Katharina wieder und lief nach draußen zu ihrem Vater.

»Ich nicht«, sagte Nella schnell. »Ich komme Pfingsten nicht mit.«

»Oh«. Karen setzte den Koffer ab und zog Nella zu einer der Truhen. »Komm, setz dich. Ein paar Minuten haben wird noch. Es tut mir leid.«

»Was denn?«

»Ich war so mit mir selbst beschäftigt, dass ich gar nicht mehr an dich gedacht habe. Wie geht es dir?«

»Gut. Wirklich. Erzähl mir lieber, wie du alles verkraftest hast.«

Karen legte den Kopf schief. »Ich habe noch gar nichts verkraftet. Das wird auch noch sehr, sehr lange dauern. Ich fühle mich, als hätte man mir ein Bein ausgerissen oder das halbe Herz. Ich kann es nicht genau beschreiben.«

»Das muss hart sein.«

»Gleichzeitig bin ich aber auch irgendwie erleichtert.«

»Wirklich?«, fragte Nella überrascht.

»Ja, endlich kann ich damit aufhören, immer so perfekt sein zu wollen. Das hat mich echt verfolgt. Anscheinend wollte ich immer noch Papa alles recht machen, obwohl der das gar nicht mehr mitkriegt. Ich bin einfach nicht davon losgekommen. Opa Otto hatte ganz recht. So langsam wurde mein Verhalten zwanghaft. Natürlich kann ich mich nicht von heute auf morgen ändern, aber Torben meint, es ist okay, wenn wir es langsam angehen lassen.« Ihre Augen strahlten glücklich. »Es ist ein Neuanfang, Nella. Wohin er uns führt, können wir nicht wissen, aber wir wollen alles dafür tun, dass es klappt.«

Nella drückte ihre Schwester fest an sich. »Ich freue mich so für euch.«

»Danke, aber du hast gerade ziemlich erfolgreich von dir selbst abgelenkt. Hast du gedacht, ich merke das nicht?« Karen knuffte sie sanft in die Seite. »Was ist denn nun mit Hauke?«

»Mit dem?« Nella lachte bitter auf. »Da läuft gar nichts.« Und sie erzählte ihrer Schwester vom gestrigen Abend, von den beiden Partycrashern Hauke und Tamme und von der Neuigkeit, dass Hauke ohnehin bald zu seiner Freundin nach Berlin ziehen würde.

Daraufhin runzelte Karen die Stirn. »Warte mal. Was das betrifft, hat mir Torben irgendwas erzählt … Ach, verflixt, ich komm nicht mehr drauf. Opas große Bekanntmachung hat meinen Kopf leergefegt, was alles andere angeht.«

»Ist nicht so wichtig«, meinte Nella. »Ich bin in einer halben Stunde weg, und das war's dann mit Friedrichskoog. Mit diesem Ort und diesem Haus habe ich nichts mehr zu tun.«

Als das Auto fertig gepackt war, warteten alle nur noch auf Maximilian, der sich Karen zufolge von einer Freundin verabschieden wollte.

»Was ist das für eine Freundin?«, fragte Torben. »Wann hat er die denn kennengelernt? Der hat doch nur vor seinem Laptop gehockt.«

Sie standen alle draußen am Auto, und auch Nella wunderte sich.

Einzig Karen grinste wissend. »Anscheinend ist er mal aus dem Haus gegangen, als wir es nicht mitgekriegt haben.«

Opa Otto trat durch den Vorgarten zögernd auf sie zu. Er wirkte unsicher, ob er willkommen war, gleichzeitig schien er aber entschlossen.

Wie ein Mann, der eine Mission hat, schoss es Nella durch den Kopf. Um Himmels willen! Was hatte er denn noch vor?

An diesem Morgen trug Otto Thiessen normale Jeans und dazu ein Hemd mit einem blauen Pullover drüber. Die Haare waren unter eine Schiffermütze verborgen.

Wer ihn nicht kannte, hätte ihn für einen ganz gewöhnlichen alten Herrn halten könne.

»Was willst du?«, fragte Torben.

»Darf ich mich nicht von meiner Familie verabschieden?«

»Selbstverständlich«, schoss Torben zurück. »Sag tschüs zu Nella.«

Erst als er Katharinas verwirrten Blick bemerkte, ergänzte er: »Und zu allen anderen. Aber Maximilian fehlt noch.«

Opa Otto baute sich vor Karen auf und verschränkte die Arme vor der Brust. »Ich hab's dir sagen müssen, damit du endlich wieder in die Spur kommst.«

Gespannt sah Nella von einem zum anderen. Näher würde ihr Großvater an eine Entschuldigung nicht herankommen, das schien auch ihre Schwester zu spüren. Denn sie deutete ein Nicken an.

»Wir werden dich nicht mehr belästigen«, fügte sie aber noch hinzu.

»Papperlapapp! Spiel jetzt nicht die beleidigte Leberwurst. Ihr gehört immer zu meiner Familie.«

Nella blickte zu Katharina, sie war zum Glück mit Herrn Schmidt beschäftigt und bekam nicht mit, was gesprochen wurde.

»Wenn du das sagst …«, meinte Karen langsam. Nella konnte ihr jedoch ansehen, dass sie erleichtert war. Im nächsten Moment aber verspannte sie sich schon wieder, denn da sagte Opa Otto: »Ich habe noch etwas bekannt zu geben.«

Nella, Karen und Torben tauschten ratlose Blicke.

»Wie ihr wisst, habe ich meinen Sohn enterbt.«

Alle drei schwiegen und warteten ab.

»Nun gut, mein Besitz geht an meine beiden Enkelinnen über.«

Karen stieß einen kleinen Schrei aus, Nella fühlte, wie ihr schwindelig wurde. Das alte Friesenhaus sollte ihr gehören? Also, zumindest zur Hälfte? Sie würde hierherkommen dürfen, wann immer sie wollte, sie hätte eine Zuflucht, ein Heim auf Zeit. Zwar wusste sie mit dem Verstand, dass sie die Erbin war, doch bei Opa Otto konnte man nie sicher sein. Er hätte das Haus auch einem seiner Hippiefreunde oder einem wohltätigen Verein vermachen können.

»Aber – ich bin doch gar nicht deine Enkelin«, flüsterte Karen.

»Jetzt hör aber auf mit dem Tüdelkram!«, fuhr Opa Otto sie an. »Selbstverständlich bist du das. Ich habe dir das Reiten beigebracht und dich zur ersten Wattwanderung mit rausgenommen. Ich habe deinem Sohn gezeigt, wie man Krabben pult, und deiner Tochter zuliebe ein Lamm am Leben gelassen. Bin ich nun euer Opa oder nicht?«

»Bist du«, sagte Karen mit zitternder Stimme.

»Nun gut. Ihr erbt also zu gleichen Teilen. Aber nur unter zwei Bedingungen«, sagte Opa Otto streng.

War ja klar, dass es dabei einen Haken gab, sagte sich Nella.

»Weder das Haus noch der Grundbesitz dürfen verkauft werden. Alles muss in Familienbesitz bleiben, denn ihr sollt regelmäßig herkommen, die Ferien hier verbringen, zusammen sein. Falls eine von euch ganz herziehen möchte, soll's mir recht sein. Nur die eine große Wiese gleich hinter dem Deich darf veräußert werden, um die Kosten der Instandhaltung zu tragen. Ihr werdet sehen, ihr bekommt einen guten Preis dafür.«

Er blickte von einer zur anderen. »Seid ihr damit einverstanden?«

»Ja«, sagten Nella und Karen im Chor.

»Und Sie, junger Mann? Übrigens, kennen wir uns?«

Torben grinste. »Veräppele mich ruhig. Aber ja, ich bin auch einverstanden. Ein Ferienhaus an der Küste. Das ist wundervoll.«

Nella fiel etwas ein. »Du hast von zwei Bedingungen geredet.«

»Ach ja. Die zweite ist, ich werde nicht ins Altenheim abgeschoben. Wenn ich nicht mehr für mich selbst sorgen kann, besorgt ihr mir eine Betreuung, vorzugsweise eine hübsche junge Frau, damit meine alten Augen sich noch an knackigen Kurven erfreuen können.«

»Otto!«, mahnte Karen und hielt ihrer Tochter schnell die Ohren zu. Aber Katharina erzählte Herrn Schmidt gerade, er dürfe nicht die ganze Karotte haben, weil die Fahrt bestimmt zwei Stunden dauern würde und sie nicht wüsste, ob sie irgendwo seinen Käfig reinigen könne.

»Ich werde noch ein offizielles Testament aufsetzen lassen«, sagte Opa Otto nun, »aber bei uns regelt man die Dinge so.« Er streckte seine Hand aus, und nacheinander schlugen Torben, Karen und Nella ein. Alle grinsten sich an, und als Maximilian hinzustieß, fragte er: »Was ist denn mit euch los?«

Er selbst wirkte erhitzt, stellte Nella fest. Sein Haar war

verstrubbelt, die Augen leuchteten, die Lippen wirkten röter als sonst.

»Wir freuen uns nur«, antwortete seine Mutter und erzählte ihm von Opas Neuigkeit.

»Cool. Das muss ich gleich Kiki erzählen.«

»Moment mal«, Torben hielt ihn am Ärmel fest.

»Du bleibst schön, wo du bist. Wir fahren ab. Wozu habt ihr jungen Leute Handys und WhatsApp? Schick ihr eine Nachricht. Vielleicht kommen wir in zwei Wochen schon wieder her.«

Maximilian nickte und grinste dabei von einem Ohr zum anderen.

Karen fragte: »Muss sich noch jemand frisch machen? Wir wollen keine Pause einlegen, damit wir rechtzeitig …« Plötzlich unterbrach sie sich selbst mit einem Lachen. »So ein Quatsch. Wir machen so viele Pausen, wie wir wollen. Also los.«

Opa Otto schien kurz abgelenkt, denn er blickte zur anderen Straßenseite.

»Huhu!«, rief er. »Willste auch Tschüs sagen oder dir endlich meine Enkelin über die Schulter werfen und sie entführen?«

Nella wirbelte herum. Dort ging Hauke, hielt kurz inne, schüttelte den Kopf, deutete ein Winken an, lief weiter. Seinen Hund, den er an die Leine gelegt hatte, musste er mit roher Gewalt mit sich ziehen, so sehr wollte der über die Straße laufen.

»Bei Fuß!«, hörte Nella ihn sagen.

Dann war er vorbei, strebte dem Deich zu, entschwand ihren Blicken.

»Der ist jetzt aber nicht zufällig hier vorbeigelaufen«, stellte Karen fest. »Und Nella, hör auf, dir über die Stirn zu reiben, du siehst aus wie eine rote Ampel.«

Nella ließ die Hand sinken, starrte zu Boden, wusste nicht, was sie tun sollte.

»Na los.« Karen schubste sie leicht an. »Geh ihm nach.«

»Warum sollte ich? Wir haben uns vorhin schon in der Praxis verabschiedet. Er …«, sie senkte ihre Stimme zu einem Flüstern, »er verachtet mich für meinen Job, und außerdem ist er in festen Händen.«

Karen sagte einen Moment lang nichts, aber dann stieß sie einen Pfiff aus, der jedem Schäfer zur Ehre gereicht hätte.

»Mensch, das ist es!«

»Was hast du denn?«.

»Torben, hast du ihr das denn nicht erzählt?«

Nellas Schwager wand sich unter dem Blick seiner Frau. »Ich war mir nicht sicher, ob mir das zusteht.«

»Spinnst du? Sie muss es wissen!«

»Ich mische mich nun mal nicht gern in die Angelegenheiten anderer Leute ein.«

»Na, da hast du Glück, dass du mich hast. Ich werde …«

Nella reichte es. »Hallo? Ich bin hier. Könnt ihr mal aufhören, über mich zu reden, als wäre ich woanders?«

Karen lachte. »Sorry. Also, es ist so. Friederike hat einen anderen. Als wir Karfreitag alle in der Küche gesessen haben, da hat Torben zufällig gesehen …«

»Ich möchte betonen, dass es normalerweise nicht meine Art ist zu spionieren«, warf dieser ein.

»Ja, ja, schon gut. Also er hat eine Nachricht gelesen, die sie gerade geschrieben hat. Wie lautete die noch?«

»Ungefähr so: ›Hab ein wenig Geduld, mein Liebling. Ich muss noch mit Hauke reden.‹ Ja, so war es.«

Hoffnung glomm in Nellas Herzen auf, aber sie sagte schnell: »Das kann alles Mögliche bedeuten.«

Da meldete sich Opa Otto zu Wort, der überhaupt kein Problem damit hatte, sich überall einzumischen. »Es stimmt. Die schicke Berlinerin ist weg. Hauke hat es mir bestätigt, als ich ihm vorhin das Lamm gebracht habe. Und sie kommt nicht zurück. Sie liebt einen Hotelpagen.«

Nella ahnte, dass ihr Kopf jetzt glühte, ganz ohne heftiges Reiben über die Stirn.

»Wirklich?«, fragte sie.

»Wirklich«, gab Otto zurück. »Das halbe Dorf weiß es schon.«

Ihr fiel ein, dass Hauke sich ausgeschwiegen hatte, als Katharina ihn nach dem Auto seiner Freundin gefragt hatte. Und sie selbst war davon ausgegangen, Friederike hätte nur vorübergehend zurück nach Berlin gemusst.

»Worauf wartest du noch?«, fragte Karen.

»Lauf ihm endlich nach.«

»Aber … er war gestern doch so peinlich berührt …«

»Du kannst hier noch zehn Jahre stehen und tausend Ausreden finden. Ab mit dir!«

Diesmal bekam Nella einen so heftigen Schubs, dass sie ins Straucheln geriet und nur deshalb nicht fiel, weil ihre Beine plötzlich Flügel hatten. Sie flog über die Straße, flog gleich darauf den Deich hoch, flog über die Krone, sah Hauke in der Ferne, sah, wie Bernd herumschnellte und auf sie zugerannt kam.

Der ist nicht mehr an der Leine, dachte sie noch, bevor sie von ungefähr siebzig Pfund Lebendgewicht umgerannt wurde. Dann stand der Hund über ihr und schleckte ihr das Gesicht ab.

Okay, dachte Nella, noch ein wenig benommen. Das ist fast so gut, wie von Hauke geküsst zu werden. Aber wirklich nur fast.

Hauke war auf einmal bei ihnen und zerrte Bernd von ihr weg. »Aus! Sitz!«

Der Hund gehorchte und setzte sich friedlich ins Gras. Er sah äußerst zufrieden aus, fand Nella. Aus Hundesicht hatte er getan, was er konnte.

Hauke half ihr auf, reichte ihr eine kleine Flasche Wasser, mit der sie sich das Gesicht waschen konnte, und sah sie dann aufmerksam an.

Sie starrte zurück. »Wenn du es peinlich findest, was ich beruflich mache, brauchst du es nur zu sagen. Es ist mir egal!«

Sie hätte ihm von Doktor Gerkens erzählen können, aber sie dachte gar nicht daran. Sie war nämlich auf einmal wieder ziemlich wütend auf ihn.

»Es ist mir überhaupt nicht peinlich«, beeilte er sich, ihr zu versichern. »Ich war nur ein wenig überrascht. Das ist alles.«

»Ich glaube dir kein Wort. Als du mich bemerkt hast, da hast du schockiert ausgesehen.«

»Ich war nicht schockiert. Ich war …«

»Na? Was denn?«

»Muss ich dir das wirklich erklären? Du warst umwerfend schön.«

»Oh.« Nella überlegte, ob sie sich womöglich alles nur eingebildet hatte. Nein, hatte sie nicht.

»Aber danach warst du stinksauer und geschockt.«

Hauke stieß ein Seufzen aus. »Hab Erbarmen. Ich hatte ein paar harte Stunden hinter mir. Friederike hatte gerade erst mit mir Schluss gemacht, und Tamme hatte mich mit Lütten abgefüllt. Und da gerate ich plötzlich in eine Bauerndiele voller halb nackter Frauen. Schätze mal, das war zu viel für mich.«

Auf einmal musste Nella lachen. »Okay, kann ich verstehen.«

Hauke grinste schief. »Ist mir also verziehen?«

Sie wurde wieder ernst. »Ja.«

»Dem Himmel sei Dank.« Er zog sie an sich und küsste sie ausgiebig. Obwohl Ebbe war, schien plötzlich das Meer zu rauschen, die Vögel sangen lauter, die Möwen kreischten wie verrückt, und die Krebse klapperten mit ihren Scheren.

Was? Nella wich einen Schritt zurück.

»Das ist verrückt«, murmelte sie. »Ich höre alles viel zu laut.«

Hauke lächelte sanft. »Ich auch. Und ich sehe alles in stärkeren Farben. Du nicht?«

Sie blickte sich um. »Das ist verrückt«, sagte sie wieder.

»Oder es ist etwas anderes«, schlug er vor.

»Was denn?«

»Wie wär's mit Liebe?«

Dann sprachen sie lange Zeit nicht mehr, sondern

waren so sehr damit beschäftigt, sich zu umarmen und zu küssen, dass es Bernd schließlich zu lange dauerte und er energisch erst Hauke und dann Nella anstupste.

»Oje!«, rief sie erschrocken aus. »Ich muss zurück. Alle warten auf mich.«

Doch das tat niemand. Die Familie hatte sich in der Küche versammelt und trank gemütlich eine zweite Runde Kaffee. »Wird schon nicht so schlimm werden mit dem Stau«, meinte Karen. »Außerdem kennt Torben ein paar Schleichwege.«

Nella staunte über ihre neue Schwester.

»Du könntest hier bei mir bleiben«, raunte Hauke ihr ins Ohr.

»Nein, das kann ich nicht. Das geht mir zu schnell. Außerdem habe ich Pläne in Hamburg.« Sie verriet ihm nicht, welche. Zunächst, fand sie, musste sie selbst herausfinden, ob sie die neue Aufgabe meistern konnte.

»Aber du kommst bald wieder?«

»Versprochen.«

»Weißt du, ich eigne mich nicht besonders gut für Fernbeziehungen.«

»Ich auch nicht. Wir … wir sehen einfach, was passiert, okay?«

Mehr konnte sie ihm im Augenblick nicht anbieten.

»In Ordnung«, sagte er schließlich und küsste sie noch einmal vor versammelter Mannschaft. Die Familie jubelte und grölte, was bei den Nachbarn mal wieder den Verdacht weckte, die Thiessens hätten nicht alle Tassen im Schrank.

Epilog

Im Jahr darauf traf sich die Familie erneut in Friedrichskoog.

Mit Karen war eine große Veränderung vor sich gegangen. Sie und Torben hatten hart an ihrer Beziehung gearbeitet und einen neuen Weg der Liebe beschritten. Auch die Kinder waren zufriedener, und Maximilian hatte die Höhen und Tiefen der Pubertät fast hinter sich.

Karen ließ neuerdings gern mal alle Fünfe gerade sein, tolerierte sogar Schmutz im Haus, bestand nicht mehr auf hundertprozentiger Pünktlichkeit und servierte der Familie abends auch einfach mal Tiefkühlpizza. Niemand beschwerte sich darüber.

Als Walter Thiessen im vergangenen Sommer zu Besuch gekommen war, hatte es eine große Aussprache gegeben. Und er hatte Karen endgültig davon überzeugen können, dass er sie immer geliebt hatte und immer lieben würde. Auch zu ihrer Mutter nach Berlin war Karen gefahren, und Nella hatte sie begleitet. Die Aussöhnung mit Thelma schien unmöglich zu sein, denn beide Töchter trugen ihr nach, dass sie so lange geschwiegen hatte. Schließlich erreichten sie eine Art Waffenstillstand, der vielleicht mit den Jahren zu einem kleinen Frieden ausgebaut werden konnte.

Über ihren leiblichen Vater brachte Karen nichts in Erfahrung. Thelma gestand, sie habe sich einmal auf einer Studentenparty mit einem Kommilitonen eingelassen, aber da es an jenem Abend sehr viel billigen Rotwein gegeben habe, wüsste sie beim besten Willen nicht mehr, wer das gewesen sei. Karen gab sich mit der Antwort notgedrungen zufrieden, aber Nella ahnte, dass dies immer eine Wunde im Leben ihrer Schwester sein würde.

Sie wuchsen enger zusammen in dieser Zeit. Nella war oft bei der Familie in Blankenese, oder die zwei Schwestern trafen sich zu einem Spaziergang an der Alster.

Strolch lebte sich gut ein in der Wohnung in Hamburg-Hamm, und Nella war glücklich, wenn sie abends nach Hause kam und von der Katze empfangen wurde. Ihre Ausbildung bei Doktor Gerkens hätte nicht besser laufen können. Nun fehlten ihr nur noch drei Monate bis zum Abschluss.

Den Job als Vertreterin für Sextoys hatte sie guten Gewissens aufgeben können. Sie bekam so viele Anfragen als Hundesitterin, dass sie auf den Verdienst nicht länger angewiesen war. Zudem zahlte ihr der Tierarzt mehr als das übliche Lehrlingsgehalt. Sie sei schließlich eine erwachsene Frau, argumentierte er, und kein achtzehnjähriges Mädchen, das noch bei den Eltern lebte.

Einziger Wermutstropfen für ihn war, dass er wusste, Nella würde nicht bleiben. Ihre neue Heimat sollte Friedrichskoog werden, aber erst nach dem Ende der Ausbildung.

Als sie Hauke davon erzählt hatte, hatten seine Augen aufgeleuchtet.

»Du konntest schon immer gut mit Tieren umgehen«, hatte er gesagt. »Sieh dir nur Bernd an. Der ist dir völlig ergeben.«

Das war während ihres vierten oder fünften Besuchs an der Küste gewesen, als sie die holprigen Anfänge ihrer Beziehung gemeistert hatten und offen miteinander redeten.

»Könntest du dir denn vorstellen, bei mir in der Praxis zu arbeiten?«, hatte er sie gefragt.

»Das möchte ich jetzt noch nicht entscheiden.« Nella hatte es weiterhin vorgezogen, mit kleinen Schritten voranzugehen.

»In Ordnung«, hatte er zugestimmt.

Ein paar Mal war Hauke auch in Hamburg gewesen, aber er hatte nie lange bleiben können.

Nun waren also alle wieder da. Der Einzige, der sich nicht groß verändert hatte, war Opa Otto. Er trug immer noch gern seine Hippieklamotten und verzichtete auch nicht auf sein kleines Vergnügen auf dem Dachboden. Aber er wirkte glücklicher und entspannter, nun, da sein Erbe geregelt war.

Am Samstagabend, als alle zum Osterfeuer gingen, gestand er Nella, er lasse hin und wieder eine Pflegerin zum Vorstellungsgespräch kommen. »Aber noch war keine dabei, die mir gefällt.«

»Opa!«, erwiderte Nella mit leisem Vorwurf. »Jetzt warte erst mal ab. Ich ziehe doch im Juli zu dir, schon vergessen?«

Seine Augen wurden vor Freude feucht, aber dann sagte er: »Na ja, so wie ich den Hauke kenne, wird er dich schnell fortlocken.«

Nella ging nicht näher darauf ein.

Am Ostersonntag unternahm sie mit Hauke, Bernd und Wolf einen Deichspaziergang. Das Lamm war zu einem properen Schaf herangewachsen, hatte eine enge Bindung zu Bernd entwickelt und benahm sich im Großen und Ganzen wie ein Hund. Nur mit dem Bellen wollte es nicht so recht klappen.

Haukes Arm lag leicht auf Nellas Schulter, und sie schmiegte sich an ihn. Der Himmel zeigte heute diese besondere Weite, die nirgends zu enden schien, und weiße Schäfchenwolken flogen über ihre Köpfe hinweg.

Sie fröstelte.

»Lass uns zurückgehen«, sagte Hauke zärtlich. »Dir ist kalt. Vielleicht kriegen wir bei Otto einen schönen Pharisäer vor dem Mittagessen.«

Nella zögerte eine Weile mit der Antwort. Wie gesagt, sie zog es vor, kleine Schritte zu machen. Aber schließlich sagte sie dann doch: »Ein koffeinfreier Kaffee wäre gut, und den Rum lass ich lieber weg.«

Hauke sah sie an, und als er begriff, was sie ihm mitteilen wollte, waren seine Augen nicht mehr sturmgrau. Sie strahlten auf einmal mit dem blauen Himmel um die Wette.